NIEBIAŃSKA RANDKA
i inne odmiany flirtu

Tego samego autora
polecamy:

Niedzielny Klub Filozoficzny

Alexander McCall Smith

NIEBIAŃSKA RANDKA
i inne odmiany flirtu

Przełożyła Ewa Horodyska

Prószyński i S-ka

Tytuł oryginału:
HEAVENLY DATE AND OTHER FLIRTATIONS

Copyright © Alexander McCall Smith, 1995
All Rights Reserved

Projekt okładki:
Elżbieta Chojna

Redakcja:
Ewa Witan

Redakcja techniczna:
Elżbieta Urbańska

Korekta:
Maria Aleksandrow

Łamanie:
Ewa Wójcik

ISBN 83-7337-956-8

Wydawca:
Prószyński i S-ka SA
02-651 Warszawa, ul. Garażowa 7

Druk i oprawa:
Drukarnia Wydawnicza im. W. L. Anczyca S.A.
30-011 Kraków, ul. Wrocławska 53

CUDOWNA RANDKA

Sypialnia herr Brugliego znajdowała się we frontowej części jego rezydencji, a okna wychodziły na Jezioro Zuryskie. Wczesnym rankiem stawał w szlafroku przy oknie, popijając z filiżanki białą kawę, podczas gdy lokaj przygotowywał kąpiel. Lokaj Markus był Polakiem z pochodzenia i służył u herr Brugliego od piętnastu lat. Wiedział dokładnie, jaką temperaturę powinna mieć woda w wannie, jaki gatunek kawy jego pracodawca lubi popijać rano i w którym miejscu na stoliku położyć poranne wydanie „Die Neue Zürcher Zeitung". Markus wiedział wszystko.

Wiedział również, że herr Brugli lubi madame Verloren van Thermaat, damę rodem z Belgii, która mieszkała dwie mile dalej w podobnej rezydencji, także nad jeziorem. Verloren van Thermaat, cóż za groteskowe nazwisko, myślał. Madame Zbłąkany Termit, tak bym ją nazwał!

– Czy powinienem się ożenić z madame Thermaat? – zapytał pewnego dnia herr Brugli, gdy służący wniósł tacę ze śniadaniem. – Jakie jest twoje zdanie na ten temat, Markus? Zdążyłeś mnie dość dobrze poznać. Co o tym sądzisz? Czy wdowiec taki jak ja powinien poślubić wdowę taką jak madame Thermaat? Czy myślisz, że tego właśnie ludzie od nas oczekują?

Markus postawił tacę na stoliku, dokładnie tam, gdzie życzył sobie herr Brugli. Następnie podszedł do okna, by rozsunąć zasłony, zerkając przy tym ukradkiem na twarz pracodawcy, odbitą w lustrze szafy. Musiał przyznać w duchu, że obawia się o własną przyszłość. Obecna posada odpowiadała mu pod każdym względem. Miał niewiele do roboty. Herr Brugli płacił mu hojnie i nigdy, przenigdy nie liczył butelek w piwniczce. Markus i jego żona mieszkali w małym domku na terenie posiadłości, o rzut kamieniem od prywatnego mola. Mieli żaglówkę, którą lubili sobie popływać w lecie. Madame Thermaat mogła wszystko zmienić. Miała własną służbę. Obydwoje mogli dostać wymówienie.

– Doprawdy nie wiem, proszę pana – odparł po chwili i dodał:
– Oczywiście, życie małżeńskie nie zawsze jest usłane różami. Niektórzy ludzie są szczęśliwi w wolnym stanie.
Zauważył, że herr Brugli uśmiecha się lekko.
– Tak czy inaczej, nie uprzedzajmy wypadków. Madame Thermaat to niezależna kobieta, a obecny tryb życia w pełni ją satysfakcjonuje.

Herr Brugli stanął przed lustrem w garderobie i poprawił krawat. Włożył najwygodniejszy garnitur, uszyty – jak wszystkie jego stroje – w Londynie. Jeździł tam co roku, by obstalować kilka nowych garniturów oraz par butów szytych na miarę. Pomyślał, że angielskie ubrania nie mają sobie równych, co wydawało się zdumiewające, zważywszy na powszechną skłonność Anglików do abnegacji – młodzi ludzie w dżinsach podartych na kolanach, mężczyźni w workowatych, błyszczących kurtkach zapinanych na suwak, kobiety w nietwarzowych spodniach, a każdy, jak się wydawało, nosił sportowe buty! Mimo to szyli dla innych wspaniałe rzeczy – z tweedu, sztruksu i kraciastej wełny.

Garnitur świetnie się nadawał na tę okazję. Z grubego brązowego tweedu, z dwurzędową kamizelką, z powodzeniem mógł ochronić przed zimnem, gdyby nagle popsuła się pogoda, choć raczej było to mało prawdopodobne. Niebo jaśniało przejrzystym błękitem i wszędzie dawało się wyczuć oznaki wiosny. Zapowiadał się przepiękny dzień.

Herr Brugli jadł śniadanie bez pośpiechu, przeglądając gazetowe rubryki i nekrologi – dzięki Bogu, nie znalazł nikogo ze znajomych – aż wreszcie dotarł do raportów z giełdy. Tutaj również dostrzegł radosne informacje. Wszystkie akcje szły w górę, co zresztą było zjawiskiem naturalnym.

Odłożył gazetę, otarł usta wykrochmaloną serwetką, którą włoska pokojówka wyprasowała zgodnie z cierpliwymi zaleceniami Markusa, po czym wstał od stołu. Samochód miał się niebawem po-

CUDOWNA RANDKA

jawić przed bramą i zawieźć go w umówione miejsce. Przez chwilę herr Brugli nie wiedział, co robić dalej. Mógł napisać list albo poczytać – był w połowie „Czarodziejskiej góry", lecz z bliżej nieokreślonych przyczyn stracił ochotę na dalszą lekturę. Literatura niemiecka wydawała mu się zbyt przygnębiająca, ciężka i przepojona smutkiem. Cóż za ponure wizje mają ci nasi sąsiedzi z północy; jakiż to w większości przerażający naród, strasznie zachłanny. Przypuszczam jednak, że jedzą naszą czekoladę.

Podszedł do biurka i wydobył przybory do pisania. Powinien napisać do kuzynki w Buenos Aires. Pisała do niego raz w miesiącu, on zaś odpowiadał zawsze w ciągu trzech dni po otrzymaniu listu. Nie miała, oczywiście, nic do roboty, co znajdowało odzwierciedlenie w jej korespondencji, a on traktował relacje rodzinne bardzo sumiennie, więc ponieważ został sam, obowiązek podtrzymywania kontaktów spoczywał na nim.

Droga Hetto,
mamy dzisiaj przepiękny dzień, prawdziwie rozkoszny. Jezioro jest spokojne, a powietrze zupełnie nieruchome. Czuje się, że nadeszła wiosna, czy raczej prawie nadeszła i już niebawem znowu zakwitną kwiaty! U Ciebie, niestety, będzie to pora jesienno-zimowa, lecz przesiadując w ogrodzie, będę myślał o Tobie.

Przerwał. Wiedziała, rzecz jasna, o madame Thermaat, nie chciał jednak, by odniosła wrażenie, że doszli do jakiegoś porozumienia – co jeszcze przecież nie nastąpiło. Może zatem wystarczy krótka wzmianka.

Dzisiaj towarzyszę madame Thermaat – niewątpliwie wspominałem Ci o niej – do Zurychu. Wybieramy się na krótki spacer nad rzekę, by wykorzystać ten śliczny dzień, a ja mam ponadto kilka spraw do załatwienia. Później wrócimy do domu.

Zastanawiał się, czy powinien napisać coś więcej, lecz uznał, że to wystarczy. Niech sobie w Buenos Aires snują domysły, jeśli chcą.

Wszedł Markus i zawiadomił, że samochód czeka przed domem. Herr Brugli wstał od biurka i skierował się do holu. Wisiało tam drugie lustro i przyjrzał się niespokojnie swemu odbiciu. Krawat wyma-

7

gał wyprostowania, ale garnitur z całą pewnością był dobrany właściwie – harmonizował z nastrojem dnia.

– Do widzenia, Markusie – powiedział herr Brugli. – Wrócę o zwykłej porze.

Lokaj przytrzymał przed nim drzwi, a kierowca, widząc go wychodzącego, uruchomił silnik. Wyjechali na drogę, włączyli się w sznur aut i ruszyli powoli w stronę posiadłości madame Thermaat.

– Moja droga madame Thermaat!

– Drogi herr Brugli!

Uśmiechnęli się promiennie do siebie.

– Czy życzy sobie pani pled na kolana? W powietrzu nadal czuje się pewien chłód, nieprawdaż?

Pokręciła głową.

– Jest mi zupełnie ciepło – odparła. – Nigdy nie odczuwam zimna.

– Szczęśliwa z pani osoba – powiedział. – Mnie bywa zimno nawet w lecie.

– Rozrzedzona krew – orzekła. – Musi pan mieć rozrzedzoną krew.

Zaśmiał się na te słowa.

– Spróbuję ją jakoś zagęścić. Co by mi pani radziła? Czy te czasopisma o zdrowiu, które pani czyta, mówią coś na ten temat?

– Czekolada, herr Brugli! Mnóstwo czekolady!

Pogroził jej palcem z żartobliwą dezaprobatą. Przebyli już znaczny odcinek drogi do Zurychu, a duży samochód, wyposażony w silnik o wielkiej mocy, wyprzedzał wolniejsze pojazdy. Zapytał ją, co porabiała, toteż opisała mu swój tydzień. Był on, jak stwierdziła, męczący: uczestniczyła w dwóch zebraniach lokalnej rady, z których każde zakończyło się impasem. Prócz tego aż trzy wieczory spędziła, grając w brydża, co oznaczało, że nie miała ani chwili dla siebie.

Współczująco pokiwał głową. Jemu również zdarzały się takie tygodnie.

– Pan ma w dodatku te swoje fabryki – powiedziała – i musi się pan nimi zajmować.

– Do pewnego stopnia – przyznał. – Ale dzięki niebiosom za moich dyrektorów.

Samochód skręcił z mostu Katedralnego prosto do centrum miasta. Przy końcu Bahnhoffstrasse zjechali na bok i zatrzymali się przy

krawężniku. Wysiadł pierwszy i otworzył drzwi przed swoją towarzyszką.
– Dziękuję, drogi herr Brugli – powiedziała. – A teraz, od czego zaczniemy?
Ponownie pogroził jej palcem.
– Przecież doskonale pani wie – odparł. – Od Sprungliego, jak zawsze!
Przeszli na drugą stronę ulicy i zbliżyli się do wielkich oszklonych drzwi, na których widniało wypisane ozdobnymi literami nazwisko „Sprungli". Po drodze minęli siedzącego na ławce mężczyznę, który utkwił w nich oczy, gdy przechodzili. Wymamrotał coś, wyciągając rękę, ale żadne go nie dostrzegło ani nie usłyszało.
Kontuary u Sprungliego uginały się pod ciężarem spiętrzonych słodyczy. Przystanęli przed tacą z belgijskimi czekoladowymi wyrobami i przyjrzeli się im uważnie. Wzrok madame Thermaat przyciągnęło ciastko ozdobione miniaturowym łabędziem z lukru.
– Cóż za kunsztowna robota – zauważyła. – Aż szkoda byłoby zjeść tak wykwintne dzieło sztuki.
– Nieco zbyt wyrafinowane – orzekł. – Wolę rzeczy prostsze.
– Być może ma pan słuszność, herr Brugli – ustąpiła. – Prostota jest niewątpliwie życiowym ideałem.
Weszli na piętro, gdzie kelnerka ich rozpoznała i natychmiast zaprowadziła do stolika w rogu. Ze szczególną atencją odnosiła się do herr Brugliego, który zwrócił się do niej per „Mario" i zapytał o zdrowie matki.
– Ach – odrzekła – wszystko nadal sprawia jej wielką przyjemność. Kiedy pogoda trochę się poprawi, zamierza popłynąć parowcem do Rapperswilu, w odwiedziny do siostry.
– Cudownie! – zawołał herr Brugli i dodał, spoglądając na madame Thermaat: – Osiemdziesiąt jeden lat, prawie osiemdziesiąt dwa! Niezaprzeczalna reklama zdrowego życia, nieprawdaż, Mario?
– I sznapsa – uzupełniła kelnerka. – Wypija dwie szklaneczki dziennie. Jedną przed śniadaniem i jedną wieczorem, przed snem.
– No proszę! – wykrzyknął herr Brugli. – Widzi pani!
Przejrzeli kartę, co było zupełnie zbyteczne, gdyż herr Brugli nigdy nie zamawiał niczego nowego i spodziewał się, iż madame Thermaat postąpi podobnie.
– Chyba weźmiemy to, co zwykle – powiedział kelnerce.

Kilka minut później Maria przyniosła im kawę w wysokich szklankach, z pływającą na wierzchu bitą śmietaną. Następnie pojawił się talerz ciastek, z których herr Brugli i madame Thermaat wybrali sobie po dwa. Maria wróciła, dolała kawy i zabrała ze stolika talerz z resztą ciastek.

– Zawieź je matce – rzekł herr Brugli. – Dopisz je do naszego rachunku.

Maria się rozpromieniła.

– Ona uwielbia ciastka – oznajmiła. – Nie potrafi się im oprzeć.

W cukierni nie było zbyt wielu gości godnych uwagi. Przy kilku stolikach siedzieli turyści – grupa Włochów, jacyś poważni, onieśmieleni Amerykanie. Herr Brugli przesunął po nich wzrokiem.

– Nikogo dziś nie ma – zaczął. – Nie widzę żywej duszy...

Urwał, ponieważ w tej samej chwili dostrzegł kogoś. Pochylił się nad stołem i ściszył głos.

– Da pani wiarę? – spytał ledwo słyszalnym szeptem. – Tam siedzi ta Zolgerowa ze swoim młodym przyjacielem. W biały dzień...

Madame Thermaat podążyła za jego spojrzeniem.

– Jedzą ciastka! – wykrzyknęła. – Niech pan tylko popatrzy, ona mu je podaje prosto do ust! Palcami!

Herr Brugli lekko zmrużył oczy.

– Mógłby być jej synem – szepnął. – Widzi pani? Widzi pani, jak ona na niego patrzy?

– Jakby nikt inny nie istniał – zgodziła się madame Thermaat. – Po prostu pożera go oczyma! I to w publicznym miejscu.

Obydwoje odwrócili głowy, podekscytowani odkryciem. To wspaniałe zobaczyć coś tak skandalicznego; widok szacownej damy w średnim wieku, żony cenionego zuryskiego bankiera, z młodym kochankiem – i to w cukierni – dodatkowo ubarwił ten piękny dzień. Nieoczekiwany uśmiech losu wprawił ich w wyśmienity humor.

W końcu wstali od stolika. Pod talerzem zostawił, jak zawsze, pięćdziesiąt franków dla Marii. Odwracając oczy od pani Zolger i jej towarzysza, wyszli na ulicę. Zrobiło się nieco cieplej i miasto wydawało się skąpane w jasnych promieniach wiosennego słońca. Gdzieś nad rzeką zegar zaczął wybijać godzinę.

Nadszedł czas, by odwiedzić galerię, więc wrócili na drugą stronę rzeki, ominęli brzydkie tanie sklepy w pasażu i ruszyli pod górę wąską uliczką, prowadzącą do kościoła Świętego Jana. Herr Brugli szedł od strony ulicy, chroniąc madame Thermaat, która ujęła go pod ramię, kiedy mijali niebezpieczny zakręt – to mu się podobało – lecz opuściła rękę, gdy niebezpieczeństwo minęło.

Galeria Fischera gwarantowała swoim klientom dyskrecję. W jej niewielkim oknie wystawowym znajdowały się przedmioty z prywatnych zbiorów herr Fischera, które nie miały nic wspólnego z tym, co oferowano wewnątrz. Drzwi były zawsze zamknięte na klucz, lecz obok znajdował się przycisk dzwonka, opatrzony skromnym napisem „Fischer". Gdy się go nacisnęło, drzwi otwierał niski, krępy mężczyzna w okrągłych okularach o drucianych oprawkach.

– Ach, to herr Brugli... i madame Verloren van... van...

– Thermaat – podpowiedział herr Brugli. – Mam nadzieję, iż pozostaje pan w dobrym zdrowiu, herr Fischer?

– Cała Szwajcaria cierpi teraz z powodu przeziębienia – odparł Fischer. – Oprócz mnie. Za co jestem wdzięczny niebiosom.

– Ostatnio pojawiło się mnóstwo rozmaitych zarazków – wtrąciła madame Thermaat. – I nie można ich uniknąć. Są wszędzie.

Herr Fischer ze zrozumieniem skinął głową.

– Głęboko wierzę w działanie witaminy C – oznajmił. – Zażywam ją codziennie.

Podążyli za nim do niewielkiej sali na tyłach galerii. Z biura wyszła młoda kobieta w eleganckim czarnym spodniumie, z powagą uścisnęła im dłonie i oddaliła się w stronę kredensu stojącego w rogu.

– Wyszukałem coś dla pana – oznajmił herr Fischer. – Mam nadzieję, że właśnie o to panu chodziło.

Wręczył figurkę herr Brugliemu, który wziął ją w obie ręce i uniósł na wysokość oczu. Przez chwilę panowała cisza. Herr Brugli na przemian przysuwał i odsuwał posążek, oglądając go pod światło.

– Tak – rzekł wreszcie cichym głosem. – To absolutna doskonałość.

Na twarzy herr Fischera odmalowała się ulga.

– Tak niewiele się ich zachowało – westchnął. – Przynajmniej w tym stanie.

Herr Brugli podał porcelanową figurkę madame Thermaat, która wzięła ją ostrożnie i obejrzała z bliska.

– Przepiękne kolory – zauważyła. – I jakże naturalne.

Przekazała figurkę właścicielowi, który popatrzył na herr Brugliego wyczekująco.

– Wezmę ją – zdecydował herr Brugli. – Zechce pan poprosić któregoś ze swoich pracowników, by...

– Z przyjemnością dostarczymy towar – zapewnił herr Fischer. Madame Thermaat oglądała statuetki z brązu na stoliku po drugiej stronie pokoju.

– Czy znalazłoby się u pana coś... jakiś drobny bibelot... który przypadłby do gustu madame Thermaat? – zagadnął herr Brugli.

– Taki skromny prezent...

Herr Fischer popadł w zadumę.

– Mam coś... – zaczął. – Jajko, wprawdzie nie roboty samego Fabergé*, jak się obawiam, lecz któregoś z jego uczniów.

– Może się jej spodobać – uśmiechnął się herr Brugli i spytał szeptem: – Ile?

Herr Fischer zniżył głos. Nie lubił rozmów o pieniądzach, nawet z klientami takimi jak herr Brugli.

– Osiem tysięcy franków – odparł. – Wspaniała okazja. Gdyby to było dzieło samego Fabergé, cóż...

Herr Brugli za nic w świecie nie chciał wprawiać właściciela galerii w zakłopotanie.

– Bardzo rozsądna cena – oświadczył cicho. – Czy można jej pokazać?

– Zajmę się tym – uspokoił go herr Fischer. – Zaraz je przyniosę.

Było to miniaturowe, inkrustowane jajko ze srebra, ozdobione złotymi wykończeniami. Jego odchylany czubek wyłożono wewnątrz masą perłową, dolną część natomiast polerowanym gagatem.

– Przypuszczam, iż przedmiot ten służył jako pojemnik na lekarstwa – wyjaśnił herr Fischer. – Został najprawdopodobniej zrobiony we Francji.

Madame Thermaat wzięła jajeczko w dłonie i wpatrywała się w nie ze skupieniem.

– Jakie rozkoszne – szepnęła. – I jakie skromne. Chętnie je kupię.

---

* Peter Carl Fabergé, właśc. Karl Gustawowicz Fabergé (1846–1920) – złotnik rosyjski, pochodzący z francuskiej rodziny osiadłej w Petersburgu. Specjalizował się w luksusowych, fantazyjnych i filigranowych wyrobach. Zasłynął z wyrobu wielkanocnych jaj, wykonywanych na zlecenie carów od 1884 do 1917. Nawiązywał m.in. do stylu Ludwika XVI, włoskiego renesansu i rokoka (wszystkie przypisy pochodzą od tłumacza).

Właściciel galerii z wyrazem konsternacji zerknął na herr Bruglie-go, który niedbale machnął ręką w stronę jajka.

– Pragnąłbym kupić ten drobiazg w prezencie dla madame Ther-maat – powiedział. – Proszę to zapisać na mój rachunek.

– Ale ja sama chciałam to kupić – zaprotestowała madame Ther-maat. – Jest pan dla mnie nazbyt uprzejmy.

– Już od dawna pragnąłem podarować pani drobny prezent – od-rzekł herr Brugli. – Nie powinna pani sama tego kupować.

Herr Fischer zlekceważył obiekcje madame Thermaat i odebrał od niej jajko.

– Owinę je złotą folią – zaproponował. – Później może pani wy-korzystać ją, by zapakować jakiś inny prezent.

Oko madame Thermaat spoczęło na jednym z obrazków wiszą-cych na ścianie. Postać w aureoli zdawała się unosić kilka metrów nad ziemią, otoczona grupką zdjętych podziwem gapiów i wianusz-kiem zdumionych zwierząt.

– To nadzwyczaj intrygujące – zwróciła się do herr Fischera. – Kogo ten obraz przedstawia?

Herr Fischer zdjął obraz ze ściany.

– Józef z Copertino. Wybitna postać. Lewitował ponad siedem-dziesiąt razy i zdarzało mu się przebyć znaczne odległości. Zapewne dlatego został patronem osób podróżujących drogą powietrzną.

– Czarujący obraz – stwierdziła.

– Florencja, koniec siedemnastego wieku – wyjaśnił szeptem herr Fischer. – Wyjątkowe dzieło. I kosztuje zaledwie dziewiętnaście tysię-cy franków.

– Czy to by się spodobało herr Brugliemu? – spytała madame Thermaat.

– Z całą pewnością – odszepnął herr Fischer. – Mówiąc między nami, odniosłem wrażenie, że odczuwa pewien lęk przed samolota-mi. Ten obraz niewątpliwie doda mu odwagi.

Madame Thermaat lekko skłoniła głowę.

– Zechce pan przesłać mi rachunek? – spytała. – Dla madame Verloren van Thermaat.

– Oczywiście – odparł herr Fischer. – A czy herr Brugli… ma zo-stać o tym zawiadomiony?

Madame Thermaat odebrała obraz z rąk herr Fischera i przeka-zała Brugliemu.

– To mój skromny podarek – powiedziała. – W dowód wdzięczności za pańską uprzejmość.

Wyszli razem ze sklepu herr Fischera, niosąc swoje prezenty. Choć słońce nadal jasno świeciło, zrobiło się nieco chłodniej i herr Brugli postawił kołnierz płaszcza. Madame Thermaat ponownie ujęła swego towarzysza pod ramię i ruszyli wąskimi uliczkami w stronę rzeki. Kiedy mijali bar kawowy, popularny wśród studentów, owiał ich zapach świeżo zmielonej kawy.

– Chętnie napiłbym się kawy – powiedział herr Brugli. – A pani? Ma pani ochotę na kawę?

Madame Thermaat miała ochotę, weszli zatem do baru, lekko podekscytowani perspektywą znalezienia się w nowym miejscu, wśród młodych ludzi. Zurych zmienił się w ciągu ostatnich kilku lat i nigdy nie można było mieć pewności, kogo się spotka. Niektóre dzielnice zamieszkiwała artystyczna cyganeria; inne stały się wręcz niebezpieczne. Pojawili się obcokrajowcy – ze wschodniej Europy i nie tylko. – Egzotyka, pomyślał herr Brugli.

Usiedli przy stoliku tuż obok baru i zaraz podeszła kelnerka, by ich obsłużyć. Nosiła czarne siatkowe rajstopy i wyglądała dość niechlujnie. Pachniała tanimi perfumami i madame Thermaat aż zmarszczyła nos.

Herr Brugli uśmiechnął się porozumiewawczo.

– Jest to pewna odmiana, nieprawdaż?

Madame Thermaat rozejrzała się po sali.

– Co ci ludzie właściwie robią? – zapytała ściszonym głosem. – Myśli pan, że naprawdę studiują?

Herr Brugli wzruszył ramionami.

– Zapewne tak – odparł. – Zapewne studiują... nocami.

Przyniesiono im kawę. Była gorąca i bardzo mocna.

– Jakże mile widziany napój – zauważył herr Brugli. – Niezależnie od otoczenia.

Zerknął na zegarek i stwierdził, że zbliża się pora lunchu. Zamyślił się na chwilę, po czym przywołał kelnerkę i coś do niej szepnął. Odpowiedziała mu cichym mruknięciem i powróciła z butelką szampana, którą herr Brugli uważnie obejrzał. Następnie skinął głową i powiedział kelnerce jeszcze kilka słów. Miała zdziwioną minę, lecz w końcu się uśmiechnęła i zniknęła za barem.

– Pan coś knuje, herr Brugli! – powiedziała groźnie madame Thermaat. – Obmyśla pan jakąś psotę!
Kelnerka wróciła po kilku minutach w towarzystwie mężczyzny w fartuchu. Niósł dwie półtoralitrowe butle szampana. Postawił je na barze, po czym – ku zdumieniu madame Thermaat – zaklaskał głośno. Rozmowy umilkły. Goście spojrzeli znad stolików, jakaś kobieta odłożyła papierosa, a młodzieniec, który właśnie wstawał, usiadł z powrotem na krześle.
– Panie i panowie – oznajmił mężczyzna. – Z przyjemnością zawiadamiam, że dzięki hojności naszego znamienitego gościa każdy stolik, jeśli państwo wyrażą zgodę, otrzyma butelkę szampana. – Zawiesił głos, wskazując wyciągniętą ręką herr Brugliego.
Jakiś student wybuchnął śmiechem.
– Brawo dla znamienitego gościa! Gdzie ten szampan?
Kelnerka otworzyła pierwszą butelkę i zaniosła do stolika, przy którym siedzieli młodzi ludzie. Potem następni dostali podarunek i zaczęto nalewać wino.
– Herr Brugli! – westchnęła madame Thermaat. – Cóż za wspaniałomyślny gest! Przypuszczam, że studenci są zadowoleni.
Istotnie. Przy każdym stoliku wzniesiono kieliszki, a herr Brugli i madame Thermaat odwzajemnili toasty. Herr Brugli wychylił dwa duże kielichy szampana i musujące wino natychmiast wprawiło go w wyśmienity humor.
– Doprawdy, wspaniały dzień! – oznajmił wylewnie. – Przepiękna pogoda, przemiłe towarzystwo!
Madame Thermaat ze skromnym uśmiechem uniosła kieliszek do ust. Zachowywała nieco większy umiar w konsumpcji szampana, niemniej piła go z przyjemnością. Studenci, naturalnie, byli znacznie szybsi. Wkrótce butelki stały puste, lecz herr Brugli dał znak kelnerce, by przyniesiono następne. Na twarzy mężczyzny w fartuchu odbiło się powątpiewanie, ale gdy pieniądze przeszły z rąk do rąk, oddalił się uśmiechnięty.
Napełniono ponownie kieliszki i studenci zaczęli toczyć coraz bardziej ożywione rozmowy. Przy jednym ze stolików towarzystwo wybuchnęło gromkim śmiechem, przy innym trwała gorąca dyskusja, a dalej jakiś młody mężczyzna zaczął głośno śpiewać.
Para młodych ludzi wstała z miejsca i podeszła do stolika herr Brugliego i madame Thermaat. Dziewczyna i chłopak wyglądali na

mniej więcej dwadzieścia lat i mieli na sobie dżinsy i czarne kurtki – typowy strój studenckiej dzielnicy.
– Możemy się przysiąść? – zapytał chłopak. – To bardzo miło z pana strony, że postawił pan wszystkim szampana.
Herr Brugli dźwignął się na nogi i podsunął dziewczynie krzesło.
– Bardzo proszę – zachęcił. – To prawdziwa przyjemność popatrzeć, jak dobrze się bawicie. Zupełnie jak w „Księciu studencie"...
Na ich młodzieńczych twarzach pojawił się wyraz konsternacji.
– Z pewnością pamiętacie ten film – wtrąciła madame Thermaat.
– Księcia grał Mario Lanza*. On także był studentem...
Dziewczyna pokręciła głową.
– To stary film? – spytała.
Madame Thermaat parsknęła śmiechem.
– Wielkie nieba! – wykrztusiła. – Chyba zapomnieliśmy, ile mamy lat. Tak, wydaje mi się, że to stary film.
– W zeszłym tygodniu oglądaliśmy „Casablankę" – powiedział chłopak. – Świetne. To było na festiwalu filmów historycznych.
Herr Brugli zerknął na madame Thermaat.
– To naprawdę wybitny film – przyznał. – Kto wie, czy nie najlepszy, jaki kiedykolwiek nakręcono. Obejrzałem go, gdy tylko ukazał się na ekranach kin. – I dodał: – Byłem wówczas zaledwie chłopcem, zupełnym szczeniakiem.
Zapadła krótka cisza. Herr Brugli sięgnął po butelkę szampana i napełnił dwojgu młodych kieliszki.
– Opowiedzcie nam o sobie – zaproponował. – Opowiedzcie, co studiujecie. I gdzie mieszkacie. I których profesorów warto słuchać, a których nie.

Wyszli z baru razem. Chłopak wziął pod rękę madame Thermaat – za co była mu wdzięczna, wypiwszy cztery kieliszki szampana – a herr Brugli ujął ramię dziewczyny.
– Mieszkamy zaledwie kawałek stąd – powiedział chłopak. – Niestety, w dość skromnych warunkach.
– Czego człowiekowi w życiu potrzeba? – rzucił pytająco herr

* Mario Lanza, właśc. Alfred Arnold Cocozza (1921–1959) – amerykański aktor i tenor operowy.

Brugli. – Kieliszka wina, książki, gałązki i ciebie. Czyż nie tak napisał Omar Chajjam*?

– Możliwe – odparł z wahaniem chłopak.

Minęli księgarnię i weszli w wąską uliczkę, która pięła się pod górę. Dotarli do zaułka, gdzie stało kilkanaście opartych o ścianę rowerów, a tynk upstrzony był graffiti. W powietrzu unosił się lekko stęchły zapach. – Pewnie koty, pomyślał herr Brugli.

– Jesteśmy na miejscu – oznajmiła dziewczyna. – To te drzwi na prawo.

Weszli w bramę. Dalej znajdował się ciasny korytarz i wąskie kamienne schody. Chłopak wbiegł po nich na górę i z podestu zawołał:

– Drzwi są otwarte! Chodźcie!

Madame Thermaat szła pierwsza, dziewczyna za nią. Herr Brugli zamykał pochód. Schylił głowę pod niskim nadprożem, trzymając w ręku filcowy kapelusz i paczkę z prezentem.

Były tam tylko dwa pokoje. Jeden pełnił funkcję salonu i wydawał się schludnie utrzymany, mimo skromnego umeblowania. Duże poduszki leżały na podłodze obok kanapy przykrytej kraciastym pledem. Na ścianach wisiały plakaty: portret jakiegoś mężczyzny, reklama turystyczna z Grecji, włoski rozkład jazdy pociągów. Książki wypełniały wąski regał i piętrzyły się w stertach na podłodze.

Drzwi do drugiego pokoju były otwarte i dało się przez nic dostrzec duży materac. Obok stał wazon z zasuszonymi kwiatami i kolejny stos książek. Herr Brugli odwrócił wzrok ze skruchą i respektem.

– Widzicie – odezwał się chłopak. – Tak żyjemy. To nasze mieszkanie.

– Jest urocze – zapewniła madame Thermaat. – Popatrzcie, widać stąd katedrę!

Herr Brugli podszedł do okna i obydwoje spojrzeli na dachy domów, zniżające się stopniowo aż po brzeg rzeki. Był to dla nich niezwykły widok; zupełnie jakby oglądali inne, nieznane miasto.

– Chciałbym zamieszkać w takim miejscu – wyznał cicho herr Brugli. – Z dala od wszystkiego. Tylko ja sam. Wyobraźcie sobie.

Madame Thermaat zamknęła oczy.

* Omar Chajjam (ok. 1021–1122) – perski astronom, matematyk, filozof. Szeroko znany na świecie przede wszystkim jako autor rubajat – refleksyjno-filozoficznych wierszy o specyficznej dla Bliskiego i Środkowego Wschodu strofie.

– Człowiek nie musiałby się niczym przejmować – mruknęła. – Żadnych kłopotów ze służbą. Żadnych rozgrywek brydżowych. Żadnego telefonu.

– To byłoby rozkoszne – westchnął herr Brugli. – Raj na ziemi. Dziewczyna włączyła muzykę – jazz grany na saksofonie – podczas gdy chłopak zajął się mieleniem kawy.

– Posłuchajcie! – odezwał się herr Brugli, unosząc palec. – Chyba rozpoznajecie tę melodię. „As Time Goes By" z „Casablanki"! Odwrócił się do madame Thermaat.

– Powinniśmy zatańczyć – powiedział. – Zatańczy pani ze mną?

– Bardzo chętnie – odparła.

Chłopak postawił kubki z kawą na niskim stoliku. Potem podszedł do dziewczyny i wziął ją za rękę. Zaczęli tańczyć tuż obok herr Brugliego i madame Thermaat. „As Time Goes By" ustąpiło miejsca piosence „Afternoon in Paris"; jedynie herr Brugli rozpoznał tę melodię i tańczyli dalej. Chłopak zaprosił do tańca madame Thermaat, a herr Brugli zatańczył z dziewczyną.

Następnie chłopak otworzył butelkę wina – taniego, szwajcarskiego, wyprodukowanego po drugiej stronie jeziora – a herr Brugli zapewnił, że czegoś tak wyśmienitego nie kosztował od lat. Madame Thermaat zgodziła się z nim i wypiła dwa kieliszki.

Nieoczekiwanie herr Brugli spojrzał na zegarek.

– Któraż to godzina? – wykrzyknął. – Prawie piąta po południu!

– Musimy już jechać – powiedziała madame Thermaat. – Czeka mnie mnóstwo obowiązków.

– Mnie również – dodał herr Brugli.

Chłopak wyraził ubolewanie. Przecież obydwoje mogliby zjeść u nich kolację.

– Może kiedy indziej – odparł herr Brugli. – Albo któregoś dnia zjecie kolację u nas?

– Byłoby nam bardzo miło – bąknęła dziewczyna.

Przyjrzał się jej uważnie. Była czarująca – uprzejma, życzliwa, po prostu cudowna. Chłopak także wydawał się bardzo na miejscu; właściwie w Szwajcarii nic, ale to nic się nie zmieniło. Herr Brugli pochylił się ku madame Thermaat i szepnął jej coś do ucha. Wysłuchała z powagą, a potem entuzjastycznie pokiwała głową.

– Jesteśmy wam bardzo wdzięczni – powiedział herr Brugli. – Za zaproszenie, za ten niezaplanowany podwieczorek taneczny... za wszystko. Chcemy wam dać coś w prezencie i musicie to przyjąć.

Wręczył chłopakowi obraz, a madame Thermaat wcisnęła w dłoń dziewczyny ozdobione klejnotami jajko w złoconej folii.

Chłopak z zakłopotaną miną odwinął papier. W milczeniu obejrzał obraz, trzymając go ostrożnie.

– Jest cudowny – powiedział. – Wygląda zupełnie jak oryginał. Tak realistyczny...

– Bo to oryginał – zaśmiał się herr Brugli. – Dzieło malarza z Florencji.

– A jajko pochodzi z Francji, nie z Rosji – dodała madame Thermaat. – Nie jest, niestety, roboty Fabergé, tylko zapewne któregoś z jego uczniów.

Dziewczyna w milczeniu zerknęła na chłopaka, który uniósł brew.

– Te prezenty są zbyt cenne – powiedział. – To bardzo miło z państwa strony, ale nie... nie możemy ich przyjąć.

– Ależ oczywiście, że możecie – zapewnił go herr Brugli. – Inaczej czulibyśmy się urażeni. Czy nie tak, madame Thermaat?

– Tak – potwierdziła. – Z całą pewnością.

Pożegnali się na końcu zaułka. Studencka para przystanęła na chwilę – ramię chłopaka obejmowało talię dziewczyny – a herr Brugli odwrócił się u stóp wzgórza i pomachał. Następnie otworzył przed madame Thermaat drzwiczki taksówki, która właśnie się zatrzymała.

Podał adres i ruszyli w stronę jeziora.

– Jakiż to był cudowny dzień – westchnął herr Brugli. – Doprawdy, pełen wrażeń.

– Zawsze wspaniale spędzamy czas w Zurychu – zapewniła go madame Thermaat.

– A zatem do środy – rzekł herr Brugli. – Czy wybierzemy się na wycieczkę?

– O, tak – odparła madame Thermaat. – To mi bardzo odpowiada. Oby tylko pogoda zechciała nam sprzyjać.

Taksówka jechała dalej. Siedzieli w milczeniu, rozpamiętując – każde z osobna – ten zachwycający dzień. Mijali bloki mieszkalne, garaże, parki. Potem wjechali do dzielnicy przemysłowej i zobaczyli fabryki. Jedna wyróżniała się wielkim błękitnym neonem, jaśniejącym na tle nieba – CZEKOLADA BRUGLIEGO. Ale herr Brugli nie widział neonu, ponieważ zamknął oczy w rozkosznym rozleniwieniu, które ogarnęło go po męczącym dniu. Madame Thermaat spoglądała na jezioro. Wieczorem, jak zwykle, zagra w brydża z przyjaciółkami. Ostatnio karta jakoś nie szła, lecz była najzupełniej pewna, że tym razem powiedzie jej się znacznie lepiej.

MILUTKA MAŁA RANDKA

Odnosili się do niego bardzo uprzejmie – jak w każdym hotelu, który starał się uzyskać jeszcze jedną nieuchwytną gwiazdkę.

– Zarezerwowaliśmy dla pana ten sam pokój co zawsze – oznajmił kierownik, zadowolony, że pamiętał. – Ten, w którym pan mieszkał rok temu. Z widokiem na drzewa. Odniosłem wrażenie, że się panu spodobał.

– Istotnie. Spodobał mi się.

Podziękował im z uśmiechem. Fakt, że go rozpoznali – przynajmniej oni – dawał mu poczucie bezpieczeństwa. I rozumieli; a w razie konieczności zachowywali dyskrecję. Nigdy nie było z nimi problemów, żadnych kłopotliwych sytuacji.

Wychodząc, wręczył im klucz, który recepcjonista wsunął pod ladę.

– Przepiękny wieczór. Niebawem ma się ochłodzić. W taki wieczór warto trochę pospacerować. Zwiedzić miasto.

– Tak – odrzekł i wyszedł przez obrotowe drzwi prosto do rozgrzanego, pachnącego hotelowego ogrodu, w którym kwitły drzewa i krzewy. Ciężkie powietrze obmyło go niczym fale ciepłej kąpieli; nieco za gorące, pomyślał sobie, ale po zachodzie słońca zrobi się chłodniej.

Z ogrodu podążył ścieżką w dół zbocza, ku sercu miasta. Nie miał żadnych planów na ten wieczór, lecz w głębi duszy wiedział, co się wydarzy. Nie należało jednak niczego zakładać z góry, raczej zaczekać i zobaczyć, co dalej. Nigdy nie wiadomo, jak się sprawy ułożą. Może nikt się nie trafi. Może zabraknie mu odwagi. Może jeszcze przemyśli sprawę, zmieni zdanie, wróci do hotelu i poczyta sobie w pokoju. Często tak bywało.

Droga opadała stromo, wijąc się między domami i małymi ogródkami, sklepami o zamkniętych okiennicach, obok klasztoru i kościoła. Mijali go ludzie z torbami pełnymi zakupów, prowadzący rowery. Pozdrowił uprzejmie po portugalsku staruszka, który przyglądał mu się z progu domu. Mężczyzna skinął głową, przymykając załzawione oczy i otwierając je po chwili. Przyszło mu na myśl, że mógłby przystanąć, zagadać, spytać o okolicę, lecz do starca podeszła od tyłu jakaś dziewczyna i pociągnęła go nagląco za rękaw.

Kilkakrotnie zatrzymywał się przed wystawami sklepowymi, zaglądając do środka. Odniósł wrażenie, że ta dzielnica stała się królestwem sklepów ze starociami i antykwariatów. Jedną z witryn zajmowały wyblakłe wydania dzieł Pessoy*, z portretem poety pośrodku, otoczonym tomikami licznych wcieleń, które przybierał: Alberto Camos, Ricardo Reis, Fernando Soares. Zawsze go zdumiewało, że ktoś potrafi pisać na tak różne sposoby, w zależności od nazwiska, które widnieje na okładce. Dzisiaj potraktowano by go jak osobę chorą, o rozszczepionej osobowości; znaleźliby się krytycy piszący w medycznym stylu, którzy zrobiliby z tego szpitalną aferę i całą poezję zatłukli na śmierć.

Był taki sklepik, gdzie sprzedawano pamiątki z afrykańskich kolonii – dyskretnie, niemal z zażenowaniem. Nikt już o tym nie mówił, nie rozmawiano o koszmarze rozległych i podległych terytoriów; ale w mieście z pewnością mieszkali emerytowani urzędnicy, którzy przepracowali całe życie gdzieś w odległym Mozambiku czy Angoli, a potem wrócili do kraju pragnącego nade wszystko wymazać te wspomnienia. Oni jednak nie potrafili zapomnieć; trudno byłoby od nich oczekiwać wyrzucenia z pamięci tych wszystkich wspólnych lat. Nie mogli przecież udawać, że nie robili niczego ważnego przez dwadzieścia, trzydzieści lat zagranicznej służby. Muszą od czasu do czasu o tym pogadać, choćby we własnym gronie, ukradkiem, niczym przestępcy omawiający kolejne skoki.

---

* Fernando Pessoa (1888–1935), pseud. m.in. Alvaro de Campos, Fernando Soares – pisarz portugalski, tworzący także w języku angielskim. Uważany za najwybitniejszego dwudziestowiecznego poetę portugalskiego. Współtwórca awangardy portugalskiej, tzw. modernizmu.

MILUTKA MAŁA RANDKA

Może był to ich sklep, w którym przeglądali znajome atlasy, po-
strzępione poradniki administracyjne, wydawane w masowych na-
kładach przez Instytut Kolonialny, podręczniki do nauki drugorzęd-
nych języków. Wszystkie te wysiłki i zmagania, wszystko, do czego
doprowadziły – to długi, śmierć, hańba. Uważniej przyjrzał się wy-
stawie. Większość przedmiotów nadawała się do wyrzucenia: wstąż-
ki ze starymi medalami, rzeźbiona afrykańska laska z twardego
drewna, głowa ze steatytu. Jego oko przyciągnęła staroświecka bla-
szana apteczka z nazwiskiem wypisanym na wieczku literami z sza-
blonu. Ktoś zapewne wyrzucił ją dawno temu – wątpliwe, by mogła
znaleźć nabywcę – teraz jednak zyskała nieco na wartości. Mogła
obudzić czyjeś wspomnienia albo nawet stworzyć je dla kogoś, kto
ich nie posiadał, kto urodził się już po upadku Salazara*.

Jakiś mężczyzna przystanął tuż obok, popatrując przez zakurzo-
ną szybę na przedmioty ustawione w witrynie.

– Zapraszają nas z powrotem – powiedział. – Zapraszają nas, żebyśmy prowadzili ich farmy. Dałby pan wiarę? Po tym wszystkim, co
się wydarzyło. Wojna, Frelimo**, wywłaszczenia i tak dalej. Marksi-
ści chcą, żebyśmy wrócili!

Spojrzał na owego mężczyznę, który uśmiechnął się niemal kon-
spiracyjnie, ukazując złote zęby.

Próbował wymyślić jakąś odpowiedź, lecz nic nie przychodziło
mu do głowy.

– Słowo daję, nigdy nie przypuszczałem, że dożyję takich czasów!
– ciągnął nieznajomy. – A jednak proszę, tak się stało. Człowiek nigdy nie przewidzi, co go czeka. Nigdy.

Przytaknął ruchem głowy i mężczyzna oddalił się wolnym krokiem, chichocząc cicho nad własnym spostrzeżeniem.

I wtedy zrozumiał, co chciał powiedzieć, co powinien był powiedzieć. Nie należy zapominać o przeszłości. Nie ma sensu jej się wy-

* António de Oliveira Salazar (1889–1970) – portugalski ekonomista i polityk.
Premier Portugalii w latach 1932–68. Po dojściu do władzy zlikwidował partie poli-
tyczne, oprócz założonej przez siebie (w 1930 r.) Unii Narodowej. Zwolennik utrzy-
mania przez Portugalię posiadłości kolonialnych.
** Frelimo: Frente de Libertãcao de Mocambique (Front Wyzwolenia Mozambiku). Powstał w 1962 r. Od września 1964 r. kierował walką narodowowyzwoleń-
czą. Po uzyskaniu niepodległości (1974) przekształcił się w partię polityczną, o pro-
gramie (do roku 1989) komunistycznym.

23

pierać. Trzeba się z nią zmierzyć, jak to robią Niemcy, nadgryzać ją z każdej strony, poddawać sekcji, pozwolić się dręczyć, dopóki nie staniesz z nią twarzą w twarz. Co zawsze następuje, prędzej czy później.

Dotarł do placu i wszedł do niewielkiego baru. Zamówił mocną kawę i kieliszek porto. Właściciel pospiesznie go obsłużył i wrócił do artykułu w gazecie. Wielkie litery głosiły kryzys polityczny i przetasowania w rządzie. Polityka wydawała mu się czymś nie do pojęcia, jak to często bywa w wypadku obcych krajów, i nawet nie próbował jej zrozumieć.

Właściciel baru odłożył gazetę.

– Oburzające – stwierdził.

– Tak.

Zapadła krótka cisza.

– Nie jest pan stąd?

– Nie. Przyjechałem z Ameryki. Z Karoliny Południowej.

– Dobrze pan mówi po portugalsku. Większość Amerykanów...

– Nie zadaje sobie trudu – wtrącił z uśmiechem.

Właściciel spojrzał na niego ze skruchą.

– Może niektórzy. Tak jak pan.

– Pracowałem w Brazylii. Dość długo. Pewnie słychać to w mojej wymowie.

Właściciel baru kiwnął głową.

– Coś takiego zawsze da się rozpoznać.

Poprosił o drugi kieliszek porto i wypił duszkiem, choć było za ciepłe i powinien zamówić *vinho verde*. Może później.

Podziękował właścicielowi i wyszedł na plac. Zrobiło się już zupełnie ciemno i w ogrodowych kawiarenkach zapalono światełka, oznaczając przejścia żółtymi ognikami. Przeszedł na drugą stronę do ogrodu, w którym stały ławki. Jego serce uderzało teraz szybciej, zaschło mu w ustach. Nie zdołał się do tego przyzwyczaić i nigdy nie zachowywał się bezczelnie, nigdy.

Wybrał ławkę ustawioną tuż obok wymyślnej mozaiki, przedstawiającej okręt i delfiny igrające wokół dziobu wśród wzburzonych fal. Znajdował się tam również napis – linijka z jakiegoś wiersza – lecz brakowało części liter i nie potrafił odczytać cytatu. Było w nim coś o sercu.

Przesiedział tam około piętnastu minut, obserwując okolicę. Na placu pojawiło się więcej ludzi, a spoza drzwi wydobywały się kuchenne zapachy. Skądś dobiegały dźwięki muzyki, niosące spokój. Bardzo mu się spodobało to miasto, cały jego zgiełk i piękno, wszyscy uroczy mieszkańcy. To było jego ulubione miejsce, by... by robić to, co lubię, szepnął sobie w duchu. Nic w tym złego. Tutaj toleruje się takie rzeczy, nawet jeśli purytanie gdzieś tam są odmiennego zdania.

Ktoś przeszedł obok jego ławki, lecz po kilku krokach zawrócił i usiadł tuż obok.

– Ma pan może ogień? – zagadnął nieznajomy, wyjmując z kieszeni kurtki paczkę tanich papierosów.

Pokręcił głową.

– Przepraszam, nie palę.

– Ach, tak – westchnął mężczyzna. – To by mi dobrze zrobiło. Niełatwo wyrzec się drobnych przyjemności, nie sądzi pan? – Zawiesił głos. – A pan? Czy pan by zrezygnował ze swoich przyjemności?

Spojrzał na mozaikę.

– Nie. Nie zamierzam z niczego rezygnować.

Mężczyzna wydobył papierosa i sięgnął do kieszeni po zapalniczkę.

– Czy mogę jakoś panu usłużyć? – zagadnął. – Najwyraźniej jest pan cudzoziemcem. Brazylia leży daleko stąd, nieprawdaż?

Po chwili milczenia przytaknął ruchem głowy.

Mężczyzna zaciągnął się dymem z papierosa.

– Mogę panu załatwić, co pan zechce. Chłopiec?

– Nie.

– No to niech pan powie, czego sobie życzy. A potem proszę wrócić za pół godziny. Spotkamy się po drugiej stronie placu. Pieniądze wręczy pan mnie.

Usłyszawszy zlecenie, mężczyzna kiwnął głową.

– Umówię pana. Milutka mała randka. Miła osóbka. Chętna.

Zaczekał około minuty, zanim przemierzył plac. Tamten powrócił sam. W porządku, mógł więc podejść do niego.

– Proszę za mną – powiedział mężczyzna. – Przejdziemy tylko kawałek tą ulicą.

Zawahał się, co wywołało zapewnienie:

– Może mi pan zaufać, bez obawy. Przecież dookoła kręci się mnóstwo ludzi. Nie zamierzam pana obrabować.

– Rozumiem. Ale nie chcę wchodzić do żadnego budynku.

– Nie musi pan. Ona czeka. Tylko że wcześniej musi mi pan zapłacić, rozumie pan?

Ruszył za nim ulicą, aż w końcu mężczyzna zatrzymał się raptownie i cofnął w głąb bramy.

– Oto pańska przyjaciółka. Widzi pan? Nada się?

Obrzucił ją pobieżnym spojrzeniem.

– Ile ma lat?

– Czternaście – odparł mężczyzna. – Dopiero co skończyła. Dwa tygodnie temu miała jeszcze trzynaście. To zgodne z prawem. Jak pan zechce, może się pan z nią ożenić.

Wybuchnął śmiechem, obserwując wyraz twarzy klienta. Protestant, pomyślał; wszyscy Amerykanie to protestanci i mają poczucie winy nawet wtedy, kiedy idą z kobietami. A jak czuli się ci, którzy szli z chłopcami? Miał kiedyś klienta, zamożnego faceta z Austin, który usprawiedliwiał się przed nim, gdy poprosił o chłopca. „Nic mu nie zrobię – powiedział. – Chcę go tylko poprosić, żeby… żeby… Lubię kobiety, rozumie pan. Spotykam się z chłopcami tylko od czasu do czasu". I tu nastąpiła cała litania wymówek.

Pieniądze przeszły z rąk do rąk, a dziewczynka obserwowała liczenie banknotów.

– Dobrze. Wszystko się zgadza. Pójdzie z panem do hotelu. Może ją pan zatrzymać do rana. Jeśli zechce jej pan dać jakiś napiwek, proszę bardzo. Sama wróci do domu.

Odszedł z dziewczynką u boku. Nadal prawie na nią nie patrzył, lecz zdążył zauważyć, że uśmiecha się do niego.

– Chciałabyś coś zjeść? Masz ochotę pójść do restauracji?

Był to niezwykły pomysł, nawet niebezpieczny, ale nie jadł lunchu i był głodny. A ponadto ten człowiek, ten stręczyciel, użył słowa „randka". Zabierze więc swoją partnerkę, to rozkoszne stworzenie o miodowej skórze, na obiad do restauracji. Potraktuje ją jak kobietę. Świece, komplementy.

Spojrzała na niego.

– Jak pan chce.

– Ale czy ty byś chciała? Zapraszam cię.

Wzruszyła ramionami.

– Chyba tak.

– Chyba... – Umilkł. Dwa tygodnie temu miała jeszcze trzynaście lat. Nie potrafiła odpowiedzieć inaczej.

Zdecydował się na pierwszy z mijanych lokali – dużą restaurację rybną z secesyjną fasadą. Kelner, który stał przy wejściu, wprowadził go do środka i zamaszystym gestem wskazał stolik. Była to droga restauracja: grube, świeżo wykrochmalone obrusy z białego płótna, rzędy kieliszków przy każdym nakryciu.

– Podać panu wino? – Kelner podsunął mu kartę i zerknął na dziewczynkę. – A dla córki...

Siedział nieporuszony, choć słowa, które usłyszał, kłuły go, kłuły dotkliwie. Dziewczynka nie zwróciła na to uwagi; wpatrywała się w widelce, noże i błyszczące talerze.

Zamówił danie dla nich obojga, wiedząc, że zbyt długo musiałby ją wypytywać, na co tak naprawdę ma ochotę. Zdecydował się na półmisek owoców morza z zestawem sałatek. Kelner zanotował zamówienie i zniknął.

– Więc masz czternaście lat.

Kiwnęła głową.

– I mieszkasz w Lizbonie? Pochodzisz z Lizbony?

Spuściła oczy.

– Pochodzę z innej miejscowości. Z prowincji. Teraz mieszkam w mieście.

– Mieszkasz z tym człowiekiem? Tym, który... który nas zapoznał?

Pokręciła głową.

– Nie. Z ciotką. Opiekuje się mną.

Przyjrzał się uważnie jej twarzy. Miała tę oliwkową cerę, za którą przepadał, lecz było w niej coś dziwnego, niemal chłopięcego. Sprawiała wrażenie kogoś, kto potrafi o siebie zadbać. Nie wykorzystywał jej. Była twardą sztuką. Zresztą one to lubiły, te dzieciaki. Zgłaszały się na ochotnika.

Nieoczekiwanie dziewczynka przemówiła.

– Moja ciocia wiele lat mieszkała w Afryce. W mieście, które nazywało się Lourenco Marques*. Zna pan to miasto?

---

* Lourenco Marques, obecnie Maputo, stolica Mozambiku.

27

Podniósł nóż ze stołu i obejrzał go.

– Tak, znam je. Byłem tam.

Wydawała się zainteresowana tematem.

– Chcę tam kiedyś pojechać, naprawdę. Chcę zobaczyć dom cioci. Prowadziła bar, taki duży, z obsługą.

– Zapewne tak. Mogę to sobie wyobrazić.

– I pływała w Oceanie Indyjskim. Każdego ranka.

– To niebezpieczne. Z uwagi na rekiny.

Była wyraźnie zaskoczona.

– Rekiny? W oceanie?

– Tak. Są tam rekiny.

Na jej twarzy odmalowało się rozczarowanie. Być może prysło jedno z jej złudzeń.

– Ale nie przejmuj się tym za bardzo. Niebezpiecznie jest tylko wypływać zbyt daleko. Rekiny czyhają za falami przyboju. W pobliżu brzegu nic ci się nie stanie.

Rozmowa przestała się kleić i był zadowolony z nadejścia kelnera.

– To dla pana… a to dla córeczki. *Bom appetito!*

W hotelu pełnił służbę ten sam recepcjonista. Poprosił o klucz, zauważając taksujące spojrzenie, jakim urzędnik obrzucił dziewczynkę, a potem jego. Położył banknot na kontuarze.

– Teraz na zewnątrz jest chłodniej. Znacznie chłodniej.

Recepcjonista zgarnął banknot dyskretnym ruchem i uśmiechnął się, podając klucz.

– Dobrej nocy. Dziękuję panu. Istotnie, zrobiło się znacznie chłodniej.

Podszedł do okna, żeby spuścić rolety. Zanim to zrobił, popatrzył na drzewa. Wiedzieli, że lubi te drzewa. Wiał lekki wiatr, a górne gałęzie falowały w odpowiedzi. „Skąd przybywają wiatry? Bo przybywają skądś…”. Cytat z wiersza, który czytał dawno temu w jakiejś zapomnianej książce, w innym kraju.

Odwrócił się. Dziewczynka stała obok łóżka, wpatrując się w niego, i ponownie dostrzegł jej migdałowe oczy oraz gładką cerę. Zbliżył się i lekko dotknął jej ramion.

– Zamierzam zdjąć z ciebie ubranie – powiedział. – Całe, zaczynając od tego.

Wsunął dłoń pod pasek dżinsów i poczuł, że jej mięśnie sztywnieją.

– Boisz się?

Milczała, więc bez wahania sięgnął do zamka błyskawicznego i rozpiął go. Potem pociągnął za materiał i dżinsy zsunęły się do jej kostek. Jak na dziewczynkę, miała długie nogi. Jak na dziewczynkę...

– Rozbierz się – powiedział. – Ja pójdę na chwilę do łazienki.

Kiedy wrócił, leżała naga na łóżku, plecami do góry, kryjąc twarz. Zauważył delikatny zarys kręgosłupa, wystające łopatki, kuszącą oliwkową skórę.

– Odwróć się – zażądał. – Odwróć się na plecy.

Odwróciła się i spojrzała z zażenowaniem, obawiając się jego reakcji.

Milczał przez chwilę; nie mógł wydobyć słowa. Potem odezwał się cicho:

– Jesteś chłopcem.

Chłopiec nie odpowiedział. Usiadł z podkulonymi nogami, wtulając głowę między kolana.

– To on mi każe – mruknął po chwili. – To przez niego. Zabiera wszystkie pieniądze. – Uniósł głowę. – Słowo daję. Każe mi iść z mężczyznami, którzy szukają chłopców. I nabiera tych, którzy wolą dziewczynki. A oni nigdy nie ośmielają się skarżyć.

Popatrzył na chłopca. Litość na chwilę odebrała mu mowę.

– Ale mieszkasz z ciotką? – spytał wreszcie. – Z tą, która prowadziła bar w Afryce? To prawda?

Chłopak kiwnął głową.

– Tak. Oni się przyjaźnią.

– Rozumiem.

Ponownie zerknął na chłopca. Był za chudy. Powinien przybrać nieco na wadze.

– Musisz więcej jeść – powiedział. – Dostawać odpowiednie posiłki. Nie odżywiasz się jak należy.

Chłopak spojrzał na niego.

– Skąd pan wie?

– Ponieważ jestem lekarzem.

BULAWAJO
Południowa Rodezja, 1959

Tam – powiedziała. – To tam. Już bardzo blisko. Widzisz? Spojrzał we wskazanym przez nią kierunku. Zobaczył spłachetek ciemnej zieleni i zlewające się z nim, oddalone i na poły przesłonięte liśćmi smugi bieli, które musiały być budynkami. Zieleń rozkwitła na tle okrągłych granitowych głazów, wypiętrzonych z weldu*.

– Za drzewami? – upewnił się. – Za tamtymi figowcami?

Skinęła głową.

– Tak. To właśnie tam.

– To dobre miejsce – powiedział z uśmiechem. – Wygląda, jakby miało pod dostatkiem wody.

– Tu zawsze było zielono. Podczas tej okropnej suszy, pamiętasz, pięć czy sześć lat temu...

– Sześć – uściślił. – Wtedy wyjechałem za granicę.

– Tak, pewnie tak. W każdym razie mieliśmy mnóstwo wody, choć w Bulawajo mówiło się o racjonowaniu. Wszystkie ogrody doszczętnie wyschły. Obumarły.

Skręcił gwałtownie, żeby ominąć kamień, który nagle wyrósł przed nim na gruntowej drodze.

– Niewiele brakowało – zauważył. – Dostrzegłem go w samą porę.

– Co?

* Weld, Veld – wyżyny w Afryce Płd. na południowy wschód od kotliny Kalahari. Charakterystyczne są dlań wzniesienia zbudowane ze skał wulkanicznych, prekambryjskich granitów i gnejsów.

30

– Ten kamień. Raz, niedaleko Gwandy, straciłem przez coś takiego miskę olejową. Olej zalał wszystko dookoła.

Odwróciła się na siedzeniu i popatrzyła na chmurę pyłu za samochodem.

– Powiem ojcu, żeby to wyrównał. Ma taki specjalny pług z walcem.

Odchrząknął.

– Dobry pomysł. Ale tutaj każdy kamień kryje pod sobą następny. Jedyne wyjście to samochód terenowy. Czy twój staruszek jeździ czymś podobnym?

– Tak.

Przez chwilę jechali w milczeniu. Droga przed nimi zakreślała łuk w kierunku zielonych wybiegów i kępy drzew. Było już widać budynek – białe kolumienki werandy, dach kryty strzechą, czerwone płomyki bugenwilli. Droga stała się nieco równiejsza i kilka ostatnich mil pokonali w szybszym tempie. Lubił podjeżdżać szybko pod domy i z piskiem opon hamować przed werandą. Tu, na prowincji wszyscy tak robili i zawsze dostrzegał w tym nutę stanowczości. A on dzisiaj musiał być stanowczy, zważywszy na czekające go spotkanie. Chętnie wypiłby piwo. A jeszcze lepiej dwa albo trzy. Dla kurażu, jak to mówią. Niby czemu nie?

Teraz siedział z jej rodzicami na werandzie i wszyscy zerkali ukradkiem na siebie, udając, że zupełnie nic ich nie interesuje. On jednak zauważał każdy szczegół. Wygląda na starszą, niż jest, pomyślał. Ale tak to już bywa z żonami farmerów. Ich twarze reagują na wpływ klimatu wcześniej niż twarze ich mężów – stają się pomarszczone i szorstkie jak oblicza australijskich kobiet, które całe życie spędziły w buszu, choć może nie aż tak zniszczone. Czy to przez dzieci, troski związane z prowadzeniem domu, porody, seks…? Czy zachowały się jeszcze jakieś gorące uczucia w tej wysuszonej postaci, ubranej w skromną sukienkę z cienkiej bawełny? Zwłaszcza gdy zjawił się tu on, ociężały i niezdarny. Na pewno nie.

– Michael?

Spojrzał na nią. Najwyraźniej o coś go pytała.

– Mama chciałaby wiedzieć, czy napijesz się herbaty?

W jego oczach pojawił się cień wahania.

– A ty?

– Może piwa? – zagadnął z uśmiechem ojciec. – Gorąco dzisiaj.

Z ulgą przyjął propozycję i obydwaj usiedli, gdy kobiety weszły do domu. Przez chwilę panowało milczenie. Tak, sytuacja wydawała się niezręczna, choć piwo mogło ją nieco ułatwić.

– Anne mówiła, że jest pan nauczycielem. Matematyka?

Miał niezwykły głos jak na farmera – cichy, bez wyraźnego akcentu. Przypominał głos jego własnego ojca, powściągliwy i wyważony. Anne kiedyś wspomniała, że skończył uniwersytet w Kapsztadzie, gdzie studiował coś niezwykłego... chyba archeologię?

– Tak. Matematyka i wychowanie fizyczne. Uczę od dwóch lat.

Starszy mężczyzna z uśmiechem pokiwał głową, jak gdyby potwierdziły się jego podejrzenia.

– Byłem kiedyś członkiem zarządu tej szkoły.

To go zaskoczyło. Nie wspominała mu o tym, ale w ogóle niewiele o nich mówiła. Interesowała się natomiast jego rodziną i wypytywała go o krewnych, tak jakby o jej bliskich nie dało się powiedzieć nic ciekawego.

Sięgnął po butelkę i nalał piwa do wysokiej szklanki.

– Od tego czasu minęło ładnych kilka lat. Wie pan, uczył się tam nasz syn, którego straciliśmy.

Wiedział o tym. Mówiła o swoim nieżyjącym bracie rzeczowym tonem, tak jak jej ojciec teraz. On sam nie miał już żadnych bliskich krewnych, więc nie był pewien, jak z tym jest, ale zawsze przypuszczał, że rodziny nie rozmawiają o zmarłych, przynajmniej tych najbliższych, aby nie rozdrapywać ran. Poczuł się zakłopotany. Cóż mógł powiedzieć o czyimś nieżyjącym synu?

Nie musiał jednak nic mówić.

– Polubiłem tę szkołę od pierwszego wejrzenia. Panowała w niej dobra atmosfera. Czy pan także ją wyczuwa?

– Tak.

– Na czym to polega? Jak pan sądzi?

Nigdy się nad tym nie zastanawiał. Szkoła mu się podobała, lecz nie dociekał, dlaczego. Czuł się tam dobrze i to mu wystarczało.

– Mamy niezłych nauczycieli.

Zaledwie wypowiedział te słowa, uświadomił sobie, że brzmią banalnie. Instynktownie wyczuwał, że nie dorównuje inteligencją temu

starszemu mężczyźnie. On jest bystry, pomyślał. Ten farmer, który tu
siedzi i pilnuje swoich stad, jest mądrzejszy niż ja.
– Oczywiście – zgodził się ojciec Anne. – Wystarczy jeden czy
dwóch ludzi, by nadać ton całej instytucji, prawda? – Zawiesił głos. –
Do tego dochodzi tradycja. Warto o niej pamiętać, nawet w dzisiejszych czasach.
– Oczywiście.
– Słyszałem, że o tradycji nie wypada nawet wspominać. Staro-
modne słowo, niemal zakazane. Co pan o tym myśli?
Poczuł irytację. Co myślał? Czy w ogóle o tym myślał? Gospodarz przyglądał mu się zagadkowo.
– Ciągle wierzę w tradycję – wyznał starszy mężczyzna. – Do
pewnego stopnia. Zdaję sobie sprawę, że zawiera mnóstwo bredni,
ale bez niej bylibyśmy... no cóż, zagubieni. Dzięki niej uzyskujemy
w życiu pewne wskazówki.
Oczekiwał odpowiedzi, a przynajmniej jakiegoś komentarza. Tradycja?
– Oni w nią wierzą, nieprawdaż? – Ruchem ręki wskazał stajnie.
Dwaj stajenni wyprowadzali konie na padok. Mieli na sobie po-
łatane niebieskie kombinezony i poszarpane kapelusze, które już
dawno utraciły pierwotny kształt. Ojciec Anne parsknął śmiechem.
– Afrykanie? O, tak. To dla nich bardzo ważne. Bardzo. Ale hoł-
dują przesądom. Czy myśli pan, że między jednym a drugim istnieje
różnica?
Sięgnął po piwo, które postawiono dyskretnie na stole, i odpowiedział na pytanie, które sam sobie zadawał.
– Zapewne tak.
Mężczyźni wyprowadzający konie na padok przystanęli. Jeden
uniósł przednią nogę swego wierzchowca i uważnie obejrzał kopyto.
Następnie poluzował kantar i poklepał konia po szyi. Drugi również
puścił konia wolno i coś krzyknął. Spłoszone zwierzęta pocwałowa-
ły w bok.
– Spójrz – odezwał się przyszły teść. – To dwa najlepsze konie.
Młody mężczyzna przyglądał się wierzchowcom brodzącym po
kolana w brunatnej trawie, która zarastała padok. Łatwiej byłoby się
w to nie wplątywać, pomyślał. Mógł się nie żenić i spędzić resztę życia w służbowym mieszkaniu. Czy nie byłoby to w jego wypadku
bardziej naturalne? Czy tak naprawdę chciał się ożenić? Zerknął

z ukosa na jej ojca i przemknęło mu przez głowę: to mój teść. Słowa te brzmiały dziwnie i niewłaściwie. Nigdy nie zdoła nazwać tego człowieka „teściem". To inni miewali teściów; inni miewali żony.

– Jest uderzająco przystojny. Bardzo nam się podoba. I mnie, i twojemu ojcu. Wyczułam to od razu.

Matka zerknęła na córkę, która oblała się rumieńcem.

– Byłam pewna, że znajdziesz sobie kogoś na odpowiednim poziomie. Byłam tego najzupełniej pewna.

Przez chwilę siedziały w milczeniu. Córka spuściła oczy i przyglądała się dywanikowi na podłodze.

– Kiedy możemy powiedzieć znajomym? – spytała matka. – Mam nadzieję, że nie każecie nam czekać.

– W każdej chwili – odparła córka. – Możecie im powiedzieć w każdej chwili.

– To dobrze.

Umilkły ponownie. Z zewnątrz dobiegł szum wysokoprężnego generatora. Matka podniosła się z krzesła i wyjrzała przez okno. W mroku nocy nie było widać nic prócz kwadratu światła.

– Jak tu gorąco – westchnęła. – Czasami żałuję, że nie mieszkamy w Cape albo Eastern Highlands. Gdziekolwiek, byle nie w Matabelelandzie.

– Chcielibyśmy się pobrać za mniej więcej pół roku – powiedziała córka do jej pleców.

– Znakomicie. Będziesz miała mnóstwo czasu, żeby wszystko zorganizować. Zawsze jest tak dużo do załatwienia.

– Pomyśleliśmy, że katedra w Bulawajo...

– Będzie najlepszym miejscem. Oczywiście. Nie powinno z tym być żadnych problemów. Możemy do nich zadzwonić rano.

Matka odwróciła się od okna.

– Moja droga, nie wiem, w jaki sposób rozmawia się obecnie o tych sprawach. Zaszło tak wiele zmian. W dzisiejszych czasach ludzie mają inne poglądy...

Zawiesiła głos. Córka popatrzyła na nią i zauważyła, że rąbek spłowiałej sukienki jest z jednej strony odpruty.

– Widzisz, za moich czasów należało zaczekać... no wiesz, nie pozwalało się mężczyznom... Ale po zaręczynach sytuacja wyglądała już nieco inaczej. Więcej było wolno.

Córka milczała, pragnąc w duchu, by matka przestała mówić, lecz starsza kobieta ciągnęła uparcie:
– Narzeczeni mają pewną swobodę. Ale proszę cię, moja droga, bądź ostrożna. Tyle tylko chcę ci powiedzieć. Pamiętaj, że czasami coś może pójść nie tak i wtedy… No cóż, sprawy mogą zajść dalej, niż byś chciała, i możesz później tego żałować…
– Bo następnym razem nie mogłabym już wystąpić w bieli?
Matka uśmiechnęła się lekko i napięcie zelżało.
– No właśnie – odparła. – Właśnie.

Kiedy miał jedenaście lat, jego matka odeszła. Wiedział, że rodzice się sprzeczają; słyszał podniesione głosy i dostrzegał napięty wyraz ich twarzy, gdy byli razem – przypuszczał jednak, że ludzie tak właśnie żyją. Wiedział o kłótniach w innych domach, o tym, że inni rodzice skaczą sobie do oczu i że istnieje coś takiego jak rozwód, który przytrafiał się w innych rodzinach i prowadził do takich komplikacji, jak dwa oddzielne domy, dwa samochody i podzielone weekendy. Ale nie był przygotowany na to, że matka odejdzie tak nagle, obdarzywszy go jedynie wymuszonym, milczącym pocałunkiem na dobranoc.
Ojciec wszedł rano do jego pokoju, obudził go i stanął obok, zakłopotany, w szlafroku narzuconym na ramiona.
– Mam dla ciebie smutną wiadomość, Michaelu – zaczął. – Twoja matka nas opuściła.
Leżał nieruchomo na wznak, wahając się, czy nie udać, że śpi, by nie dopuścić do siebie tej wiadomości. Ale ojciec wpatrywał się w niego i musiał coś powiedzieć.
– Kiedy wróci? – zapytał.
– Obawiam się, że nigdy. Wyjechała, żeby zamieszkać z kimś innym. Przenieśli się na północ, do Nairobi. Przykro mi.
Nie padło ani słowo więcej. Nigdy już o tym nie rozmawiali; sam, wyczuwając cierpienie ojca, unikał tego tematu, ojciec zaś, zakłopotany i niezdolny, by stawić czoło emocjom syna, udawał po prostu, że nic takiego się nie wydarzyło.
Prowadzenie domu nie nastręczało żadnych problemów. Afrykańska gospodyni robiła zakupy i nadzorowała dwie pokojówki. Wszystko działało jak należy. Ubrania były zawsze wyprane i starannie wyprasowane, buty wyczyszczone, łóżka posłane. Nigdy nie pytał, jak to się dzieje; tak po prostu było.

Jego ojciec, adwokat, spędzał całe dnie w kancelarii, lecz zawsze wracał do domu na kolację i nie zdarzało mu się wychodzić wieczorami. W weekendy zabierał syna nad wodę albo na wzgórza, na południe od miasta, gdzie rozpalali ognisko i piekli kiełbaski i bekon. Z nadejściem wakacji wyjeżdżali na ryby nad rzekę Zambezi – była to przygoda wyczekiwana przez obu z utęsknieniem całe miesiące naprzód.

A zatem dorastał w domu określanym przez tych, którzy wiedzieli o zdradzie i ucieczce matki, jako „smutny" bądź „żałosny", lecz zapewniającym poczucie bezpieczeństwa.

Miał lat siedemnaście, gdy pewnego dnia wrócił z meczu rugby i zobaczył na podjeździe biało-niebieski samochód policyjny. Przed domem stał sąsiad, który popatrzył na Michaela i podszedł szybkim krokiem, przecinając trawnik.

Dowiedział się, że jego ojciec miał wypadek. Odniósł poważne obrażenia... właściwie to wydarzyło się coś gorszego; sąsiad z przykrością musiał wyznać, że nic nie mogli dla niego zrobić. Prawdę mówiąc, zginął. Bardzo im wszystkim przykro.

Tamten drugi kierowca był pijany. Przez całe przedpołudnie raczył się alkoholem w klubie kolejarskim, a potem siadł za kierownicą i popędził Rhodes Street, nie zważając na światła. Potrącił ulicznego handlarza i zrzucił go z roweru, później zaś, na skrzyżowaniu, zderzył się czołowo z autem ojca. Pijakowi nic się nie stało.

Dalej już nie słyszał. Następne dni spędził w odrętwieniu; usiadł w kościele na twardej ławce, wbijając wzrok w ziemię, jak gdyby samą siłą woli mógł przenieść się w inne miejsce, z dala od tego wszystkiego. Wspólnik ojca siedział obok i pociągał go lekko za rękaw, gdy należało wstać. Nie patrzył na trumnę, której po prostu nie widział, czuł jednak zapach kwiatów, mdlącą woń kalii i słyszał słowa:

– Ten mężczyzna, nasz brat w Chrystusie, był dobrym człowiekiem, prawym człowiekiem, któremu życie nie szczędziło zawodów, lecz znosił je mężnie. Niektórzy spośród zgromadzonych, łącznie ze mną, odbywali wraz z nim służbę na Zachodniej Pustyni. Pamiętamy braterstwo tamtych dni. Każdy z nas zachował wspomnienie człowieka honoru, zawsze skorego do pomocy. Oto, jak powinno się postępować w życiu: być lojalnym wobec przyjaciół, wiernym swemu krajowi i wyrozumiałym dla słabych. Pójdźmy za jego przykładem.

Ojciec był doradcą prawnym misji, której siedziba mieściła się na południowych obrzeżach miasta, i księża nalegali, by został tam pochowany. Wyruszyli zatem w posępnym kondukcie, mijając korty tenisowe ośrodka rekreacyjnego i pierwsze chaty robotników rolnych, ku misji i jej otoczonemu popękanym murem cmentarzowi. Było południe, upalna pora, a podmuchy wiatru podrywały z wyschniętej ziemi obłoczki czerwonego pyłu. Zamknął oczy, choć już wcześniej odwiedził to miejsce, gdy ojciec pokazywał mu groby pierwszych misjonarzy.

Był tam jeden nagrobek, mocno już przekrzywiony, lecz z nadal widocznym napisem: CHARLES HELM, MISJONARZ, PRZYJACIEL MATABELE*. Otworzył ponownie oczy i wpatrzył się w nagrobek, podczas gdy obok, za otchłanią bolesnej pustki, chowano jego ojca.

Wygłaszane frazy rozbrzmiewały echem, zdając się wznosić aż pod bezchmurne, jasne niebo. „Krótki jest żywot człowieka zrodzonego z niewiasty... W pewnej i niechybnej nadziei zmartwychwstania i życia w przyszłym świecie...". Chwila ciszy, a później chór kościelny, ubrany na tę okazję w białe szaty, zaczął śpiewać „Boże, błogosław Afrykę".

Kończył wówczas szkołę, więc wspólnik ojca, którego mianowano powiernikiem jego majątku, uznał, że najlepiej będzie, jeśli młody człowiek zamieszka u niego, dopóki nie pozdaje egzaminów. O pieniądze nie musiał się martwić; mógł studiować, co zechciał, na dowolnie wybranej uczelni.

Jego ojciec ukończył prawo w Cambridge i uważano, że dla syna to również najbardziej odpowiednie miejsce. Mógł kontynuować naukę na tym samym uniwersytecie – jego ojciec z pewnością by sobie tego życzył, a ponadto na wysokim poziomie stała tam matematyka, przedmiot, w którym celował.

– Nie jestem pewien, jak będę się czuł w Anglii – powiedział powiernikowi. – Nigdy tam nie byłem.

– Znajdziesz się w swoim żywiole. Pomyśl tylko! Zamieszkasz w takim miejscu jak Cambridge. Będziesz grał w krykieta i rugby,

---

* Matabele – grupa ludów zamieszkująca tereny środkowo-zachodniego Zimbabwe.

kiedy tylko zapragniesz. Wspaniałe budowle, przyjaciele, życie intelektualne. Te świetne angielskie puby. Mój Boże, chętnie bym się z tobą zamienił!

Na początku Cambridge wydawało mu się zimne, obce i nieprzyjazne, i rozpaczliwie tęsknił za Afryką. Niebo wisiało nisko, inaczej niż tam, w domu; brakowało powietrza i przestrzeni. Otaczały go tłumy ludzi, ale czuł się bardziej samotny niż kiedykolwiek przedtem. W Norfolk mieszkali krewni ojca, którzy zapraszali go na weekendy, odnosił jednak wrażenie, że traktują go z rezerwą – acz zapewne niezamierzoną – i odczuwał skrępowanie w ich towarzystwie.

Nie miał do kogo pisać, z wyjątkiem wspólnika ojca. Zawiadomił matkę o wyjeździe, odbył z nią rozmowę telefoniczną, lecz słyszał w jej głosie napięcie. Przypuszczał, że gnębi ją poczucie winy, on zaś, ze swojej strony, niewiele do niej czuł.

Zawarł znajomość z osobami w podobnym położeniu: parą Australijczyków i dziewczyną z Nowej Zelandii. W piątkowe wieczory chodzili razem do pubów i od czasu do czasu jeździli do Londynu, powłóczyć się po West Endzie. Stopniowo rozwinęli zainteresowania i znaleźli nowych przyjaciół.

Zorientował się, że ma powodzenie. Podobał się kobietom – oglądały się za nim i wiedział o tym, ale niewiele go to obchodziło. Zapraszano go na zabawy taneczne i chodził na nie, sam jednak rzadko zapraszał kogokolwiek.

– Nie potrafię cię rozgryźć, Michael – zauważył jeden z uniwersyteckich kolegów. – Chyba nie bardzo ci zależy na innych, prawda?

Zrobił zaskoczoną minę. Oczywiście, że mu zależało. Tak jak każdemu.

– Ignorujesz te wszystkie dziewczyny, które dosłownie rzucają ci się do stóp. Mógłbyś ich mieć na kopy i zmieniać co tydzień. A nawet codziennie, gdybyś się przyłożył.

Uśmiechnął się lekko.

– Wtedy nie zostałoby mi zbyt wiele czasu na inne rzeczy.

Kolega popatrzył na niego uważnie.

– Ale, jak rozumiem, lubisz dziewczyny?

Zdziwiło go to pytanie.

– Tak. Lubię.

– Na pewno?

Kiwnął głową.
– Oczywiście nie wszystkie. Niektóre lubię bardziej, inne mniej.
– To całkiem naturalne.

Na ostatnim roku przystał do grupy studentów znanych z hulaszczego trybu życia. Słyszał o ich zabawach, nigdy go jednak nie zapraszali. Wtem, nieoczekiwanie, wsunięto pod jego drzwi kartkę z zaproszeniem na drinka.

Pozostali goście mieli na sobie stroje wieczorowe i z zakłopotaniem pomyślał o swoim zwyczajnym garniturze i brązowych butach, lecz gospodarz wciągnął go w poważną rozmowę, napełnił szklanki. Wszyscy obecni odznaczali się ogładą i elegancją; dało się również zauważyć oznaki dostatniego życia, takie jak ozdobna karafka ze srebrnym korkiem, ciężkie kryształowe kieliszki, srebrna grawerowana papierośnica.
– Powiedz, jak to wygląda w Afryce?
– Co?
– Wszystko, cały ten interes. Czy mieszkasz w jednej z tych dzielnic dla białych, no wiesz, bungalowy, służba i tak dalej?
– Tak przypuszczam.
– Ktoś ci czyści buty?
– Owszem.
– A rano zasiadasz do śniadania i masz wszystko podane na srebrnej tacy? Kedgeree*, jajka, wszelkie dodatki?
– Niektórzy tak żyją. Większość nie.
Jeden z gości włączył się do rozmowy.
– Nie wydaje mi się to zbyt sprawiedliwe. Służącym płaci się raczej niewiele, prawda?
– Prawda. I to jest niesprawiedliwe.
Rozmówca był rozczarowany.
– Myślałem, że spróbujesz znaleźć jakieś usprawiedliwienie. Z pewnością możesz coś powiedzieć w obronie tego systemu. „Brzemię białego człowieka"?
– Wybacz im, Michael – przerwał gospodarz. – Nie rozumieją, jakie to strasznie grubiańskie wytykać ludziom, że wywodzą się z niesprawiedliwego społeczeństwa. Wielkie nieba! Kto się nie wywodzi, pytam? Spójrz na nas!

* Kedgeree – potrawka z ryżu, ryby i jaj na twardo.

Dwa tygodnie później zaproszono go ponownie, a potem jeszcze raz. Na każdym z przyjęć goście byli inni, choć podobnego pokroju. Zmieniały się twarze i imiona, lecz w rozmowie poruszano mniej więcej te same tematy. Zauważył, że jest na swój sposób faworyzowany i że tylko jego poproszono, by przyszedł znowu.

Gospodarz wyznał mu:

– Rozweselasz mnie, Michael. Zupełnie nie przypominasz całej reszty paskudnych osobników, którzy zaludniają to miejsce. Jesteś taki... taki prosty. W najlepszym znaczeniu tego słowa. Szczery i uczciwy. Nie ma w tobie śladu pozerstwa, snobizmu ani niczego takiego. Jesteś samą dobrocią, zdajesz sobie z tego sprawę? Samą dobrocią!

Siedzieli sami przy stole, na którym stała opróżniona do połowy butelka reńskiego wina.

– Czy w takim mieście jak Bulawajo znalazłoby się miejsce dla kogoś takiego jak ja? Co mógłbym tam robić? Nie odpowiadaj! Nie musisz odpowiadać. Napij się!

Wyciągnął rękę z butelką i napełnił kieliszek gościa.

– Już dość wypiłem. To nasza druga butelka.

– Ale te niemieckie wina są zdrowe! Niezmiernie łagodne, wiesz? Specjalnie je takie robią, żeby człowiek mógł wypić dwie, trzy butelki bez ujemnych skutków.

Opróżnił własny kieliszek i odchylił się na oparcie sofy. A potem rzucił:

– Nie wracaj dziś do domu. Zostań u mnie.

Michael popatrzył na gospodarza, który wstał z butelką w ręku i z uśmiechem odwzajemnił jego spojrzenie. Niemożliwe, żeby miał na myśli to, co Michael podejrzewał.

Pokręcił głową.

– Nie. Muszę iść.

– Dlaczego? Zostań. Jakie to ma znaczenie? Słuchaj, jakie to ma znaczenie, co sobie wbiłeś do głowy? Żadnego. To zupełnie nieważne. Zostań.

Dźwignął się na nogi i lekko zachwiał.

– Nie chcę – odparł. – Po prostu nie mam ochoty zostać.

Ruszył w stronę drzwi. Gospodarz odstawił butelkę i wyjął papierosa ze srebrnej papierośnicy.

– Południowa Rodezja! – parsknął śmiechem. – Południowa Rodezja!

Przystanął.

– Nie rozumiem, o co ci chodzi.

– Właśnie. Nie wyrwałeś się duchem z tego twojego zaścianka, o to mi chodzi.

Milczał i wpatrywał się zdeprymowany w twarz tamtego.

– Powiedzieć ci coś, Michael? Rhodes* był pedziem. Pewnie nie wiedziałeś. Sam Rhodes! Zabawne, no nie? Powinni byli dać taki napis na jego pomniku. Już to widzę, a ty?

Zaproszenia się urwały. Oczywiście, nadal widywał tych chłopaków, a także swego niedoszłego uwodziciela – Cambridge było za małe, by dało się tego uniknąć. Uśmiechali się, machali do niego jak gdyby nigdy nic, ale dla Michaela tamta jedna rozmowa zmieniła wszystko. Nic już nie było takie, jakie się wydawało – wykładowcy, studenci – cała ta fasada cywilizowanego, mądrego społeczeństwa kryła małostkową duszę. To była hipokryzja. Ci ludzie niczym się nie różnili od drobnych pijaczków i cudzołożników z Bulawajo.

– Zerwałeś z nowymi znajomymi. Co między wami zaszło? Stawiali ci za mało wina?

– Raczej to oni zerwali ze mną. Niewiele mnie to zresztą obchodzi.

Na chwilę zapadła cisza.

– To dobrze.

– Nie lubiłeś ich?

– A kto ich lubi? Swoją drogą, jak myślisz, co w tobie widzieli?

Spojrzał na przyjaciela. Czy on wiedział od samego początku? Czy dla innych było to aż tak oczywiste?

– Nie wiem. Chyba błędnie mnie ocenili.

Przyjaciel parsknął śmiechem.

– Można to i tak ująć. Obszczekiwali niewłaściwe drzewo. To właściwie dość zabawne. Jakbym ich słyszał. „On jednak nie bawi się w te rzeczy! Dałbyś wiarę, mój drogi?".

Porzuciwszy życie towarzyskie, ze zdwojonym wysiłkiem zabrał się do pracy. Opiekunowie naukowi odnosili się do niego przychylnie

* John Cecil Rhodes (1853–1902) – polityk brytyjski, przyczynił się do skolonizowania obszarów Rodezji (obecnie Zambia i Zimbabwe) – nazwanej tak od jego nazwiska.

i napomykali, że mógłby zostać na uczelni. Poszukiwano naukowców do niektórych projektów z zakresu matematyki stosowanej; z całą pewnością znalazłby tu coś dla siebie. Perspektywa wydała mu się kusząca. Byłoby najprościej przyjąć propozycję i bezpiecznie spędzić najbliższe trzy lata przy nieźle dofinansowanym projekcie badawczym w Cambridge. Prawie się zdecydował – lecz pewnego popołudnia w pobliskiej wiosce, gdzie znajomi zaprosili go do pubu na lunch, zobaczył niebo, które przypomniało mu Afrykę. Zastygł w bezruchu i wtedy poczuł ów niepowtarzalny, sugestywny zapach deszczu zraszającego pylistą drogę. Powiew Afryki zabłądził nagle do tego płaskiego, cichego zakątka Anglii i serce Michaela zamarło na chwilę.

Propozycja stypendium naukowego została odrzucona, ku niemałemu zdumieniu wykładowców.

– Podobna sposobność może już nigdy się nie powtórzyć – uprzedził jeden z nich. – Jeżeli myśli pan poważnie o matematyce, najwyższy czas podjąć decyzję.

– Już ją podjąłem.

– Popełnia pan błąd. To nie miejsce dla pana. W żadnym razie!

Zagryzł usta. Skąd ten człowiek z elitarnego akademickiego światka miał cokolwiek wiedzieć o Afryce? Chciał to oznajmić głośno, powiedzieć mu, że nie można przeciwstawiać się głosowi serca, lecz ugryzł się w język i bąknął coś o swoich zobowiązaniach. Wykładowca umilkł, a następnie zmienił temat i Michael zrozumiał, że postawiono na nim krzyżyk. Otrzymał propozycję będącą przepustką do świata, który ten wykładowca i jemu podobni uważali za najlepszy z możliwych, spełnienie najśmielszych marzeń – i niewdzięcznie tę propozycję odrzucił.

Kilka tygodni później dostał list od dyrektora prywatnej szkoły dla chłopców pod Bulawajo. Dyrektor dowiedział się, że Michael właśnie kończy studia, i zaproponował mu posadę w swojej szkole. Ogromna szkoda, że tak wielu obiecujących młodych ludzi nie wraca do kraju; czy Michael zechciałby dowieść, że nie zawsze tak bywa?

Odpisał, przyjmując propozycję. Wrzucił list do skrzynki naprzeciw portierni i wsuwając go w otwór poczuł, jak pogłębia się przepaść między nim a Cambridge. Nic go tu już nie trzymało; całe to doświadczenie przestało być interesujące. Ten ciasny, zimny kraj nic dla niego nie znaczył.

– To był wspaniały dzień, Michaelu. Dobrze się spisałeś.
– Dziękuję. – Uścisnął wyciągniętą dłoń ojca Anne. – Naprawdę dziękuję.
– Należysz teraz do rodziny. Nie musisz mi dziękować.
Lekko skłonił głowę, speszony komplementem.
– Mimo to jestem wdzięczny. I wiem, że Anne...
Teść uśmiechnął się do niego.
– Rodzice powinni żegnać dzieci w odpowiednim stylu. W każdym razie nie wątpię, że oddaję ją w dobre ręce.
– Oczywiście.
Zerknął ukradkiem na zegarek. Do odjazdu pociągu pozostało pół godziny, a musieli jeszcze odszukać swój wagon, zapłacić bagażowym i załatwić kilka innych spraw.
– Tak, już czas. – Starszy mężczyzna odwrócił się i dał znak kelnerowi. – Powiem mu, żeby zawiadomił kierowcę. Droga zajmie wam najwyżej dziesięć minut.
Na zewnątrz goście ustawili się w dwóch rzędach na stopniach ratusza. Wielu z nich trzymało pudełeczka z konfetti, które dzieci zaczęły już rozrzucać. Michael wyjrzał i skrzywił się lekko.
– Jesteś gotów? – Anne stanęła u jego boku.
Miała na sobie suknię, którą pomógł jej wybrać u Meiklesa, i kapelusz, który matka kupiła jej w Salisbury. Ujęła męża pod ramię i uszczypnęła żartobliwie.
– No, chodź.
Odwróciła się do matki, stojącej tuż obok. Nigdy nie widział u nich przejawów czułości, teraz jednak matka objęła córkę. Poklepywała ją po plecach, szepcząc coś do ucha.
Ojciec uśmiechnął się porozumiewawczo do Michaela.
– Podobno kobieta nigdy nie opuszcza swojej matki. Spójrz tylko na nie.
Anne ponownie się obróciła, by go uścisnąć. Dostrzegł łzy w jej oczach i zarumienione policzki. Ojciec objął ją łagodnie i po chwili odsunął od siebie.
– Spóźnisz się na pociąg – powiedział. – Pamiętaj, że za tydzień znowu się zobaczymy.
Zaczęła szlochać.
– Nic wam się nie stanie? Dacie sobie radę?
Wybuchnęli śmiechem.

– Oczywiście, kochanie. Ty głuptasie. Dajemy sobie radę od lat. Od wielu lat.

W samochodzie przylgnęła do niego i pocałowali się. Pachniała perfumami, których nie znał – czymś kosztownym i egzotycznym. Odgarnął jej włosy z twarzy i rozluźnił węzeł krawata. Figlarnym gestem musnęła jego tors.

– Tydzień – powiedziała. – Cały tydzień tylko we dwoje i żadnych obowiązków z wyjątkiem oglądania wodospadu.

– Cudownie – odparł.

Samochód ruszył. Grupki gości stały jeszcze przed bramą parkingu, machając na pożegnanie. Dwaj młodzi mężczyźni wyciągnęli ręce i zabębnili w dach samochodu. Michael pomachał do nich z uśmiechem.

Ludzie odprowadzali auto spojrzeniami. Jakiś rowerzysta zjechał na bok – czarny mężczyzna w wystrzępionej, znoszonej koszuli khaki i sfatygowanej czapce. Zerknął w okno samochodu i zaraz odwrócił wzrok, jak gdyby oślepiony suknią Anne. Twarz miał pozbawioną wyrazu.

Kilka minut później znaleźli się na stacji. Kierowca zahamował, wysiadł i zagwizdał na bagażowego, żeby odniósł walizki. Przeszli na peron i sprawdzili wykaz rezerwacji w wagonie sypialnym. Doznał dziwnego uczucia, widząc ich imiona połączone wspólnym nazwiskiem. Anne wskazała je palcem i dotknęła jego ramienia.

– To my. Mąż i żona, widzisz?

Gdy pociąg wyjeżdżał z miasta, Michael zaczął się mocować z grubym skórzanym uchwytem przy oknie na korytarzu. Wreszcie ciężka szklana tafla dała się przesunąć w dół i mógł odetchnąć nocnym powietrzem. Świeży powiew podziałał na niego orzeźwiająco. Zapadał już zmrok i z rozkołysanego wagonu widać było równe rzędy świateł, ciągnące się aż po skraj buszu i płaskie równiny Matabelelandu. Za miastem tory zakreślały łuk i na zakręcie Michael dostrzegł buchającą żarem lokomotywę. Iskry ulatywały z kotła, migocząc w smolistych ciemnościach niczym robaczki świętojańskie. W dalszej części wagonu również pootwierano okna i widział ciemne sylwetki innych pasażerów. Postanowił zostawić okno otwarte na noc, aby wlatywało świeże powietrze, mimo że do wagonu mogły wpadać drobiny sadzy z parowozu. Zapukał, zanim wszedł do przedziału. Anne układała sukienkę w walizce.

– Pomóc ci w czymś?

Pokręciła głową.

– Wszystko w najlepszym porządku. Położyłam twoją piżamę na łóżku. A twoja szczoteczka do zębów jest tam.

Jej słowa zabrzmiały dla niego bardzo dziwnie. Czy na tym miało polegać małżeństwo? Na wygłaszaniu zdawkowych uwag i pytań w rodzaju: „obiad na stole", „nie zapomnij kluczy", „widziałeś gdzieś moje pióro?"? Czy w ten sposób będą z sobą rozmawiali? A jeśli nie, to o czym właściwie mogliby rozmawiać? Usiadł na łóżku. Czy przypuszczała, że kiedykolwiek z kimś spał? Bo ona z pewnością nie – a sami nigdy nie posunęli się zbyt daleko. Spojrzał na nią – na swoją żonę. Była dziewicą, wiedział o tym. W Cambridge wysłuchiwał niezliczonych aluzji na ten temat, które raziły go swym prymitywizmem i wulgarnością. Czy wiąże się z tym zażenowanie, fizyczne pobudzenie, słowa? Jak to będzie? Zetknięcie dwóch spoconych ciał? Przewracanie się w pościeli na łóżku zbyt wąskim dla jednej osoby, a co dopiero dla dwóch?

Uśmiechnęła się do niego. Widział, że także jest speszona. Musiał jej w jakiś sposób pomóc. Rozejrzał się po przedziale. Światło – mógł je zgasić. To im pozwoli rozebrać się po ciemku i oszczędzić sobie nawzajem zawstydzenia.

Wstał, a ona drgnęła gwałtownie.

– Nie bój się – powiedział. – Nie zrobię ci krzywdy.

Zaśmiała się.

– Nie myślałam…

Wyłączył światło, lecz oczekiwane ciemności nie zapadły, ponieważ nad drzwiami paliła się lampka. Gdzieś powinien się znajdować drugi kontakt – ale gdzie?

Zjedli śniadanie w chybotliwym wagonie restauracyjnym, obserwując krajobraz, który przesuwał się za oknem. Rosły tu wyższe drzewa, a busz wyraźnie zgęstniał. Nie były to już tereny hodowców bydła, lecz nieujarzmiona kraina, terytorium słoni. Odchylił się na oparcie siedzenia i patrzył, jak poranne słońce wznosi się nad korony drzew. Znał taki busz. Podczas trzymiesięcznego szkolenia wojskowego wysłano go na patrol w okolicę kubek w kubek taką jak ta. Spędził dziesięć dni w obozie, kompletnie odcięty od świata, z dnia na dzień brudniejszy, ćwicząc się w strzelaniu i uprawiając w dwumetrowej trawie skomplikowane podchody niczym przerośnięty harcerz. Chwilę później na horyzoncie, ponad morzem zieleni, dostrzegli mgiełkę drobnych kropelek. Zaproponował Anne swoje miejsce, z którego był lepszy widok, ale tory nieoczekiwanie skręciły i las znów przesłonił wszystko.

– Pół godziny – orzekł. – Najdalej za pół godziny będziemy na miejscu.

Wróciła do przedziału, by spakować rzeczy, pozostawiając go przy stole. Nalał sobie kolejną filiżankę kawy i wpatrywał się w obrus. Czuł się jak w potrzasku – było to uczucie podobne do tego, jakiego doznawał, gdy po raz pierwszy wysłano go do szkoły z internatem. Zawiózł go tam ojciec, on zaś zdawał sobie sprawę, że ucieczka jest absolutnie niemożliwa. Teraz odnosił to samo wrażenie: jakby zamknięto go w więzieniu otoczonym drutem kolczastym.

– Nie spodziewaj się, że przyjemnie spędzisz miesiąc miodowy – ostrzegł go pewien cyniczny kolega. – To się nigdy nie zdarza.

Ku jego uldze, złe uczucie minęło. Wieczorem, gdy siedzieli na hotelowym tarasie i obserwowali dogasające słońce, znowu czuł się odprężony. Przy drinkach przysiadła się do nich młoda para, która zajmowała pokój na tym samym piętrze co oni. Mężczyzna był inżynierem i pracował w kompanii wydobywczej Goldfields; kobieta zajmowała się księgowością w biurze w Bulawajo. Ich obecność podziałała na Michaela jak katalizator i Anne dostrzegła to od razu. Towarzystwo innych ludzi dobrze na niego wpływa, pomyślała; nabiera wtedy humoru. Nie miała, oczywiście, nic przeciw temu – sama chętnie nawiązywała kontakty z ludźmi i sprawiało jej to przyjemność. Sądziła wprawdzie, że podróż poślubna to czas, który powinno się spędzić tylko we dwoje, no ale w przyszłości będą mieli jeszcze dużo takich okazji. Czeka ich wiele wspólnych lat – choć tego popołudnia zaczęły ją dręczyć nieproszone, chorobliwe myśli. Wyobraziła go sobie umierającego, tu, nad wodospadem – mógł pośliznąć się na kamieniu w lesie porastającym brzegi wąwozu i spaść z wysokości kilkuset stóp do płynącej w dole rzeki. Czytała, że coś takiego przydarzyło się pewnej parze nowożeńców. Oczyma duszy widziała już siebie jako wdowę, która powraca do współczujących rodziców, z nazwiskiem męża i wspomnieniami małżeństwa mierzonymi w godzinach. Starała się odpędzić od siebie te myśli, tak jak odpędzała lęk przed śmiercią rodziców, kiedy miała dziesięć lat.

Siedzieli na zewnątrz, dopóki nie zaczęły im dokuczać pierwsze moskity. Wówczas weszli do hotelu i wykąpali się przed kolacją. Choć się nie umawiali z nowo poznaną parą, tamci zaprosili ich do swojego stolika. Poczuła wzbierający gniew, lecz go stłumiła i dostroiła się do atmosfery wieczoru. Zamówili wino, które szybko uderzyło jej do głowy, rozluźniło ją i niemal oszołomiło. Tamta kobieta, mocno zarumieniona, śmiała się piskliwie, ilekroć jej mąż powiedział coś dowcipnego. Michael pił piwo do posiłku, dotrzymując kroku nowemu znajomemu.

O dziesiątej w jadalni nie było już nikogo prócz nich. Obserwowało ich kilku cierpliwych kelnerów, którzy nie śmieli zaprotestować przeciw wydłużeniu normalnych godzin pracy. Zaledwie wstali od stolika, kelnerzy podbiegli czym prędzej, by uprzątnąć puste kieliszki i zdjąć obrus. Anne i Michael wrócili do pokoju, pożegnawszy na korytarzu znajomych. Gdy zamknęły się drzwi, Anne zrzuciła buty i wyciągnęła się na łóżku. Michael stał przez chwilę przy drzwiach, jakby się wahał.

– Boże, ależ jestem zmęczony – powiedział. – Mógłbym spać kilkanaście godzin.

Popatrzyła na niego.

– Czemu nie? Jesteś na urlopie.

Przeszedł na drugą stronę pokoju.

– Naprawdę jestem zmęczony – powtórzył, po czym dodał, jak gdyby nieoczekiwanie przyszło mu to do głowy: – Może bym się przespał na poduszkach? Na podłodze? Dzięki temu obydwoje dobrze się wyśpimy.

Nie zareagowała. Przez chwilę wydawało mu się, że zamknęła oczy i zapadła w sen, ale dostrzegł, że go obserwuje. Odrzucił głowę w tył i wybuchnął śmiechem.

– Nie bierz tego poważnie – rzucił. – Tylko żartowałem.

Zachichotała.

– Wiem – powiedziała. – Oczywiście, że nie wzięłam tego poważnie.

Szkoła znajdowała się trzydzieści mil za Bulawajo. Zbudowano ją w latach trzydziestych, w okresie gdy zaczęło rosnąć zapotrzebowanie na prywatne szkolnictwo wśród obywateli, którzy gotowi byli wysłać synów za granicę, do drogich szkół dla chłopców w Transwalu lub Natalu. Śmiało naśladowała angielskie wzorce i chętnie zatrudniano w niej absolwentów Oksfordu i Cambridge. Po wojnie liczba owych absolwentów znacznie się zmniejszyła, rosły natomiast majątki plantatorów tytoniu i farmerów. Rozbudowa szkoły oznaczała, że zaczęto brać pod uwagę kandydatury młodych ludzi, którzy ukończyli południowoafrykańskie uniwersytety, drugie pokolenie Rodezyjczyków; dyrektor nalegał jednak, by byli dżentelmenami. Miejsce pod budowę szkoły zostało dobrze wybrane. Zbudowano ją na ziemi podarowanej pierwszemu zarządowi przez zamożnego hodowcę bydła, dla którego ów gest wiązał się z możliwością zapewnienia wykształcenia opóźnionemu umysłowo synowi. Był to teren kilkusetakrowy, zbyt rozległy jak na potrzeby szkoły, i położony na stokach falistych wzgórz – zdrowa, sucha okolica, chłodniejsza niż rozpalone równiny, nad którymi się wznosiła. Podczas stawiania budynków działkę oczyszczono z karłowatych krzewów i zasadzono drzewa gumowe, które teraz dawały upragniony cień w najgorętszej porze roku. Trawa na boiskach sportowych miała wilgoć dzięki zielonkawej rzece, płynącej leniwie około mili od głównych zabudowań, a członkowie szkolnego kółka rolniczego prowadzili niedużą farmę.

Najbliższa osada leżała w odległości dziesięciu mil. Kilka sklepów i składów otaczało punkt przecięcia wąskich dróg, z których jedna biegła na południe, ku rzece Limpopo i granicy z Afryką Południową. Znajdowała się tam również szkoła misyjna, w której pracowali dwaj niemieccy księża i kilku afrykańskich nauczycieli, a nieco dalej – niewielka kopalnia złota, ostatnia czynna w tej okolicy. W buszu tuż poza terenem szkoły pozostały stare wyrobiska, niebezpieczne, nieoznakowane szyby i tunele, wrzynające się w twardą, czerwono-białą ziemię.

Po ślubie pozwolono Michaelowi przenieść się z kwater dla nieżonatych pracowników – podłużnego, niskiego, przypominającego barak budynku w pobliżu boiska do rugby – do jednego z domów przeznaczonych dla młodszych nauczycieli. Był to bungalow, jeden z pierwszych postawionych na tym terenie, uważany przez innych pracowników szkoły za najniższy szczebel drabiny mieszkaniowej. Dach z blachy falistej protestował głośno przeciw przytrzymującym go śrubom, gdy tylko rozgrzało go poranne słońce; wiekowa wanna na łapach, przywieziona z wyburzonego domu w Bulawajo, była piekielnie niewygodna, a kuchnia przeżywała nieustanną inwazję mrówek. Anne jednak broniła domu, uważając, że ma on swoisty charakter i ku zaskoczeniu wszystkich oświadczyła, iż woli w nim zostać, niż przeprowadzić się do innego, lepszego, gdyby zaistniała taka możliwość.

Michael odnosił się do całej sytuacji raczej obojętnie. Przeklinał mrówki, wykładając w kuchni nieskuteczne środki owadobójcze, i zżymał się, że słońce świeci przez werandę w najgorszych porach, ale dom był dla niego jedynie miejscem, w którym jadał i sypiał. Przerobił pokój gościnny na gabinet i przesiadywał tam, kiedy miał do napisania list albo wypełniał arkusze ocen; przeważnie jednak przebywał w szkole lub odwiedzał innych nauczycieli.

Anne dokładała wszelkich starań, by stworzyć domową atmosferę. Przestudiowała książki z wykrojami i wzorami i uszyła zasłony na okna; wstawiła kilka mebli podarowanych przez rodziców i powiesiła obrazy, które kupiła w niedużym sklepie z dziełami sztuki w Bulawajo. Wybrała reprodukcje Constable'a i Turnera, symbole kultury wspólnej – jak wiedziała – dla nich wszystkich, kultury, która była przyczyną ich obecności tutaj, w Afryce, lecz wydawała się tak odległa, tak nieprawdopodobnie piękna pośród tumanów wszechobecnego pyłu, pod rozżarzoną kopułą nieba.

Michael prawie nie patrzył na obrazy; nie robiły na nim wrażenia. Jego ideałem piękna, gdyby kiedykolwiek zadał sobie trud jego zdefiniowania, byłaby dolina Cape z wznoszącymi się nad nią błękitnymi górami i wiejski dom niżej na stoku.

Dostosowali się nieporadnie do życia we dwoje. Anne zajmowała się urządzaniem domu i to wypełniało jej czas, choć zdawała sobie sprawę, iż nadejdzie chwila, gdy wszystkie zasłony będą gotowe, salon do końca umeblowany – i co dalej? Afrykańska kucharka przyrządzała posiłki i sprzątała kuchnię; było nie do pomyślenia, aby pani domu przejęła te obowiązki. Cóż więc mogła robić?

Przyjrzała się życiu innych żon. Dzieliły się na dwie grupy: starszych, które spędzały wspólnie przedpołudnia, pijąc kawę i grając w brydża, oraz młodszych, mających dzieci. Spotkała się na próbę z brydżystkami, ale gra nie wzbudziła w niej zainteresowania i trudno jej było zapamiętać, jakie karty już poszły. Zrezygnowała więc z brydża i zawarła znajomość z młodymi matkami, lecz tematy ich rozmów wydały jej się błahe, one zaś ze swej strony czekały po prostu, aż zajdzie w ciążę i zacznie dzielić ich troski.

Najgorsze były niedziele. W ciągu tygodnia Michaela pochłaniały szkolne obowiązki i tym mógł tłumaczyć swą nieobecność w domu; w soboty przeważnie odbywały się rozgrywki sportowe, co zajmowało mu cały dzień i często wiązało się z wyjazdami aż do Bulawajo. W niedzielę jednak nie uprawiano żadnych sportów i zgodnie ze szkolnym zwyczajem dawano chłopcom wolną rękę: mogli zostać w internacie albo wybrać się na całodzienną wycieczkę po okolicy. Małżonkowie siedzieli wówczas w domu, czytając książki lub słuchając płyt, lecz Michael zaczynał w pewnej chwili wiercić się niespokojnie i w końcu wychodził na spacer. Proponowała mu swoje towarzystwo i raz czy dwa wybrała się razem z nim, ale szybko zrozumiała, że wolałby być sam. Wyprzedzał ją, a później czekał z wyrazem irytacji na twarzy, aż go dogoni. Zaniechała więc wspólnych spacerów i zostawała na werandzie, gdzie przeglądała czasopisma albo rozwiązywała krzyżówkę w „Kronice Bulawajo", przez cały czas gorąco pragnąc jego powrotu. Potrzebowała jego obecności, nawet jeśli nie zwracał na nią uwagi. Lubiła siedzieć i spoglądać na niego, napawając się jego niewątpliwą urodą. Myślała o nim jak o pięknym zwierzęciu – młodym, płowym lwie czy może lamparcie – które zawędrowało na jej życiową drogę i musiała go strzec. Przyszło jej do głowy, że jego rezerwa może być po prostu oznaką męskości, odmienności. Nie miała prawa oczekiwać od Michaela, że da się oswoić jak domowy kot.

Rodzice Anne czekali na zaproszenie, zanim przyjechali w odwiedziny. Widziała się z nimi przelotnie w Bulawajo po powrocie z podróży poślubnej, ale dopiero kilka tygodni później zaprosiła ich do domu. Wiodła teraz swoje własne, dorosłe życie, w którym widziała ich raczej jako gości niż jako rodziców.

Zaproponowała, by przyjechali w sobotę na kolację, przenocowali i wrócili na farmę nazajutrz rano. Przybyli samochodem wyładowanym prezentami – drobiazgi do domu, płaty suszonego mięsa antylopy kudu, którą ojciec ustrzelił na farmie, książki z czasów dziecinnych, podpisana Biblia, nagroda za wygrane zawody pływackie, album o balecie. Śmiała się z tych pamiątek, lecz w głębi serca była zadowolona.

Usiedli we czwórkę na werandzie, by wypić wieczornego drinka. Rozmawiali głównie o domu i szkole. Ojciec Anne wypytywał o szczegóły realizacji planów, które poznał jako członek zarządu: kolejne pawilony, poszerzenie boisk, nowy dom dla dyrektora. Przy kolacji rozmowa zeszła na przyjaciół rodziny, których Michael nie znał. Słuchał przez chwilę, po czym – tłumacząc się zmęczeniem – poszedł się położyć.

– A więc jesteś szczęśliwa w małżeństwie? – zagadnął ojciec. – Twoje nowe życie układa się dobrze?

Anne unikała jego spojrzenia.

– Oczywiście. Wszystko jest zupełnie inne niż dawniej. Ten dom, to miejsce... Wszystko.

– Ale jesteś szczęśliwa? – nie ustępował.

– Naturalnie, że jest – wtrąciła matka. – To dla niej wielka odmiana. Coś nowego.

– Przepraszam – uśmiechnął się ojciec. – Upewniałem się tylko, czy wszystko w porządku. Pragnę wiedzieć, że moja córka miewa się dobrze. Nic w tym złego.

Napotkał stanowcze spojrzenie żony i odwrócił wzrok.

– Przepraszam, kochanie. Nie chcę być wścibski. Staliśmy się teraz bardzo małą rodziną... Jesteś nam niezmiernie droga...

Umilkł. W pokoju zapadła cisza. Ojciec trzymał ręce splecione na kolanach, matka wpatrywała się w sufit. Anne, która siedziała obok, pochyliła się i objęła go ramieniem.

– Zawiadomię cię, gdyby działo się coś złego – powiedziała. – Nie martw się. Przyrzekam, że cię zawiadomię.

Kilka tygodni po tej wizycie Michael miał towarzyszyć szkolnej drużynie, wyjeżdżającej na mecz rugby do Bulawajo. Anne dotychczas nie pojechała z nim ani razu, lecz perspektywa samotnie spędzonej soboty wydała jej się nie do zniesienia i poprosiła, żeby ją zabrał. Drogę przebyli w milczeniu; przypuszczała, że mąż jest zaprzątnięty nadchodzącym meczem, który – jak jej oznajmił – najprawdopodobniej przegrają, nie próbowała zatem wciągać Michaela w rozmowę. Gdy dotarli przed szkołę gospodarzy meczu, zaparkował auto pod drzewem jacarandy i odwrócił się do żony.

– Na pewno będziesz się nudziła – zauważył oschle. – To tylko rugby, wiesz.

W jego głosie wyczuła nutę niezadowolenia. Przeszkadzam mu, pomyślała. Nie powinnam była przyjeżdżać.

– Wiem – odparła pogodnie. – Ale nawet rugby bywa niekiedy zajmujące.

Wzruszył ramionami, otwierając drzwiczki.

– Wyłącznie jeśli się zna reguły. – Pauza. – A ty ich nie znasz, jak przypuszczam?

Uśmiechnęła się lekko.

– Niektóre znam. Spalony. Przyłożenie. Takie rzeczy.

Odsunął się od samochodu.

– Możesz usiąść tam, jeśli chcesz. To miejsce dla widzów.

Spojrzała w stronę niewielkiej, chybotliwej trybuny, stojącej pod rzędem drzew tuż obok boiska. Myślała, że obejrzą mecz razem, siedząc obok siebie – przecież tylko dlatego w ogóle tu przyjechała. Dokąd on się wybierał? Dlaczego musiał być gdzie indziej? Przyjechał autokar z chłopcami, którzy wyskoczyli na zewnątrz i ruszyli w kierunku szatni. Michael poszedł z nimi, otoczony kręgiem pełnych podziwu uczniów. Zaśmiał się w odpowiedzi na słowa któregoś z chłopaków, a innego poklepał zachęcająco po ramieniu. Zamknięty świat.

Cały mecz przesiedział przycupnięty na linii bocznej, dopingując okrzykami swoją drużynę. W trakcie przerwy spojrzał raz w stronę Anne i pomachał do niej bez entuzjazmu, lecz był to jedyny znak, jaki od niego otrzymała. Próbowała skupić się na grze, choćby po to, żeby móc później wygłosić jakiś komentarz, ale nic z tego nie rozumiała. Doszła do wniosku, że drużyna Michaela przegrywa, gdyż piłkę przejmowali najczęściej przeciwnicy, nie miała jednak pojęcia, jaki jest wynik.

Po meczu zeszła ostrożnie z trybuny i ruszyła wolnym krokiem w stronę grupy nauczycieli z obu szkół, w której dostrzegła Michaela. Na jej widok zmarszczył brwi i odsunął się nieco od kolegów.

– No i? – zagadnął z obojętnym wyrazem twarzy. – Jak ci się podobało?

– Przykro mi, że przegraliśmy. Chłopcy bardzo się starali.

Prychnął.

– Nie przegraliśmy. Wręcz przeciwnie.

Skrzywiła się lekko.

– A już mi się wydawało, że zaczynam coś rozumieć. Na pewno wygraliśmy?

– Oczywiście. – Spojrzał na zegarek i zerknął przez ramię na pozostałych mężczyzn.

– Chcesz wracać od razu? – spytała. – Zastanawiałam się, czy by

BULAWAJO

nie zjeść kolacji w Bulawajo. Moglibyśmy pójść do kina. Sprawdzimy, co grają.

Wbił wzrok w ziemię.

– No cóż... właściwie to chciałem pogadać z kolegami o meczu.

– Ruchem ręki wskazał swoich towarzyszy. Myśleliśmy, żeby wstąpić na chwilę do pubu. Mogłabyś... mogłabyś na przykład odwiedzić Marshallów. Na pewno ich zastaniesz. Zawsze są w domu.

Zatkało ją, gdy to usłyszała. Po chwili spytała:

– Długo to potrwa?

Rozpogodził się nieco.

– Nie. Może z godzinę. Coś koło tego.

Poczuła, że gniew ściska jej gardło.

– Skąd będę wiedziała, kiedy po ciebie przyjechać?

Zastanawiał się przez minutę.

– Mam pomysł. Może byś sama wróciła do domu, kiedy tylko zechcesz? Tak byłoby najprościej, nie sądzisz? A ja zabiorę się z Jackiem albo kimś innym.

Popatrzył na nią z nadzieją. Zaczęła się wahać, lecz zauważyła wojowniczy błysk w jego oku. Nie warto było wdawać się w sprzeczkę, nawet gdyby potrafiła stawić mu czoło.

– Rozumiem. Cóż, skoro tego sobie życzysz...

Wyglądał jak uczniak zwolniony z popołudniowych lekcji. Pochylił się, ujął ją lekko za ramiona i pocałował. Poczuła na policzku wąskie, zaciśnięte, obojętne usta Michaela, nikły zapach kremu do golenia i delikatny dotyk jego dłoni na materiale sukienki. Za jego plecami widziała korony drzew, kołysane podmuchami ciepłego wiatru i chłopców w jaskrawych strojach sportowych.

Wróciła do samochodu. Przez chwilę gmerała kluczykiem w zamku, zanim otworzyła drzwiczki; ręce jej się trzęsły, oddychała urywanie, lecz powstrzymała łzy, które popłynęłyby strumieniem, gdyby się im poddała. Wprawdzie Michael już się odwrócił i nie widziałby jej, ale inni mogliby coś zobaczyć. Dostrzegła chłopców przerzucających się piłką do rugby i uświadomiła sobie, że ich nienawidzi. Byli ordynarni, agresywni, jeszcze nieukształtowani; emanowało z nich coś, co budziło w niej fizyczną odrazę. Nie potrafiła pojąć, jak nastoletni chłopak może wydawać się komukolwiek atrakcyjny. Wiedziała, że są takie kobiety – dla niej jednak byli prymitywnymi, groźnymi, nieokiełznanymi stworzeniami.

53

ALEXANDER McCALL SMITH

Dotarła na farmę godzinę po zapadnięciu zmroku. Wjechawszy na wzgórze, zobaczyła światła w oknach i nacisnęła mocniej pedał gazu. Samochód podskoczył gwałtownie na koleinach, które deszcz wyżłobił w zniszczonej drodze. Gdy zatrzymała się przed domem, w drzwiach pojawił się ojciec z dużą latarką w ręku. Skierował snop światła w stronę otwartych drzwiczek, a potem podszedł do niej.

– Chyba nie stało się nic złego?

Wysiadła i odgarnęła włosy z czoła. Drobny biały pył, który pokrywał drogę, osiadł na jej skórze, powodując swędzenie i sprawiając, że zatęskniła za kąpielą.

– Nie.

Oświetlił latarką wnętrze samochodu, sprawdzając, czy ktoś z nią przyjechał. Nic nie powiedział, lecz pytanie zawisło w powietrzu między nimi.

– Michael jest w Bulawajo z drużyną – wyjaśniła. – Był trochę zajęty. Pomyślałam, że wpadnę do was. Przenocuję i wrócę jutro.

Ojciec odetchnął z ulgą.

– Rozumiem. No cóż, zawsze się cieszymy z twoich odwiedzin, wiesz o tym. Zostań, jak długo zechcesz.

Zdała sobie sprawę, że to zaproszenie kryje w sobie głębszy sens; że ojciec chciał jej przekazać, iż jeśli postanowi opuścić męża, przyjmą ją z powrotem. Poczuła się urażona sugestią, że jej małżeństwo nie jest udane. W tej samej chwili zobaczyła w drzwiach matkę i przelotnie wyobraziła sobie rodziców, samotnych w zbyt dużym domu, którzy wieczorami nie mają nic do roboty i rozmyślają o nieżyjącym synu albo o córce widywanej raz w miesiącu.

Nie tłumaczyła dokładnie przyczyn swego przyjazdu. Przypuszczała, że rodzice nie do końca uwierzyli w jej wyjaśnienie, ale to nie miało znaczenia; ich wątpliwości musiały pozostać w sferze domysłów. Takie podejście do sprawy wynikało z jej stosunków z rodzicami, stosunków, które nigdy nie osiągnęły poziomu dojrzałego partnerstwa. Jako dziecko ukrywała przed nimi pewne rzeczy i robiła to nadal. Obydwie strony o tym wiedziały i obydwie pragnęły szczerej rozmowy, lecz pogodziły się z pozorną niemożliwością wytworzenia intymnej więzi.

Byli już po kolacji, ale towarzyszyli córce przy posiłku w jadalni. Rozmawiali o jej domu, o ulepszeniach, jakie wprowadziła, o przyjaciołach rodziny – na których temat nie usłyszała niczego nowego,

BULAWAJO

ponieważ nic się na ogół u nich nie działo – i o gospodarowaniu na farmie. Prowadzili taką rozmowę już wcześniej i zanosiło się na to, że wrócą do niej przy śniadaniu. Wiedziała, że ojciec chętnie by podyskutował o polityce, o ostatnim przemówieniu Welensky'ego* albo planach Whiteheada**, lecz te sprawy niezbyt ją interesowały i niewiele miała do powiedzenia.

Po kolacji nie pozostało jej nic innego, tylko wziąć kąpiel i pójść do łóżka. Leżała prawie pół godziny w wannie, w ciepłej żółtawej wodzie ze zbiornika na deszczówkę, zadając sobie pytanie, co Michael pomyśli, kiedy wróci i nie zastanie jej w domu. Przyszło jej do głowy, że może się niepokoić, czy nie miała wypadku, i że właściwie powinna do kogoś zadzwonić, aby powiesił kartkę na drzwiach, ale zrezygnowała z tego pomysłu. Odezwała się w niej duma; niech się zastanawia, niech poniesie karę.

Wróciła nazajutrz po południu, obawiając się, co od niego usłyszy, gotowa jednak bronić swoich racji. Nie lubiła scysji, wolała iść na kompromis albo się wycofać, lecz tym razem skłonna była podjąć walkę. Powtórzyła w myślach, co ma mu powiedzieć; jeśli zacznie jej stawiać jakieś zarzuty, nie pozostanie mu dłużna.

Zaparkowała auto z boku domu i weszła tylnymi drzwiami. Nie zastała Michaela w salonie ani w sypialni. Łóżko było rozesłane, jego szafa otwarta, nic jednak nie wskazywało, by znajdował się gdzieś w pobliżu. W niedzielę nie miał żadnych zajęć w szkole. Anne zaparzyła herbatę i usiadła z nią na werandzie. Zaczynała się niepokoić. Czyżby ją zostawił?

Dopijając herbatę, postanowiła zajrzeć do sąsiadów i zapytać, czy go nie widzieli. Powitanie wypadło jakoś dziwnie. W postawie sąsiadki wyczuła coś osobliwego, jak gdyby element zaskoczenia, może nawet nieufność.

– Poszedł na spacer – usłyszała. – Tak mi się przynajmniej wydaje.

Ulżyło jej.

– Rozumiem. – Pomyślała, że powinna się wytłumaczyć. – Tej no-

* Roy Welensky (ur.1907) – polityk, 1956–1963 premier Federacji Rodezji i Niasy. Jego działania w okresie kryzysu konstytucyjnego w 1959 r. wzbudziły wiele kontrowersji.
** Edgar Whitehead (1905–1971) – premier Rodezji Płd. Proponował stopniowe dopuszczanie do władzy czarnych obywateli.

cy nie było mnie w domu. Zostałam w Bulawajo, a właściwie pojechałam do rodziców na farmę.

Sąsiadka wahała się przez chwilę.

– Nie byłaś z Michaelem?

– Nie. Mówiłam, że byłam na farmie. – Już wiedziała, że stało się coś niedobrego. Żałowała swego gniewu i czuła teraz tylko niepokój o męża. Wypadek? – Czy coś się stało?

Sąsiadka miała zakłopotaną minę.

– Tak – odrzekła. – O ile mi wiadomo, pojechał gdzieś z Jimem i Paulem, i...

– Upili się? – Nie widziała w tym niczego zdrożnego. Wszyscy pili, czasami bez umiaru.

– Nie poprzestał na tym. Przywiózł skrzynkę piwa i zaniósł ją chłopcom.

Anne parsknęła śmiechem.

– To wszystko?

Sąsiadka popatrzyła na nią ze zdziwieniem.

– Wszystko?

– No... tak. Przecież nie pobił nikogo ani nic w tym rodzaju.

Jej rozmówczyni wzruszyła ramionami.

– Może ci się wydaje, że to nic wielkiego. Ale dyrektor jest wściekły. Chłopcy wypili to piwo. Usłyszał, jak wydzierają się na całe gardło. Zdążyli uruchomić dwie pianowe gaśnice, zanim ich powstrzymano.

Usłyszała, gdy wchodził do gabinetu. Musi wiedzieć, że jestem w domu, pomyślała; na pewno widział samochód. Przez chwilę siedziała bez ruchu w salonie, a potem, pod wpływem impulsu, wstała i poszła do jego pokoju. Siedział przy biurku, bawiąc się ołówkiem. Nie spojrzał na nią, gdy szła w jego stronę. Stanęła obok i objęła go.

– A więc to tak.

Nie odpowiedział. Przyglądał się ołówkowi, który wciąż trzymał w dłoniach.

– Przykro mi, Michael. Naprawdę mi przykro.

– Gdzie byłaś? – zapytał cicho, obracając ołówek.

– Na farmie. Pojechałam do rodziców, bo wydawało mi się, że nie życzysz sobie mojego towarzystwa. – Urwała. – Przykro mi, że tam pojechałam. Nie chciałam ci sprawić zawodu.

W jego głosie nie wyczuwała irytacji.

– Wpadłem w tarapaty – powiedział po chwili. – Zanosi się na piekielną awanturę.

– Słyszałam. Rozmawiałam z Joan. – Zrobiła pauzę. – Mnie to wygląda na burzę w szklance wody.

– Prawdopodobnie zwolni mnie z pracy. Wiesz, jaki on jest.

Zastanawiała się już, czy to nastąpi, doszła jednak do wniosku, że nawet ktoś tak napuszony jak dyrektor powinien dać innym szansę. Co z tego, że kilku chłopaków wypiło parę butelek piwa? Zawsze to robili, kiedy jechali do domu – tu butelka zwędzona ze spiżarni, tam szklaneczka z ojcem. Podczas miesiący upału cały kraj żył zimnym piwem.

Nic więcej nie mówiła i trwali tak przez kilka niezręcznych minut, podczas których wciąż go obejmowała. Potem, niemal niepostrzeżenie, Michael wysunął się z jej uścisku.

Późnym popołudniem poszedł do domu dyrektora, świadom śledzących go oczu, które – jak podejrzewał – z uciechą obserwowały jego zażenowanie. Jestem jak uczeń wezwany na dywanik, pomyślał.

Atmosfera okazała się jednak dość spokojna.

– Bardzo mi przykro z powodu tego, co zaszło ubiegłej nocy.

Dyrektor zdjął okulary i zaczął je niepotrzebnie czyścić.

– Mnie również. To... no cóż, obawiam się, że zasługuje na miano kompromitacji.

– Wiem. Za dużo wypiłem w Bulawajo.

– Tak też sądziłem. Oczywiście, nie to stanowi największy problem. Pytanie brzmi, jak chłopcy mogą pana szanować po tym, co się stało.

Zrozumiał, że decyzja już zapadła – zwolnienie.

– Trudno wykonywać obowiązki nauczyciela komuś, kto naraził się na śmieszność – ciągnął dyrektor. – Chłopcy wyczuwają czyjąś słabość...

Podobnie jak ty, pomyślał. I nagle z ukłuciem lęku uświadomił sobie, co oznacza dla niego wymówienie. Nie znajdzie pracy w Bulawajo, zapewne nawet w Salisbury; był to zbyt mały kraj, by człowiek mógł zacząć wszystko od nowa. Musiał przedstawić jakieś okoliczności łagodzące, wzbudzić współczucie w tym człowieku.

– Jest mi niezmiernie przykro. Widzi pan, znalazłem się ostatnio w bardzo trudnej sytuacji życiowej.

Dyrektor uniósł brew.

– Trudnej? Doprawdy, zdumiewa mnie pan. Przecież wszystko idzie panu jak po maśle: ma pan dobrą posadę, perspektywy, czarującą żonę. – Jego twarz przybrała wyraz lekkiej wzgardy; w głosie Michaela dostrzegł nutę rozczulania się nad sobą i ogarnął go niesmak.

– Chodzi o moje małżeństwo. Mamy pewne problemy.

Dyrektor zawahał się lekko.

– Nie układa się panu z żoną?

– Nie – przyznał Michael.

– Wszyscy miewamy wzloty i upadki – powiedział przełożony. – Warto być na to przygotowanym. Musi pan zachować spokój. – Machinalnym gestem wskazał okno. – Powiem panu, że praktycznie w każdym z tych domów zdarzają się różne nieporozumienia między małżonkami. Takie jest życie.

Nie udało się. Po chwili namysłu Michael zaczął:

– To coś znacznie poważniejszego. Ja... Widzi pan, nie mogę kochać się z żoną. Nasze małżeństwo nie zostało skonsumowane.

Początkowo wyraz twarzy starszego mężczyzny nie uległ żadnej zmianie, lecz wystarczyło kilka sekund, by odmalowała się na niej rozterka. Dyrektor wyglądał, jakby uszło z niego powietrze; wydawało się, iż wytrącono mu broń z ręki.

– Mój drogi... strasznie mi przykro to słyszeć. Wie pan... wie pan... – Umilkł.

Nigdy się z czymś takim nie zetknął, pomyślał Michael. Teraz cała inicjatywa należała do niego.

– To nie jest defekt fizyczny, jeśli pan rozumie, co mam na myśli. Problem tkwi wewnątrz mnie, w sferze duchowej. Przypuszczam, że to jakaś blokada psychiczna.

– Rozumiem. – Dyrektor oderwał wzrok od Michaela. Podszedł do okna, przesunął palcem po zakurzonym parapecie i znowu się odwrócił. – No cóż, to zmienia postać rzeczy. Zapewne jest pan w stanie silnego napięcia nerwowego. W takich okolicznościach...

– To prawda.

Starszy mężczyzna wciągnął powietrze i spojrzał prosto na Michaela, który starał się ukryć zażenowanie, a jednocześnie nie zapominać o celu tej rozmowy.

– Gotów jestem puścić w niepamięć ubiegłą noc – powiedział. –

Pod warunkiem, że spróbuje pan jakoś rozwiązać swoje problemy. Może zwróci się pan do lekarza? Rozmawiał pan już z kimś na ten temat?
– Nie. – A w myślach dodał: nawet z własną żoną.
– Hm, tak się składa, że znam kogoś w Bulawajo. – Znów panował nad sytuacją, stawiał jej czoło, jak przystało na przełożonego w obliczu kryzysu. – Specjalistę od... przypadłości na tle nerwowym. Zadzwonię do niego. Jestem pewien, że pana przyjmie. Doktor Leberman. Czarujący człowiek. Żyd. Niezwykle bystry.

Nie opowiadał Anne o przebiegu rozmowy, poinformował ją tylko, że jego przeprosiny zostały przyjęte i cała sprawa należy do przeszłości. Nie wspomniał również o lekarzu; nigdy, nawet przelotnie, nie poruszali kwestii jego porażki w pożyciu małżeńskim. Anne zaczęła raz o tym mówić po powrocie z podróży poślubnej – że jeśli coś w jej zachowaniu mu nie odpowiada albo go zraża... lecz wtedy Michael wyszedł z pokoju. Dostosowała się do niego i odtąd było to jak nowotwór pomijany milczeniem: wciąż obecny, złośliwy, rosnący guz.

Niemal natychmiast pożałował wyznania uczynionego dyrektorowi. Wspominając przykre minuty w gabinecie przełożonego, uświadomił sobie, jak absurdalny okazał się rezultat tej rozmowy. Jeżeli dyrektor mówił poważnie, sugerując wizytę u lekarza w Bulawajo, równało się to wyrokowi w zawieszeniu. Michael czuł się tak, jakby został skazany za przestępstwo i zwolniony w zamian za poddanie się kuracji. Czytał kiedyś, że sądy stosują takie metody w przypadku podglądaczy i ekshibicjonistów – ludzi popełniających smutne, żałosne wykroczenia, które im darowano pod warunkiem, że zgodzą się na budzące awersję elektrowstrząsy lub leki osłabiające popęd płciowy. A on się zgodził.

Postanowił nie iść, ale niebawem otrzymał kartkę z adresem i numerem telefonu – i właściwie z czystej ciekawości umówił się na wizytę. Rejestratorka, mająca śpiewny johannesburski akcent, poinformowała go, że zostanie przyjęty w następnym tygodniu.

W miarę jak zbliżał się wyznaczony dzień, jego zdenerwowanie wzrastało. Rano owego dnia obudził się przed piątą, popędził do łazienki i zwymiotował. Klęczał pochylony nad muszlą klozetową, czując pod kolanami zimne kamienne płytki, a w nozdrzach woń silnego środka odkażającego. Nie muszę tego robić; nie muszę nikomu mówić. Mogę skłamać. Mogę dalej kłamać. Mimo to pojechał i zaparkował samochód przy Borrow Street, gdzie mieściły się gabinety lekarskie. Przystanął niepewnie przed drzwiami. Bez trudu mógł się teraz wycofać, odejść stamtąd, pójść do baru w hotelu Selbourne, zdecydował się jednak nacisnąć dzwonek – co mu szkodzi przynajmniej zobaczyć, jak wygląda ten doktor Leberman.

Został wprowadzony do niewielkiej poczekalni, w której siedział dziesięć minut, aż wreszcie otworzyły się drzwi i doktor zaprosił go do gabinetu. Był tęgawym siwowłosym mężczyzną w staromodnych okularach bez oprawki. Wpuścił Michaela do pokoju i wskazał krzesło z boku stołu. Nie ma sofy, pomyślał Michael.

Gdy usiadł, doktor uśmiechnął się do niego i zaczął od pytań o szkołę i pracę. Zadawał je w luźny, ośmielający sposób. Michael odpowiadał swobodnym tonem, ledwie zauważając, w jakim kierunku zmierzają, gdy zahaczały o sferę jego szkolnych doświadczeń i odczuć. Pod koniec godzinnej sesji był już zupełnie odprężony i mówił całkiem szczerze. Nie padło ani jedno słowo na temat powodu wizyty; uznał, że była to właściwie towarzyska rozmowa, w dodatku bardzo przyjemna.

Spotkali się w następnym tygodniu i w jeszcze następnym. Podczas drugiej sesji dotknęli problemu Michaela, aczkolwiek posługując się omówieniami. Zauważył, że doktor wychwytuje i stosuje jego własne eufemizmy, nie nawiązując do tego, co tak naprawdę sprowadziło go do gabinetu terapeuty. Napomykali o jego „lękach" i „problemach małżeńskich", lecz nie padło żadne bardziej konkretne sformułowanie.

W trakcie trzeciego spotkania jednak Michael odniósł wrażenie, że coś się zmieniło. Doktor Leberman wydawał się mniej zainteresowany ogólnikami, które wcześniej wypełniały ich rozmowy, i zaczął zadawać bardziej bezpośrednie, dociekliwe pytania. Chciał wiedzieć, jakie uczucia budzi w Michaelu Anne – czy uważa ją za atrakcyjną kobietę? Czy tęskni za jej towarzystwem, gdy nie są razem? Czego od niej oczekuje w małżeństwie? Oczywiście nie znalazł odpowiedzi na te pytania, a przynajmniej nie takie, które by zadowoliły doktora Lebermana. Tak, uważa, że jest atrakcyjna; lecz gdy to mówił, zdał sobie sprawę, że jego słowa brzmią nieprzekonująco.

Doktor zauważył jego wahanie i milczał, oczekując dalszych wyjaśnień.

– Jest bardzo atrakcyjną kobietą, ludzie często mi to mówią. Uważają, że mi się poszczęściło. – Zawiesił głos; powinien chyba powiedzieć coś więcej. – Ma świetną figurę. Jest w dobrej formie.

– Czy zatem uznałby ją pan za pociągającą seksualnie?

– Oczywiście. – Znowu umilkł. Doktor wpatrywał się w niego przenikliwymi, wszechwiedzącymi oczyma. Michael wiedział, że te oczy z miejsca przejrzały jego kłamstwo.

– A mimo to nie może pan się z nią kochać?

– Nie. – Potwierdził to po raz drugi, lecz nie w skrajnej rozpaczy, jak to miało miejsce w gabinecie dyrektora. Po prostu beznamiętnie przyznał się do porażki.

– Jak pan sądzi, czy byłby pan zdolny do nawiązania intymnych stosunków z inną kobietą?

Michael wstał z krzesła. Przez chwilę doktor Leberman myślał z niepokojem, że pacjent ucieknie z gabinetu, lecz on tylko podszedł do okna i przystanął, by wyjrzeć na ulicę. Znajdowali się na piątym piętrze, tuż pod dachem budynku, a poniżej biegła prosta jak drut długa arteria, która docierała aż do brunatnych obrzeży miasta. Głos Michaela, prawie niesłyszalny, dotarł jednak do ucha lekarza.

– Nie. Nie sądzę.

Powiedział, że jeździ do biblioteki, by przygotować program szkolny na następny rok. Nie uwierzyła mu; nigdzie nie zauważyła notatek dotyczących jakiegokolwiek nowego programu. Wiedziała, że zainteresowania Michaela wybiegają poza rozrywki intelektualne, że największej satysfakcji dostarczają mu zajęcia sportowe, a wszelkie inne obowiązki traktuje jak zło konieczne. Natychmiast doszła do wniosku, że jej mąż ma w Bulawajo kochankę i obdarza ją namiętnością, której odmawia własnej żonie. Wyobraziła sobie popołudnia spędzane w hotelu z jakąś znudzoną życiem kobietą z bogatego przedmieścia, być może mężatką, która rozkoszuje się nową, przystojną zabawką.

Spotkania z doktorem Lebermanem nie wpłynęły w najmniejszym stopniu na jego kontakty z żoną. Odnosili się do siebie uprzejmie, choć on był wyraźnie znudzony. Prowadzili zdawkowe rozmowy, a w łóżku nadal nic się nie działo. Niczego jej nie wyjaśnił i nie okazywał ani śladu czułości. Głęboko urażona, wycofała się w swój własny świat, unikając towarzystwa innych kobiet, i spędzała całe dnie na czytaniu lub słuchaniu radia, a także na pisaniu często niedokończonych listów do szkolnych przyjaciółek, z którymi dawno już straciła kontakt.

Doszła do wniosku, że sama jest sobie winna, że to ona ponosi odpowiedzialność za chłód i rezerwę męża. Przypatrzyła się swojej twarzy w lustrze w sypialni i uważnie obejrzała w łazience nagie ciało. Co z nią było nie tak? Dlaczego nie potrafiła wzbudzić w nim pożądania? Uznała, że jest nieatrakcyjna i ogołociła dział kosmetyczny jednego z większych domów towarowych w mieście. Wyrzucała pieniądze na stroje i gimnastykowała się na podłodze w łazience, żeby nie przybrać na wadze. Ale natura jej nie sprzyjała. Jej kości policzkowe były niezbyt wydatne, miała brzydko rozstawione oczy, za małe piersi i wysuszoną skórę.

Stopniowo, w miarę, jak rozmyślała o ewentualnym romansie Michaela, zaczęła dochodzić do przekonania, że jedynie zazdrość może go oderwać od tej kochanki z Bulawajo. Ona sama mogła sobie znaleźć kochanka. Mogła nawiązać romans. Pozwoliłaby, aby mąż się domyślał, zastanawiał i nie zadałaby sobie trudu, by cokolwiek ukryć. To by go rozwścieczyło – jak każdego mężczyznę. Myśl o kochanku wydała jej się niezmiernie pociągająca. Dręczyło ją, że – choć mężatka – nadal jest dziewicą. Jeżeli to brak doświadczenia z jej strony przyczynił się do aseksualnego charakteru jej małżeństwa, mogła to naprawić. Mogła zdobyć doświadczenie i wykorzystać je, by przyciągnąć do siebie Michaela.

Nie rozmawiała na ten temat z nikim. Była to przede wszystkim kwestia dumy, choć wiedziała, że nie ona tu zawiniła. Ludzie jednak myśleliby inaczej. Jeżeli mąż nie kochał się z żoną, to zazwyczaj dlatego, że go nie pociągała. To żona była winna. Odstręczała męża, zniechęcała go, robiła coś, czego nie powinna robić; cokolwiek się działo, żona była winna. Tak sądzili ludzie i to samo przypuszczaliby w jej przypadku. Nawet jeśli miał romans, co wydawało się nader prawdopodobne, uznaliby, że spotyka się z inną kobietą, ponieważ jego żona zachowuje się niewłaściwie. Zbyt krótko byli małżeństwem, by mogła zaistnieć jakakolwiek inna przyczyna.

Nie zwierzała się zatem nikomu – aż w końcu poczuła, że nie może już dłużej dźwigać tego brzemienia. Musiała komuś o tym opowiedzieć, wyznać wszystko, upewnić się, że to jego problem, nie jej. Zwróciła się do starej przyjaciółki. Chodziły razem do szkoły i choć od ślubu rzadko się widywały, zawsze były sobie bliskie i czuły się swobodnie razem. Rozmawiały o chłopakach niejeden raz; mogły mieć do siebie zaufanie.

Spotkały się na lunchu. Susan, przyjaciółka Anne, wybrała jedną z nielicznych w mieście restauracji – na najwyższym piętrze hotelu Victoria, budynku bez wyraźnego charakteru, lecz najlepszego, jaki Bulawajo miało do zaoferowania. Usiadły przy stoliku pod oknem, skąd roztaczał się widok na miasto i płaskowyż. Susan gadała jak nakręcona, co miała w zwyczaju, ilekroć umówiły się na spotkanie, i zasypywała przyjaciółkę pytaniami. Jak sobie radzi z urządzaniem domu? Czy kupiła już zasłony? Czy zabrała z farmy jakieś meble? Czy Michael lubi swoją pracę? Jakie są jej sąsiadki?

Odpowiadała z największym entuzjazmem, na jaki potrafiła się zdobyć. Opisała dom i wszelkie zmiany, które w nim wprowadziła, a Susan z aprobatą kiwała głową. Powtórzyła kilka plotek o sąsiadkach, na co przyjaciółka zareagowała porozumiewawczym chichotem. Później umilkła. Kelner przyniósł dwa talerze z piersią perliczki i obydwie zaczęły ostrożnie oddzielać kawałeczki ciemnego mięsa od drobnych kostek.

– Chciałam z tobą porozmawiać o pewnej sprawie – odezwała się Anne po chwili. – To dość osobiste.

Susan uniosła głowę, słysząc zmianę tonu.

– Wiesz, że możesz mi wszystko powiedzieć. Słucham cię.

Anne zawahała się, odłożyła sztućce i wreszcie zaczęła mówić, szukając słów, które mogłyby wyrazić to, co niewyrażalne.

– Michael... Michael prawie nie zwraca na mnie uwagi. Szczerze mówiąc, w łóżku zupełnie nam nie wychodzi.

Obserwowała wyraz twarzy przyjaciółki. Susan oblała się rumieńcem, ale zachowała spokój. Mimo to była najwyraźniej wstrząśnięta.

Milczały przez chwilę, a potem zaczęły rozmawiać jak siostry.

– Chcesz powiedzieć, że nie jest zbyt dobry w tych sprawach? O to ci chodzi? No bo wiesz, tak bywa na początku z większością mężczyzn. Mówiąc między nami, Guy bywa trochę za szybki... a właściwie zdarza mu się to za każdym razem. Mężczyźni nie rozumieją... Nie potrafią się powstrzymać.

Anne pokręciła głową.

– Nie jest nawet za szybki. On po prostu nie chce.

Susan, zaskoczona tą informacją, wpatrzyła się w przyjaciółkę szeroko otwartymi oczyma, bezwiednie otwierając usta.

– Powinien iść do lekarza. Może nie jest zdolny do...

– To nie to. Wiem, że jest zdolny. Widzisz... – urwała na chwilę.

– Chyba powinnam to jasno powiedzieć. Przed ślubem nie poszliśmy, że się tak wyrażę, na całość, ale zauważyłam, że mógł...

– A więc on nie chce? W ogóle?

– W ogóle.

Gdy już raz poruszyły ten temat, rozmowa potoczyła się swobodniej. Popłynęły łzy – nie mogła ich powstrzymać – lecz goście przy sąsiednich stolikach niczego nie spostrzegli. Wzięła chusteczkę i po chwili mogła już mówić dalej. Susan dotknęła lekko jej nadgarstka, a potem trzymała Anne za rękę, gdy popłynął potok zwierzeń.

Wyjaśniła, że nie mogła z nim o tym porozmawiać, że wychodził z pokoju, gdy tylko poruszyła ten temat; udawał, że problem nie istnieje. Czy nadal go kochała? Tak, choć czuła się zawiedziona i wzbierał w niej gniew.

Następnie zastanawiały się nad jego ewentualnym romansem. Susan orzekła, że jej zdaniem to bardzo prawdopodobne.

– Mężczyźni nie potrafią się obyć bez seksu – powiedziała. – Po prostu nie potrafią. Zawsze coś wymyślą. Nie można wykluczyć, że on się z kimś spotyka. Dowiedz się, z kim.

– Nie chcę – odparła Anne. – Nie chcę się w nic wtrącać. Chciałabym tylko, żeby zwrócił na mnie uwagę.

– Znajdź sobie kochanka. Pokaż mu. Zmuś go, by dokonał wyboru.

Ulżyło jej, gdy przyjaciółka wpadła na ten sam pomysł, co ona; podniosło ją to na duchu. Susan mogła się okazać pomocna. Mogła ją umówić z odpowiednim mężczyzną – znała mnóstwo kawalerów w Bulawajo. Obydwoje z mężem należeli do klubu zrzeszającego wiele samotnych osób. Mogli jej pomóc.

– Znalazł się pan w bardzo trudnej sytuacji – powiedział doktor Leberman. – Niełatwo rozwiązać tego rodzaju problem.

Michael spojrzał na niego, zauważając z irytacją, jak przekłada z ręki do ręki pióro ze złotą skuwką. Od pół godziny krążą wokół tematu, pomyślał. Zawsze to samo – dyskusje i dygresje, przypadkowe pytania, dociekliwość, niejasne aluzje.

– Ale na tym polega pańska praca, czyż nie?

Zawstydził się tonu, jakim wygłosił tę uwagę, własnego rozdrażnienia – i zaczął się usprawiedliwiać, lecz doktor Leberman machnął lekceważąco ręką.

– Proszę się nie krępować. Niech pan mówi, cokolwiek pan zechce. Chciałem tylko powiedzieć, że niezmiernie trudno poradzić sobie z uczuciami tego rodzaju. Tkwią bardzo głęboko w psychice. Niektórzy ludzie potrzebują wieloletniej terapii.

– A ja?

Doktor Leberman uśmiechnął się lekko.

– To niewykluczone. Wie pan, ja nie jestem psychoanalitykiem. Nie przyjmuję dyktatu z Wiednia. Mogę jedynie określić problem i sprawdzić, czy potrafi się pan z nim zmierzyć. A raczej, czy potrafi pan z nim żyć.

– I co? Udało się panu?

Doktor spojrzał w sufit i odłożył pióro.

– Przypuszczałem, że nie pójdzie mi to łatwo. Widzi pan, tu chodzi o pański rozwój psychoseksualny, a te sprawy są bardzo trudne do rozwikłania. Odgrywa tu zapewne istotną rolę to, w jaki sposób zareagował pan na pierwsze potrzeby seksualne. Musimy jednak wniknąć głęboko w ten temat i być może nie zdołam panu pomóc. Nawiasem mówiąc, czy pan chce kochać się z żoną?

Nigdy przedtem nie usłyszał takiego pytania i trudno mu było na nie odpowiedzieć. Po chwili wahania jednak odpowiedź nasunęła mu się w sposób zupełnie naturalny.

– Nie. Nie chcę.

Postąpił wbrew wszelkim narzuconym sobie regułom, a doktor Leberman tylko westchnął.

– No właśnie – powiedział. – O to chodzi. Mógłbym zapytać, po co w ogóle pan się z nią ożenił, lecz zostawię to na później. Tymczasem może pan zadać sobie pytanie, czy pan naprawdę życzy sobie mojej pomocy. Nie wiem, czy potrafię wzbudzić w panu pożądanie wobec kobiet. Mogę panu pomóc zrozumieć, dlaczego ich pan nie pragnie, jeśli tak istotnie jest, lecz nie zdołam zmienić pańskich prawdziwych popędów.

– Nie wydaje mi się, bym miał jakiekolwiek popędy. A przynajmniej nie tego rodzaju.

– Na pewno? Każdy ma jakieś popędy. Tyle że czasami po prostu się je tłumi.

Milczał, unikając spojrzenia doktora.

– Nie przypuszczam, bym miał jakiekolwiek popędy. Nie wydaje mi się...

Doktor Leberman gniewnie pokręcił głową.

– Zdaje pan sobie z nich sprawę. Tyle, że pan je neguje. Zaprzecza im pan przed sobą i przede mną. – Umilkł, czekając, aż jego słowa dotrą do pacjenta. Szczerość była niekiedy pożądana, lecz należało zachować ostrożność. Ludzie bywali przewrażliwieni i jeśli się nie uważało, człowiek mógł jednym ruchem zburzyć ten domek z kart.

– Więc co to może być?

Doktor słyszał już wcześniej ten ton wyzwania i był to dobry znak. Mógł nawiązać kontakt. Mimo to, gdyby wyjawił, co naprawdę myśli, pacjent mógłby czmychnąć. Mógłby poczuć gniew, a nawet prawdziwy ból.

– Wolałbym, aby pan sam się nad tym zastanowił, a później mnie poinformował – rzekł cichym głosem. – Gdybym teraz powiedział panu, co myślę, wytrąciłbym pana z równowagi. Mogę się mylić. Tak czy inaczej, praca nad sobą lepiej pomoże panu wszystko zrozumieć. Mógłbym służyć panu jako przewodnik.

Chwilowo znaleźli się w impasie. Doktor Leberman spojrzał na zegarek i Michael zrozumiał ten sygnał. Wstał z krzesła.

– Do zobaczenia za tydzień.

Doktor skinął głową, zapisując coś w notatniku.

– Niech pan jeszcze raz przemyśli kwestie, które dzisiaj poruszaliśmy. Może się okazać, że jednak ma mi pan coś do powiedzenia. A może nie. Zobaczymy.

Michael opuścił budynek szybkim krokiem, jak zawsze, zbiegając po schodach z pochyloną głową, żeby nikt go nie rozpoznał. Mógł wymyślić rozmaite inne powody, dla których się tu znalazł – inne niż wizyta u psychiatry – ale dla niego na schludnej tabliczce przy drzwiach wejściowych widniało przede wszystkim jedno nazwisko.

Była sobota, zbliżała się pora lunchu i miasto zamykało podwoje przed weekendem. Podszedł do samochodu i otworzył drzwiczki. Natychmiast uderzyła go fala gorąca i odczekał kilka minut, zanim wsunął się za kierownicę. Była tak rozgrzana, że aż parzyła, musiał jednak jakoś to znieść i ruszyć w drogę.

Miał dużo wolnego czasu, gdyż nie wyznaczono mu na weekend żadnych zajęć w szkole. Mógł wrócić do domu i obejrzeć mecz krykieta albo zostać w mieście. Zjeść lunch, pójść do kina, robić, co mu się żywnie podobało. Czuł się wolny; umknął chwilowo od doktora Lebermana i jego dociekliwych pytań, a zatem miał mnóstwo czasu do dyspozycji. Mógł pójść za głosem swoich popędów, jak to określił doktor Leberman. Spełnić swoje marzenia. Czemu nie? Uśmiechnął się na tę myśl. Pójdzie na lunch, potem do kina, a jeszcze później do baru. Zawsze potrafił znaleźć sobie przyjaciół i wypić z nimi drinka. A nawet spędzić cały wieczór; mógł przecież przenocować w mieście.

Wybrał sobie film. W kinie było chłodno; wdychał z lubością nostalgiczny zapach prażonej kukurydzy z masłem i aksamitnych obić, unoszący się w powietrzu. Podobała mu się mroczna, intymna atmosfera tego miejsca, chwilowe zawieszenie czasu i rzeczywistości.

Później, po filmie, zostawił samochód tam, gdzie go zaparkował, i wyruszył pieszo do hotelu Selbourne. Bywał w tamtejszym barze i zazwyczaj spotykał znajomych. Ale z większością stałych klientów nie miał nic wspólnego. Niektórzy spośród tych mężczyzn mieszkali w podmiejskich ceglanych domkach z wiatraczkami ustawionymi na kominku w salonie jako trofea wojenne; byli agentami pośrednictwa sprzedaży nieruchomości, którzy wymknęli się z rodzinnych pieleszy na wieczornego drinka, albo rozwodnikami z oczyma tonącymi w zmarszczkach wyżłobionych przez troskę i rozczarowanie, albo – jeszcze inaczej – chełpliwymi sportowcami. Istniało jednak poczucie koleżeństwa wśród tych mężczyzn, którzy hodowali piwne brzuszyska i odpalali papierosa od papierosa – i czuł się swobodnie w ich towarzystwie. Jego wychowanie, a potem Cambridge oddaliły go bezpowrotnie od owej rzeczywistości, która była mimo wszystko rzeczywistością Bulawajo.

Wypił kilka piw, co go odprężyło i wprawiło w pogodny nastrój. Potem wyszedł, wsiadł do samochodu i ruszył w kierunku dworca kolejowego. Było już ciemno i zapalono uliczne latarnie. Wszędzie wokół kręcili się ludzie, którzy spacerowali bez celu i oglądali wystawy, ciągnąc za sobą znudzone dzieci. Zauważył Afrykanów na rowerach i grube wieśniaczki, żujące trzcinę cukrową i wymieniające się plotkami, z dziećmi w płóciennych nosidełkach na plecach.

Zwolnił, a potem zatrzymał auto i zaparkował w wolnym miejscu. Nie znał tej ulicy, oddalonej od centrum miasta i zapełnionej afrykańskimi sklepami. Sprzedawano w nich koce, rowery i tanie tekturowe walizki. Urzędowali tu również hinduscy przekupnie, którzy stali w drzwiach i żuli betel, podczas gdy ich żony, ubrane w sari, snuły się wewnątrz i wypatrywały kieszonkowców, besztając przy tym ostro czarny personel.

Wysiadł i ruszył w dół ulicy, oglądając dla zabicia czasu tanie towary. Dziewczyna znalazła się u jego boku zupełnie nieoczekiwanie. Wynurzyła się z którejś bramy, nie zauważył kiedy.

– Miły wieczór, prawda? – zagadnęła.

Spojrzał na nią. Była kolorowa, lecz miała bardzo jasną skórę. Mówiła z nosową, śpiewną intonacją, wznosząc głos, jak gdyby nieustannie o coś pytała.

– Tak – odparł. – Istotnie.

Uśmiechnęła się do niego. Zauważył, że ma wyraziste, piękne rysy, lecz przesadnie umalowała usta czerwoną szminką, co ją szpeciło. Zawsze przesadzały; na tym polegał ich problem. Wyglądały zbyt krzykliwie.

– Jest pan zajęty? – spytała. – Może napiłby się pan kawy?

Przystanął. To było tak dziwne, nieoczekiwanie bezpośrednie, że zadał sobie pytanie, co by na to ludzie powiedzieli. Miłe zaproszenie w formie towarzyskiej propozycji. Nie było się o co obrażać.

Odwrócił się i popatrzył na dziewczynę.

– Mam czas – powiedział. – Gdzie mieszkasz? Blisko stąd?

Uśmiechnęła się zachęcająco.

– Niedaleko. Tuż za rogiem. Właściwie to mieszkanie mojej siostry, ale teraz jej nie ma. Ja go tylko pilnuję.

Szli w milczeniu. Chciał coś powiedzieć, ale nie wiedział co. Ona zaś nie oczekiwała od niego rozmowy i nawiązał się między nimi dziwny, ciepły, intymny kontakt.

– Jesteśmy na miejscu. To tutaj.

Wszystko pasowało. Niski, kryty blachą bungalow, wąski ogródek od frontu, niewielkie drzewko uroczynu, weranda z dwoma obłupanymi krzesłami, siatkowe drzwi.

Weszli do środka.

– Niech pan siada. Nastawię wodę.

Zniknęła w wąskim korytarzu, on zaś wszedł do wskazanego przez nią saloniku. Był to niewielki ciasny pokój z sufitem z tłoczonej blachy i czerwoną kamienną posadzką. W powietrzu unosił się zapach pasty używanej do tego typu podłóg – ciężki, woskowy, który kojarzył mu się ze szkolnym internatem.

Ktoś próbował stworzyć tu przytulny nastrój, ustawiając stolik przykryty koronkowym obrusem, zielony fotel z postrzępionym obiciem, łóżko z poduszkami rozłożonymi tak, by przypominało sofę. Na kredensie stała oprawiona w ramki fotografia dziewczyny w sukience z falbankami, pozującej na tle domu.

Usiadł na sofie i spojrzał w sufit, na kropki pozostawione przez muchy i ozdoby na gzymsie.

– Ładny dom, no nie?

Stanęła w drzwiach z papierosem zwisającym z kącika ust.

– Moja siostra dała za niego kupę forsy – dorzuciła. – Ale jest naprawdę piękny. Elegancki.

Kiwnął głową.

– Przyjemnie tu.

Dziewczyna wpatrywała się w niego.

– Czym się pan zajmuje? – spytała. – Pracuje pan na kolei?

– Nie. – Uśmiechnął się. – Jestem nauczycielem.

Wyjęła papierosa z ust.

– Nauczycielem? Żartuje pan?

Pokręcił głową.

– Uczę matematyki. I gry w krykieta.

– Boże.

Zapadło milczenie. Ciągle patrzyła na niego, ale przekroczyła próg, podeszła do okna i zaciągnęła zasłony.

– To nam zapewni trochę prywatności – powiedziała. – Ludzie bywają różni. Niektórzy by chcieli mieć kino za darmo.

Obserwował ją, gdy gasiła papierosa w popielniczce, której funkcję pełnił chromowany model samolotu na wrzecionowatej podstawce. Sprzedawano je w całym kraju.

Stanęła przed nim i rozchyliła w uśmiechu przesadnie umalowane usta, ukazując białe zęby.

– Udzielić panu lekcji, panie nauczycielu?

Rozpięła bluzkę i zsunęła dżinsy. Odrzuciła ubranie na bok, jak gdyby chętnie się go pozbywała.

– No i co, panie nauczycielu? Podobam się panu?

Przykucnęła obok niego i poczuł jej dłonie na piersi. Czuł także – a nawet słyszał – uderzenia własnego serca. Przeciągnęła dłońmi po jego ciele i wsunęła palce pod pasek spodni.

– Tak, panie nauczycielu, pora na małą lekcję...

– Nie rób tego...

– Czemu?

– Po prostu nie chcę.

– Boi się pan czy co? Życzy pan sobie czegoś specjalnego? Umiem robić różne, przeróżne rzeczy. Wystarczy powiedzieć. Niech pan się nie wstydzi.

Miała skórę barwy miodu i smukłe kończyny. Przez chwilę wydawało mu się, że mógłby, że ta miodowa skóra, smukłe ciało, ten kształt pozwoli mu... Zamknął oczy.

– Czy możesz udawać... – zaczął. I urwał.

– No, niech pan powie. Dziewczyny też potrafią się brzydko bawić.

Wstał, odpychając lekko jej ręce.

– Zapłacę ci – powiedział. – Proszę. Czy to wystarczy?

Wzięła pieniądze i wetknęła je za poduszkę.

– Nie podobam się panu, bo jestem kolorowa. Czy o to chodzi?

Pokręcił głową.

– To nie ma nic do rzeczy. Jesteś piękną dziewczyną.

– Więc co jest nie tak?

Odwrócił się i ruszył w stronę drzwi. Odprowadziła go spojrzeniem, zapalając następnego papierosa. Paliła w zadumie, stojąc nago, i wpatrywała się w kłęby dymu, które ulatywały pod sufit.

Anne odłożyła książkę. W szkole panowała cisza; większość uczniów wyjechała na ferie i zostali tylko ci, co z jakichś przyczyn nie mogli pojechać do domu, a żaden kolega ich nie zaprosił. Często przydzielano tym chłopcom jakieś drobne prace do wykonania w szkole lub okolicy i zdobywali dodatkowe punkty w skomplikowanym współzawodnictwie.

Jeden z nich malował szopę z agregatem prądotwórczym tuż obok domu. Robił to już drugi dzień i wcale się nie spieszył. Anne obserwowała go z werandy; praca najwyraźniej nie sprawiała mu przyjemności. Był to jeden z najstarszych uczniów, tych, którzy mieli opuścić szkołę przed wakacjami. Dlaczego nie pojechał do domu? Czyżby jego rodzice się rozwodzili?

Podniosła książkę, przeczytała kilka zdań i znowu ją odłożyła. Chłopak stał przed szopą, przyglądając się swemu dziełu. Wstała i podeszła do niego.

– Jak ci idzie? Obserwowałam twoje wysiłki z werandy. Odwrócił się z uśmiechem.

– Powoli. Bardzo powoli. Niezbyt dobry ze mnie malarz. Obrzuciła szopę pobieżnym spojrzeniem.

– Widzę. Przykro mi. Roześmiał się niefrasobliwie.

– Staram się jak mogę, naprawdę. Tylko że to wszystko wydaje się takie... nierówne.

Przyjrzała mu się uważniej. Był wysokim chłopakiem o płowej czuprynie i interesującej twarzy. Zauważyła go już wcześniej; wyróżniał się na tle innych uczniów.

– Może chciałbyś chwilę odpocząć na werandzie? – spytała. – Przyniosę ci coś do picia. Napijesz się zimnej lemoniady?

– Bardzo chętnie – odparł. – Dziękuję, pani Anderson. Poszedł za nią w stronę werandy.

– Nawiasem mówiąc, jak się nazywasz?

– Gordon.

– A jak masz na imię?

– James.

Poczuła się nagle jak lekkomyślna dziewczyna.

– Nie musisz się do mnie zwracać per „pani Anderson". Czuję się wtedy... Po prostu mów mi „Anne".

Spojrzała mu w oczy, lecz zaraz odwróciła głowę.

– Jak pani sobie życzy – odrzekł.

Przy lemoniadzie zaczęli rozmawiać. Powiedział, że jego rodzice mieszkali w Rodezji Północnej i że dla niego już za późno na przerwę semestralną. Jego ojciec prowadził przedsiębiorstwo w Lusace i farmę herbacianą pod Lilongwe, na granicy z Mozambikiem.

– Chce, żebym przejął jego firmę, kiedy skończę studia – mówił. – Ale ja nie chcę. To zupełne odludzie. Dzika głusza. Dostałbym tam obłędu.

– A co właściwie chcesz robić? Tak sam z siebie?

– Chciałbym zamieszkać w Kapsztadzie albo w Johannesburgu. Pracowałbym w kopalni. Dla spółki angloamerykańskiej.

Pomyślała o własnej przyszłości. Mogli tu ugrzęznąć na zawsze, w otoczeniu tych samych ludzi, tej samej ciasnej, zadufanej w sobie społeczności. O czym miała z nimi rozmawiać? Jak się zmierzyć z czyhającą wszędzie pustką?

– Masz szczęście – oznajmiła. – Że możesz się stąd wyrwać.

Spojrzał na nią spod oka.

– Pani ma więcej szczęścia niż ja – powiedział. – Czuję się tak, jakby zamknięto mnie w więzieniu. Pani może wyjechać. Na przykład do Bulawajo, kiedy tylko pani zechce. Może pani robić wszystko, na co przyjdzie pani ochota. A mnie nie wolno nawet wyjść za tę bramę bez zezwolenia wychowawcy. Zresztą, dokąd mógłbym pójść?

Wpatrywała się w niego rozszerzonymi oczyma. Nigdy nie słyszała, żeby jakiś chłopak tak mówił, ale właściwie nigdy z nimi nie rozmawiała. Nie widziała w nich ludzi przeżywających swoje tęsknoty i frustracje. Byli dla niej po prostu bezkształtną masą, tłumem chłopców. A teraz rozmawiała z młodym mężczyzną, nie z chłopcem.

– Masz tego dość? – spytała. – Czy to chcesz mi powiedzieć?

Oglądał swoje ręce i plamki farby na opalonej skórze.

– Tak mi się wydaje – odparł. – Jakoś to znoszę, ale bardzo bym chciał ruszyć się dokądś. Choćby do Bulawajo, na jeden dzień. Czasami... po prostu mnie nosi.

Popatrzyła w dal między słupkami werandy. Niebo nad horyzontem było ciemnofioletowe, ciężkie od deszczu. Kochała takie niebo, ze skłębionymi, napęczniałymi od wody chmurami. Nadciągała burza – zapowiadały ją podmuchy ciepłego wiatru, pierwsze ostrzeżenie.

– Mogę cię zabrać do Bulawajo – zaproponowała. – Mógłbyś pojechać ze mną.

Gwałtownym ruchem uniósł głowę i dostrzegła w jego oczach błysk ożywienia.

– Mógłbym? Naprawdę?

– Naprawdę – odparła. – Czemu nie? Czy ktoś by zauważył, że cię nie ma?

– To się da załatwić – uznał. – Któryś z chłopaków podpisze się za mnie na popołudniowej liście. Nikt się nie zorientuje.

– No więc wybierzmy się razem do Bulawajo – odrzekła. – Ja też mam tego wszystkiego powyżej uszu.

BULAWAJO

Zawahał się i odgadła przyczynę jego wahania.
– Mój mąż wyjechał – wyjaśniła. – Do Salisbury, żeby uzgodnić terminy meczów krykieta na następny semestr. Nie przejmuj się nim. O nic mnie nie będzie pytał.

Wieczorem usiadła sama do kolacji w jadalni, słuchając radia. Nadawano właśnie jedną z tych niekończących się dysput politycznych, które tak ją przygnębiały. „Powtarzam, że dla tego kraju istnieje tylko jedno rozwiązanie. Jedno jedyne. Musimy zaufać Afrykanom i dowieść im, że Federacja* może sprawnie działać i przynieść im korzyści. To się nazywa partnerstwo. Musimy wreszcie zrozumieć, że nie ma innego wyjścia. Jeżeli odmówimy im prawa do współrządzenia krajem, prędzej czy później wpędzi to nas w kłopoty. Tak, bynajmniej nie żartuję. Zamieszki. Samosądy. Nie ma sensu chować głowy w piasek. Nie można cofnąć wskazówek zegara. Faktem jest, iż nie stoi już za nami Imperium Brytyjskie; jego potęga rozwiała się jak dym...".

Wyłączyła radio i wpatrywała się w swój na wpół opróżniony talerz. Była niespokojna i podenerwowana, zupełnie jakby łapała ją jakaś choroba. Burza ich ominęła – może dlatego tak się czuła. Wszystko wokół nadal było nasycone elektrycznością.

Odsunęła talerz, wstała od stołu i wyszła na zewnątrz. Ciepłe, gęste powietrze pachniało kaliami i białymi kwiatami uroczynu. Na czarnym niebie niezliczone konstelacje opadały lub przesuwały się po horyzoncie.

W oknach nauczycielskich domów paliły się światła – przesłonięte firankami kwadraty, a dalej jaśniały okna szkolnego internatu – zamglone, rozrzucone nieregularnie prostokąty. Weszła na ścieżkę wiodącą w stronę szkoły, niepomna ostrzeżeń Michaela przed wężami, które najczęściej wylegują się na kamieniach w upalne wieczory.

Zbliżyła się do internatu pod osłoną drzew, odgradzających budynek od boisk sportowych. Czuła zapach eukaliptusów, który uwielbiała, a pod jej stopami chrzęściły suche liście. To był jego dom,

* Federacja Rodezji i Niasy, zwana również Federacją Afryki Centralnej, utworzona w 1953 r. przez Brytyjczyków, zapewniająca wpływy mniejszości europejskiej i prowadząca rasistowską politykę.

73

on tam mieszkał, choć powiedział, że zostało ich tylko pięciu. Przystanęła między drzewami, nie ośmielając się podejść bliżej, by nie zostać rozpoznana w świetle padającym z okien. Światło paliło się na parterze i na piętrze. Także w świetlicy, która była jednak pusta. Zobaczyła stół do ping-ponga, kredens i krzesła.

Czekała. Wzdrygnęła się, gdy za jej plecami coś zaszeleściło; czyżby wąż? Cokolwiek to było, oddaliło się zaraz i zapadła cisza. Odwróciła się, spojrzała w otwarte okno i w tej samej chwili uświadomiła sobie, dlaczego odczuwa niepokój, czemu jej się wydaje, że coś jest nie tak. Tęskniła za Jamesem. Pragnęła go. Zamknęła oczy. To przecież nie do pomyślenia. Musi to zwalczyć. Nie może sobie pozwolić na coś podobnego. Ale czuła w żołądku dziwne, nieokreślone ssanie. Pragnęła go.

Odwróciła się i podeszła w mroku pod dom. Starała się o tym nie myśleć, lecz wkroczyła już na tę drogę i nie mogła się zatrzymać. Spotka się z nim jutro. I pojadą do Bulawajo, tak jak zaplanowali.

Czuła to samo, gdy następnego ranka zastukał do drzwi. Czuła to samo, gdy wsiadł z nią do samochodu i ruszyli w drogę.

– Nie pytałam nawet, co chcesz robić – powiedziała. – Pomyślałam, że zjemy lunch w jednej takiej restauracji, którą znam. W „Sadzie". To przy Matopos Road. Byłam tam raz czy dwa.

– To mi odpowiada – zapewnił. – Wszystko jedno, co będziemy robić, byle tylko stąd uciec. A tak nawiasem mówiąc, nie mam zbyt wiele forsy.

Parsknęła śmiechem.

– To nieważne. Ja mam, aż nadto.

– Tak mi się już znudziło to nasze żarcie – wyznał. – Wspaniale będzie zjeść coś innego.

Rozmawiali przez całą drogę. Okazał się miłym towarzyszem, dobrym rozmówcą, dojrzałym ponad wiek. Zerkała na niego i za każdym razem czuła, jak ściska ją w żołądku. Chcę go dotknąć, pomyślała. Chcę dotknąć tego chłopca. Co on na to powie? Czy poczuje się zaskoczony, kiedy dotknę jego ramienia… czy powie: „Och, bardzo panią przepraszam, ale…". Oczywiście, że go to zaskoczy. W końcu była mężatką.

Przyjechali do „Sadu" i zaprowadzono ich do stolika, który zarezerwowała telefonicznie. Była to duża hotelowa restauracja z wykładaną płytkami posadzką i kratownicami oplecionymi bluszczem, za którymi rosły krzewy granatu.

– To wspaniałe – powiedział. – Dobry wybór.

Pojawił się kelner.

– Napiłabym się wina – oznajmiła. – A ty?

Przez chwilę tylko jej się przyglądał.

– To wbrew wszelkim regułom.

– Wiem. Dlatego właśnie cię pytam.

Odprężył się wyraźnie.

– Oczywiście. Poproszę.

Złożyła zamówienie i po chwili przyniesiono butelkę schłodzonego białego wina w wiaderku z lodem. Kelner napełnił kieliszki i odszedł.

– To bardzo miło z pani strony – odezwał się chłopak. – Prawie nie spałem w nocy, myśląc o dzisiejszym dniu.

Odsłonił się przed nią, więc i ona się przed nim odsłoni.

– Ja także. Też się cieszyłam na to nasze spotkanie.

Popatrzyli sobie prosto w oczy i wszystko stało się jasne. Sięgnęła po kieliszek i upiła łyk, obserwując swego towarzysza. Spojrzał w bok, a później znowu na nią, jak gdyby chciał coś powiedzieć.

Nagłym ruchem wyciągnęła rękę i dotknęła jego dłoni, spoczywającej na stole. Wzdrygnął się, jakby doznał wstrząsu, lecz po chwili uścisnął lekko jej palce. Potem cofnął dłoń i sięgnął po leżącą na stole kartę dań.

– Niech pani zamówi coś dla mnie – powiedział. – Wszystko mi jedno, co jem. Proszę wybrać.

Spojrzała w kartę.

– Dobrze. Wybiorę.

– Pani jest mężatką... A ja... – Odezwał się nagle, pod wpływem impulsu.

Uniosła głowę.

– Moje małżeństwo nie jest zbyt udane, James.

Spuścił oczy i wpatrzył się w obrus.

– Lubię Michaela, ale czasami ludzie nie pasują do siebie jako mąż i żona. To się zdarza, wiesz.

Skinął głową.

– Rozumiem.

– Więc nie mówmy już o tym.

Po lunchu długo siedzieli nad kawą. Dochodziła już czwarta, gdy wstali od stolika. Powiedziała, że powinni zaraz wracać, żeby nikt nie zauważył jego nieobecności.

– Nie chcę wracać – odparł. – Wolałbym tu zostać.

– Ja też. Ale nie wywołujmy wilka z lasu.

– Bo i tak sam przyjdzie – dodał. – Tak zazwyczaj bywa, prawda? Droga powrotna upłynęła im w ciszy, lecz było to krzepiące milczenie. Anne miała nadzieję, że nie natkną się na żaden samochód, bo nie chciała, żeby ktoś ich zobaczył razem. I rzeczywiście nie spotkali nikogo.

Zaparkowała auto za domem i chłopak wysiadł. Ściemniło się już i w niektórych oknach paliło się światło.

– Muszę wracać – powiedział.

Zatrzymała się, dotykając jego ręki.

– Zaczekaj. Wejdź do środka.

Wprowadziła go do domu, pogrążonego w półmroku i poszedł za nią przez salon i korytarz do gościnnej sypialni. W milczeniu zamknęła drzwi. A potem odwróciła się do niego, objęła go i wsunęła dłoń pod kołnierzyk jego koszuli.

Łagodnie, bez pośpiechu pociągnęła go w stronę łóżka. Osunęli się na nie w milczeniu. Miał delikatną, gładką skórę i oddychał płytko, urywanie, nie umiejąc zapanować nad podnieceniem.

– Uciekajmy – powiedział. – Wyjedźmy stąd.

Tulił ją do siebie; czuła na plecach jego ciepłe dłonie.

– Dokąd?

– Dokądkolwiek. Na przykład na południe. Choćby do Kapsztadu.

Parsknęła śmiechem.

– I co będziemy tam robić?

– Żyć razem – odparł. – Dostanę pieniądze po dziadku, kiedy skończę osiemnaście lat. Musimy tylko jakoś przetrwać te dwa miesiące.

Pocałowała go lekko i odgarnęła mu włosy z czoła.

– Wspaniały pomysł.

– No więc jak, wyjedziemy? Mogę zadzwonić do ojca i powiedzieć, że dłużej nie wytrzymam. I tak zostało mi tylko parę miesięcy, wcale nie muszę tu dłużej tkwić.

– Pozwól mi się chwilę zastanowić.

Wyciągnęła się na wznak, otaczając go ramionami i czując jego ciepłą skórę. Nie miał jeszcze osiemnastu lat; ona miała dwadzieścia cztery. Sześć lat różnicy. On był jeszcze chłopcem, ona – dorosłą kobietą. Wyobraziła sobie reakcję ojca; wyobraziła sobie, jaki wybuchnie skandal. Jak długo to potrwa? Kilka miesięcy, zanim urok nowości przeminie i James zacznie myśleć o przyszłości. Nie, nie mogła go z sobą wiązać, tego uroczego chłopca, zabawki w jej rękach.

– Już późno – powiedziała nagle. – Musisz wracać.

Wstał z łóżka i zaczął się ubierać, a ona przyglądała mu się ukradkiem, śledząc ostatnie chwile jego cennej, bezbronnej nagości. Podniosła się również i stanęła przed nim.

– James – przemówiła – kiedy wrócisz do domu, nie bądź na mnie zły. Zamierzam stąd wyjechać, ale sama. Nie zobaczymy się więcej. Nie możemy. Po prostu nie możemy.

Zaprotestował, lecz uciszyła go, przykładając mu palec do ust. Potem wyprowadziła go na zewnątrz i patrzyła za nim, dopóki nie pochłonęła go ciemność.

Wróciła do domu i wyciągnęła z szafy walizki. Pakowała chaotycznie ubrania, papiery, buty, książki. Wypełnione walizki zawlokła po jednej do samochodu i władowała do bagażnika.

Zamknęła drzwi, lecz nie na klucz. Michael miał wrócić następnego dnia wieczorem, a do tego czasu nic złego nie mogło się stać. Będzie zadowolony, pomyślała. Odetchnie z ulgą, że rozwiązała problem za niego.

Usiadła za kierownicą i ruszyła szkolną drogą, pokonując wolno nieoczekiwane wyboje. Ponieważ jechała powoli, dostrzegła go z pewnej odległości – stał pośrodku podjazdu i czekał na nią. Nacisnęła hamulec, a wówczas podszedł do samochodu.

– Czekałem na ciebie – powiedział. – Tam jest moja torba. – Machnął ręką w stronę ciemnego pobocza. – Nie odjeżdżaj beze mnie. Proszę.

Wyłączyła silnik i zgasiła światła. Oparł się o okno i wyciągnął rękę, żeby jej dotknąć.

– Zakochałem się w tobie – oznajmił. – Naprawdę.

Uśmiechnęła się, choć nie mógł tego zobaczyć, i przypomniała sobie, jak trzymała go w ramionach, blask księżyca wpadający przez okno, smugi cienia. Cóż z tego, jeśli nawet wszystko miałoby się skończyć za kilka miesięcy czy nawet tygodni? Uwiodła go, więc chyba jest mu coś winna.

Otworzył drzwiczki, wsunął się na siedzenie i objął ją mocno.

– Lada chwila zacznie padać – powiedziała. – Przemokniesz.

– Nieważne – odparł.

– Przynieś swoją torbę – poleciła. – Szybko.

Puścił ją i skoczył w mrok. Wrócił błyskawicznie i wyruszyli w drogę. Rozpętała się burza, z góry lunęły potoki deszczu, srebrzyste zygzaki błyskawic zdawały się łączyć niebo z ziemią. Anne podniosła głos, by przekrzyczeć ulewę bębniącą o karoserię auta.

– Będziesz pamiętał, jak padało, kiedy stąd odjeżdżaliśmy?

Kiwnął głową.

– Tak. Zawsze.

DALEKO NA PÓŁNOCY

Oświadczyła przyjaciołom:
– Nie zostanę tam na zawsze. Najwyżej na rok. Później coś się tu dla mnie znajdzie i wrócę do Sydney.

Starali się okazać zrozumienie.
– Nie będzie tak źle. Znamy ludzi, którym się tam bardzo spodobało. Przyjedziemy do ciebie w odwiedziny. Obejrzymy sobie rafę koralową.

Ona jednak wiedziała, że to koniec. Że tam będzie wilgotno, nie do wytrzymania, i że ogarnie ją nieprzeparta tęsknota za wszystkimi. Na pewno nie ma tam kina studyjnego (może w ogóle żadnego kina) ani włoskich restauracji, ani księgarni otwartych do dziesiątej wieczorem. Mężczyźni będą nosili szorty i białe podkolanówki, zrolowane tuż poniżej kolan. A życie towarzyskie będzie się kręciło w milczeniu wokół steków z grilla. Odparowana, wydestylowana Australia.

Okazało się jednak, że sytuacja wygląda nieco inaczej. Nie było wprawdzie kina studyjnego, lecz w tym upale człowiek nie miał najmniejszej ochoty iść do kina. Była za to włoska restauracja, do której zresztą nie chciało jej się wybrać. Co się zaś tyczy mężczyzn w białych podkolanówkach, to owszem, można było ich spotkać, ale wyłącznie w barach z wysokimi stołkami. Morze mieniło się niezwykłymi, zapadającymi w serce odcieniami błękitu, nadbrzeżne góry okrywała nieprzenikniona powłoka zieleni, a dalej rozpościerały się wielkie równiny, które biegły pod bezkresnym niebem aż do zatoki Karpenteria. Napisała w liście do przyjaciół: „Wiecie, cieszę się, że tu przyjechałam. Jestem szczęśliwa. Możecie w to uwierzyć? Prawdopodobnie nie, ale tak jest naprawdę".

ALEXANDER McCALL SMITH

Była bardzo pochłonięta pracą, która sprawiała jej przyjemność. Otrzymała dyplom zaledwie dwa lata wcześniej i nadal się uczyła, a nowi koledzy okazali się bardzo pomocni. Chwilami nie było jej łatwo, gdyż niektórzy mężczyźni nie przywykli do kobiet-rzeczoznawców, lecz potrafiła sobie z tym poradzić. Zdarzało się, że kobiety uciekały się do agresji, by dowieść swoich racji, ona natomiast postawiła na kompetencje. To zazwyczaj zdawało egzamin.

Bez kłopotu znalazła sobie mieszkanie. Od razu spodobała jej się podmiejska dzielnica, położona u stóp wzgórz, więc wpłaciła zaliczkę za dom przerobiony ze starego bungalowu. Przeróbek dokonano nieumiejętnie i jej fachowe oko natychmiast dostrzegło przykłady oszczędnościowej prowizorki, lecz zostało to uwzględnione w cenie. Mogła z czasem wymienić niedbale założoną instalację wodno-kanalizacyjną i żółtą wannę. A także usunąć z salonu pseudoweneckie lampy i wyszukać coś naprawdę staroświeckiego. To nie powinno być trudne.

W ciągu dwóch miesięcy dokonała w domu poprawek i miała wrażenie, że odzyskał on częściowo swój dawny charakter, którego pozbawili go deweloperzy. Czuła się w nim już jak u siebie i postanowiła urządzić parapetówkę. Zdążyła poznać bliżej kilka osób, no i byli jeszcze koledzy z pracy. Mogła wyprawić dla nich skromne przyjęcie.

Jak się okazało, nie musiała się martwić stanem liczebnym. Goście przyprowadzili przyjaciół, ci zaś własnych przyjaciół. W Sydney wywołałoby to niezadowolenie, tu jednak wydawało się najzupełniej na miejscu. W pewnej chwili zdała sobie sprawę, że pokazuje żółtą wannę i wyłożoną laminatem kuchnię osobom, które widzi po raz pierwszy w życiu, a na zewnątrz, przy grillu, jakaś dziewczyna poprosiła, żeby przedstawiła ją gospodyni.

To przyjęcie dało początek życiu towarzyskiemu. W następnym tygodniu zaproszono ją na kilka imprez, co pociągnęło za sobą dalsze zaproszenia. Podobała jej się luźna, swobodna atmosfera tych spotkań. Pewnego niedzielnego wieczoru zadzwonił do niej Bill Jameson, inżynier budowlany, który pracował w innym dziale. Chociaż rzadko go widywała, zaprosiła go – jak wszystkich znajomych z biura – na parapetówkę, ale pojechał wtedy do Brisbane i nie mógł przyjść. Niewiele słyszała na jego temat, nie stykali się na gruncie zawodowym, nie było jednak powodu, by miała odrzucić jego propozycję przejażdżki wzdłuż wybrzeża w następną sobotę.

– Możemy zjeść lunch w Daintree albo gdzieś w okolicy – powiedział. – Przed wieczorem będziemy z powrotem w Cairns.

Zgodziła się, lecz zastrzegła na wszelki wypadek, że jest już umówiona na wieczór i musi wrócić najpóźniej o szóstej. Wolała mieć w zanadrzu jakąś wymówkę. Jeżeli Bill Jameson okaże się w porządku, być może pójdzie z nim na kolację. Być może.

Zaczęło się nie najlepiej. Kiedy zbliżała się umówiona pora, była w kuchni. Usłyszała trąbienie klaksonu i wyjrzała przez okno. Przyjechał. Pomachała do niego, a on odwzajemnił gest, ale został w samochodzie. Chyba nie byłby to nadmierny wysiłek, pomyślała, wysiąść z auta, przejść kilka kroków i zadzwonić do drzwi. No, ale bądźmy wyrozumiali; upał dawał się we znaki, a on prawdopodobnie miał włączoną klimatyzację.

Zgadła. Odchyliła się na oparcie siedzenia, rozkoszując się chłodem, gdy ruszyli drogą na północ. Prawie nic nie mówił, dopóki nie wyjechali z miasta – wtedy zaczął, a ona natychmiast zrozumiała, że popełniła fatalny błąd. Nie polubiła Billa Jamesona. Intuicja podpowiadała jej, że nie zgodzi się z żadnym jego poglądem, na jakikolwiek temat, a ponadto niechętnie słuchała jego gadaniny o łowieniu ryb. Nie podobał jej się również sposób, w jaki mówił o rekinach. Co on ma przeciw rekinom, pomyślała. Jeśli ktoś za nimi nie przepada, niech się nie kąpie w morzu. W końcu nic łatwiejszego, niż ich unikać.

– Rekinowi niczego nie wytłumaczysz – ciągnął Bill Jameson. – Zawsze zabieraj do wody nóż. Jeśli rekin zanadto się zbliży, celuj prosto w jego nos, o tak. One tego nie lubią.

– Nie?

– No jasne, że nie – odparł. – Czy tobie by się to podobało, zwłaszcza gdyby się tam znajdował twój system nawigacyjny?

Zdawał się oczekiwać odpowiedzi, która nie padła. Zerknął na swoją towarzyszkę i podjął:

– Słyszałaś o największym złapanym tu rekinie? To był żarłacz ludojad, prawdziwy olbrzym. Zapomniałem, ile dokładnie mierzył, ale dość sporo. Mógł połknąć łódź. Natomiast rekiny z rafy są inne, zupełnie inne.

Podjęła wysiłek, acz niezbyt wielki.

– Ach, tak?

– Tak. To dość... tolerancyjny gatunek rekina. – Zachichotał, rozbawiony użytym przymiotnikiem. – Nie zaatakuje, jeśli nie wejdziesz mu w drogę, a nawet wtedy się wycofa. Zawsze się wycofują. Zawsze.

– Widziałeś kiedyś takiego rekina? – spytała, patrząc na pola trzciny i rozedrgane z gorąca powietrze.

– Z rafy? Tak.

– I wycofał się?

Bill umilkł na chwilę.

– Niezupełnie. Był w akwarium. Nie miał tam zbyt wiele miejsca.

Znowu odwróciła głowę w stronę pól i skrzywiła się lekko. Była dziesiąta rano. Do szóstej pozostało osiem godzin – czy uda jej się wytrzymać? Przypomniała sobie, że w dzieciństwie, gdy musiała znosić jakieś nudy, modliła się o klęskę żywiołową. Gdyby tylko rozpętała się burza albo nastąpiło trzęsienie ziemi, gdyby gdzieś uderzył zbłąkany piorun, ta męka szybko dobiegłaby końca. Modliła się w kościele, podczas długich, nużących mszy i kazań, wyczekując słów księdza: „Idźcie w pokoju, ofiara spełniona...". Jej serce podskakiwało radośnie, gdy zbliżała się chwila wyzwolenia od tej koszmarnej udręki. Zanim to jednak nastąpiło, jedynym wybawieniem mógł być kataklizm albo nagła śmierć, które zresztą zawsze przychodziły nie w porę.

Może samochód nawali i będą musieli wrócić do Cairns autobusem. I może ten autobus będzie tak przepełniony, że znajdzie się tylko jedno miejsce z przodu (dla niej) i jedno z tyłu (dla niego). Ona zaś usiądzie obok interesującego mężczyzny – lub kobiety – i ten ktoś rzuci na wstępie: „Nie znoszę łowienia ryb, a pani?".

– Rogoząb – ciągnął Bill. – To dopiero ryba! Widziałaś go kiedyś? Nie przypuszczam, przecież mieszkasz tu od niedawna. Te to potrafią walczyć o życie! Gdy złapią przynętę, ciągną cię za sobą całymi milami, zanim się wreszcie poddadzą. Fantastyczne ryby!

Wyobraziła sobie, jak mógłby brzmieć dalszy ciąg rozmowy: „Trafiłeś kiedyś na taką rybę, Bill?". „Oczywiście!". „I co, walczyła o życie?". „No... właściwie to widziałem ją na stoisku w sklepie rybnym...".

Od strony lądu pola trzcin ustąpiły miejsca gęstej dżungli, od strony morza zaś rozciągały się strome urwiska. Spojrzała w stronę rafy, lecz od razu zaczęła myśleć o rybach, więc odwróciła oczy i zaczęła się wpatrywać w dżunglę. Na zboczach wzgórz dostrzegła kilka domów, na pół ukrytych w zieleni i pomyślała, jak by to było, zamieszkać tu na odludziu, z dala od wszystkich, słysząc wyłącznie leśne odgłosy? Co człowiek mógł tam robić? Jak spędzał czas?

Przez jedną okropną chwilę wyobrażała sobie, że utknęła w takim miejscu z kimś w rodzaju Billa. Jak długo by to wytrzymała? Zamordowałaby go prędzej czy później. Zepchnęłaby go do morza albo do wąwozu, albo włożyłaby mu do łóżka jadowitego tajpana. I byłoby to w pełni zrozumiałe. Ława przysięgłych okazałaby współczucie i uniewinniła ją, biorąc pod uwagę okoliczności łagodzące: nieustanne prowokacje, syndrom maltretowanej żony czy nawet napięcie przedmenstruacyjne. Obecnie kobietom wolno było zabijać mężczyzn, oczywiście, jeśli na to zasłużyli.

– No, a teraz zastanówmy się, co dalej – powiedział Bill. – Znam bardzo dobrą restaurację, moglibyśmy tam zjeść lunch. Naprawdę miły lokal. Dania rybne. Czy to ci odpowiada?

Posępnie skinęła głową. Może uda mi się wypić całą butelkę wina, pomyślała. To by mnie znieczuliło. A może zdarzy się trzęsienie ziemi...

– Właśnie przyszło mi do głowy – dodał – że potem możemy odwiedzić miejsce, gdzie się hoduje krokodyle. Każdy, kto przyjeżdża na północ, powinien obejrzeć te stworzenia z bliska. Co ty na to?

– Świetny pomysł – odparła. Po chwili zapytała: – Czy jest tu jakieś kino studyjne?

Na twarzy Billa odmalowało się zaskoczenie.

– Kino studyjne? Nie, nie sądzę. A bo co? – Jego głos zabrzmiał niemal podejrzliwie. – Dlaczego pytasz?

– Och, tak sobie – rzuciła. – Byłam po prostu ciekawa.

Uśmiechnął się do niej.

– Zabiorę cię do kina, jeśli chcesz. Mamy jedno w Cairns, na pewno je zauważyłaś. Możemy się tam razem wybrać. Rzucę okiem na program. Wydaje mi się, że czasami pokazują filmy dla studentów.

Ręce jej opadły.

– Nie! – zaprotestowała gwałtownie. – To znaczy, bardzo dziękuję. Tak tylko spytałam. Nie chodzę do kina. W ogóle.

Lunch upłynął im w niemal całkowitym milczeniu. Czuła się z tego powodu winna, ponieważ właściwie odnosił się do niej uprzejmie, a na to, że był, jaki był, nie mógł nic poradzić. Nie potrafiła jednak wykrzesać z siebie dość energii, by podjąć rozmowę. Prócz tego nie chciała go zachęcać do zacieśniania kontaktów i jeśli wydawała mu się nudna, tym lepiej. Drżała na samą myśl, że mógłby ją znowu dokądś zaprosić, i już wiedziała, że na jego ewentualną propozycję odpowie bezpośrednią i zdecydowaną odmową. Mogła wymyślić jakiegoś dalekiego narzeczonego, ale takie wyjście zawsze wydawało jej się tchórzostwem. Na pewno lepiej powiedzieć szczerze, o co chodzi, nawet jeśli to miałoby kogoś urazić.

Wyobraziła sobie, że mówi: „Bardzo mi przykro, Bill, ale łowienie ryb zupełnie mnie nie interesuje. Powinieneś spotykać się z kimś, kto się na tym zna. Jest mnóstwo takich kobiet, naprawdę mnóstwo. Szkoda na mnie czasu. Znajdź sobie kogoś lepszego".

Jak on by na to zareagował? Prawdopodobnie nie zrozumiałby aluzji i odpowiedział: „Przecież można się tego nauczyć! Mam kilka podręczników dla początkujących wędkarzy. Chętnie ci je pożyczę".

Niewątpliwie lepiej było okazać szczerość przy pierwszej nadarzającej się sposobności. Niemniej oszustwo również miało swoje zalety. Mogła na przykład powiedzieć: „Bill, będę z tobą szczera: jestem lesbijką. A lesbijki po prostu nie łowią ryb, wierz mi".

Po lunchu poczuła się senna i nawet zdrzemnęła się w samochodzie. Obudziła się, gdy dotarli na miejsce, nieco bardziej ożywiona i nawet zainteresowana podłużnymi, niskimi budynkami, które wyłoniły się przed nimi.

– To ta krokodyla farma – oznajmił Bill. – Setki potencjalnych torebek, które sobie chodzą i rosną z dnia na dzień. Pomyśl tylko.

Świetnie mu się udało stłumić w zarodku jej zainteresowanie i krokodyla farma wydała się jej nagle znacznie mniej zajmująca. Mimo wszystko, jak przypuszczała, było to jednak jakieś przeżycie i nigdzie indziej nie dałoby się obejrzeć takiego miejsca.

Weszli do środka. Duży hol, do którego zapraszano wszystkich zwiedzających, wypełniały najrozmaitsze pamiątki związane z krokodylami. Były tam kuchenne rękawice z podobizną krokodyla, a także bawełniane koszulki, na których uśmiechnięte karykatury tych gadów walczyły z sobą, tańczyły albo – w jednym gorszącym przypadku – uprawiały seks. Były balony i kółka na klucze. Dla każdego coś miłego, pod warunkiem że ten ktoś był kompletnie pozbawiony dobrego smaku.

Bill nie posiadał się z zachwytu i natychmiast kupił portfel z krokodylej skóry oraz okładkę do paszportu ze złotym napisem: „Obywatel Godsown". Zaczekała na niego i pochwaliła zakupy. Wówczas podarował jej okładkę do paszportu.

Zamarła ze zgrozy.

– Ja właściwie nigdzie nie wyjeżdżam – bąknęła, wpatrując się w ohydne etui. – To niezmiernie miło z twojej strony, ale może weźmiesz ją dla siebie. Przecież latasz do Singapuru, prawda?

Skinął głową.

– Tak, ale już mam taką okładkę.

Nie było wyjścia, więc mu podziękowała i wetknęła prezent do kieszeni. Może go zgubi, zanim wsiądzie z powrotem do samochodu. A potem znajdzie go ktoś, komu to się naprawdę spodoba. Rozejrzała się. Wszyscy w holu sprawiali wrażenie osób, które byłyby zachwycone podobnym znaleziskiem. No cóż, w takim razie komuś się poszczęści.

– Nie ma o czym mówić – skwitował Bill. – Lepiej rzućmy okiem na te chodzące torebki.

Było co oglądać. W obszernym korytarzu przedstawiono w całości cykl życiowy krokodyla, od chwili wyklucia się z jajka aż po zbielałe kości w wyschniętym korycie rzeki. Można było obejrzeć jajka w inkubatorze i małe krokodylki, nie większe niż męska dłoń, lecz nawet na tym etapie rozwoju zdolne odgryźć szpiczastymi zębami znaczną część owej dłoni. Na zdjęciach krokodyle jadły, spały i – w jednym bulwersującym przypadku – kopulowały.

– O rany! – wyrwało się Billowi, który z bliska oglądał fotografię.

– Popatrz tylko! Spójrz na jego... no, wiesz co. Czy to nie ohydne?

Odwróciła wzrok.

– Zupełnie jak u ludzkiego samca – mruknęła pod nosem.

– Co? – spytał ostrym tonem Bill. – Co powiedziałaś?

Ona jednak zaczęła odczytywać fragment ulotki informacyjnej.

– „Krokodyl różańcowy, zamieszkujący ujścia rzek i zasolone wody, jest największym i najbardziej agresywnym przedstawicielem rodziny krokodyli właściwych. Można go najczęściej napotkać w rzekach północnej Australii, choć pojawiają się doniesienia o osobnikach zauważonych na otwartym morzu, setki kilometrów od brzegu. Żywi się, między innymi, rybami i żółwiami wodnymi, a także nieroztropnymi ludźmi, którzy wkraczają do jego siedliska. Każdego roku w Australii traci życie kilkanaście osób zaatakowanych przez krokodyle".

– Święta prawda – przytaknął Bill. – Pewien gość z biura znał kogoś, kogo brat zginął w ten sposób na rybach. Za bardzo się zbliżył do jednego gada, a ten go cap, od razu. Ale jeśli nie są głodne, nic ci nie grozi. Musisz mieć się na baczności, kiedy są głodne.

Nic nie odpowiedziała. Pomyślała, że jego uwaga niespecjalnie wzbogaciła jej wiedzę o tych gadach. Minęli rodzinę złożoną z dzieci o znudzonych minach i znękanych rodziców i przeszli na otwarty teren, gdzie żywe krokodyle wygrzewały się w promieniach słońca.

Krokodyla farma była dobrze rozplanowana. Zwiedzający mogli, wędrując od zagrody do zagrody, obserwować gady w różnych stadiach rozwoju. Były tam także inne zwierzęta – walabie, kangury oraz barwnie upierzone ptaki w dużej klatce. Główną atrakcję stanowiło jednak wydzielone miejsce z boku, gdzie przebywał największy ponoć krokodyl żyjący w niewoli.

Ta zagroda miała dość spore rozmiary. Aby zwiedzający mogli lepiej się przyjrzeć jej mieszkańcowi, wybudowano z jednej strony betonowe podwyższenie, tak że ludzie spoglądali z góry prosto na krokodyle terytorium obejmujące dużą i bardzo błotnistą sadzawkę oraz kilka piaszczystych ławic. Napis na tabliczce głosił: „Staruszek Harry, największy z krokodyli trzymanych w zamknięciu. Jego wiek ocenia się w przybliżeniu na czterdzieści lat".

Weszli na podwyższony chodnik i popatrzyli na dół. Harry leżał na piasku po przeciwnej stronie zagrody, z rozczapierzonymi łapami i zamkniętymi oczyma. Muchy brzęczały wokół jego rozszerzonych nozdrzy, a kilka łaziło po wilgotnych obrzeżach jego powiek.

Obydwoje wpatrywali się w niego przez chwilę, zafascynowani ogromem zwierzęcia.

– To ci dopiero krokodylisko – powiedział Bill z nabożnym podziwem.

Mimo woli kiwnęła głową.

– Tak.

Zawrócili, by zejść z chodnika, i poczuła, że zaczepiła czymś o ogrodzenie. Obejrzała się, w obawie, że rozdarła ubranie, i zobaczyła sfruwającą w dół okładkę do paszportu, która wylądowała trzy metry niżej na piaszczystym wale.

Omal nie parsknęła śmiechem, ale się opanowała.

– Bill – powiedziała – stało się coś okropnego. Popatrz! Bill stanął obok niej i spojrzał w dół.

– Och, nie! Twoja okładka!

Uśmiechnęła się do niego.

– To był miły gest z twojej strony. Doceniam go, naprawdę. Zmarszczył brwi.

– Nie możemy jej tam zostawić – orzekł. – Kosztowała dwadzieścia cztery dolary.

Wzruszyła ramionami.

– Przykro mi, ale nie zamierzam po nią schodzić.

Ponownie zerknął w dół, a potem na drugą stronę zagrody. Staruszek Harry trwał w bezruchu, oczy nadal miał całkowicie zamknięte. Wydawał się zupełnie nieświadom obecności ludzi i równie dobrze mógł być nieżywy i wypchany.

Bill się wyprostował.

– Ja po nią zejdę. Ten koleżka twardo śpi i pewnie zjadł już podwieczorek. Mogę dostać się na dół raz dwa.

– Nie! – zaprotestowała. – Nie bądź głupi. On może się obudzić.

– Jeśli się obudzi, wdrapię się szybko z powrotem – odparł, zaczynając już przełazić przez ogrodzenie.

Wyciągnęła rękę i złapała Billa za koszulę, usiłując go powstrzymać, lecz ją odepchnął. Chwyciła go za ramię, wyrwał się jednak i zaczął schodzić, chwytając się podpórek.

– Patrz, czy się nie rusza! – zawołał. – Odwaga winna iść w parze z rozwagą!

Dotarł na sam dół. Okładka do paszportu leżała kawałek dalej na piasku i Bill postąpił ostrożnie w tamtą stronę. Spojrzała na Harry'ego. Wciąż wydawał się pogrążony w głębokim śnie, choć przez kilka pełnych napięcia sekund miała wrażenie, że zadrgała mu powieka. Ale to pewnie mucha, pomyślała.

Bill schylił się, żeby podnieść okładkę. Potem się wyprostował i pomachał nią triumfalnie. Złoty napis „Obywatel Godsown" zamigotał w promieniach słońca.

Mętna woda sadzawki zakotłowała się gwałtownie, gdy potężny kształt drugiego krokodyla, towarzysza Staruszka Harry'ego, runął ku zdobyczy. Przez chwilę widać było tylko zęby i różowobiałe wnętrze paszczy, a później szczęki zwarły się z chrupnięciem wokół nóg Billa.

Na jego twarzy odbiło się zaskoczenie. Zobaczyła trzepoczącą okładkę i próbowała krzyknąć, lecz nie mogła wydobyć głosu. Paszcza otworzyła się ponownie, zamknęła i cofnęła. Bill zniknął pod wodą wśród wirujących bąbelków i piany. Potem powierzchnia sadzawki znowu się wygładziła.

Staruszek Harry tymczasem uchylił powieki, obrzucił sadzawkę spojrzeniem, po czym zamknął oczy i znowu zapadł w sen.

Przez kilka minut była zbyt wstrząśnięta, by wykonać jakikolwiek ruch. Usłyszała krzyki – jakiś mężczyzna biegł w stronę zagrody. Miał na głowie kapelusz z szerokim rondem i trzymał coś w ręku – kij albo strzelbę, nie widziała dokładnie.

– Co się stało? – zawołał. – Co tu się dzieje?

Otworzyła usta, ale nadal nie mogła mówić. Wskazała sadzawkę i dopiero wtedy zaczęła krzyczeć.

– O mój Boże! – wymamrotał. – Czy tam ktoś jest?

– Mówiłam mu, żeby nie wchodził... – zaczęła.

Mężczyzna był już kilka kroków dalej i usiłował otworzyć furtkę. Po chwili zrezygnował i ponownie zerknął do środka. Następnie uniósł broń do ramienia i rozległ się huk wystrzału.

Staruszek Harry zerwał się i pomknął po piaszczystej ławie z zadziwiającą szybkością. Mężczyzna zaklął głośno i strzelił w wodę. Coś się w niej szamotało. Nastąpił kolejny strzał, a potem cisza.

Wokół zagrody pojawili się już inni ludzie. Jakiś człowiek w zielonym uniformie pokrzykiwał, żeby się odsunęli. Ktoś złapał ją za rękę i zaczął odciągać na bok. Próbowała stawiać opór, lecz mężczyzna z bronią wskazał znajdujący się w pobliżu budynek i tam ją zaprowadzono. Kobieta nosząca na piersi małą odznakę w kształcie krokodyla posadziła ją na krześle i ujęła jej dłoń. Przyniesiono herbatę, ale rozlała ją na dżinsy i bluzkę, tak mocno trzęsły jej się ręce. Pomogli jej osuszyć gorące plamy ściereczką.

– Straszny wypadek – powiedziała kobieta. – Czy to był pani... pani mąż?

Pokręciła głową.

– Nie. Po prostu znajomy. Zresztą niezbyt bliski.

Na twarzy kobiety pojawił się wyraz ulgi.
– Dzięki Bogu – westchnęła. – Nie sądzę, by dało się go uratować.

Zanim wrócił mężczyzna ze strzelbą, upłynęło trochę czasu. Zerknął na kobietę, a ona na niego.
– To był tylko jej znajomy – wyjaśniła. – Nikt bliski.
Jego twarz rozjaśniła się nieco.
– Zawsze coś – powiedział. – No więc, z przykrością muszę panią poinformować, że został porwany przez tego krokodyla. Na samo dno sadzawki. Nic nie mogliśmy zrobić, ale zastrzeliłem to zwierzę i teraz je wyciągają. Czy on tam wszedł celowo?
Przytaknęła.
– Próbowałam go powstrzymać, ale mnie nie słuchał. Nie wiedział, że pod wodą siedzi drugi krokodyl.
Mężczyzna skrzywił się i położył strzelbę na stole.
– Pierwszy cholerny raz zdarzyło się coś takiego – oznajmił. – Wiedziałem, że się zdarzy, prędzej czy później. Że jakiś przeklęty dowcipniś zechce zaryzykować.
– Uważaj, Pete – ostrzegła kobieta. – Ta pani jest w szoku.
– Przepraszam – powiedział. – To straszne, wiem. Nawiasem mówiąc, wezwałem policję. Będą chcieli się dokładnie dowiedzieć, co tu zaszło. Powie im pani, jak to było? Przede wszystkim, że ten wypadek nie miał nic wspólnego z naszymi zabezpieczeniami... że on sam tam wszedł. Dobrze?
Pierwszy wstrząs minął i była już nieco spokojniejsza. Wydarzyło się coś przytłaczającego, okropnego, ale nie ona tu zawiniła. Próbowała powstrzymać Billa. Nic nie mogła poradzić, nie musi robić sobie wyrzutów. Mimo to pamięć podsunęła jej z nieprzyjemną wyrazistością, jak nieżyczliwie się do niego odnosiła – i zadrżała na to wspomnienie.

Policja przyjechała wkrótce potem. Najpierw w pobliżu rozległ się dźwięk syren, a mniej więcej po dwudziestu minutach do biura wkroczył sierżant. Zamienił szeptem kilka słów z pracownicą farmy, następnie zaś przysunął sobie krzesło i usiadł.
– Bardzo mi przykro, proszę pani – zaczął – ale musi pani złożyć zeznanie.

Spojrzała na niego. W jego tonie wyczuła coś szorstkiego i nieprzyjaznego, co wzbudziło w niej niepokój. Zauważyła również w wyrazie jego twarzy cień niesmaku. No cóż, sprawa z pewnością nie wyglądała przyjemnie, a ci ludzie musieli być twardzi – taki już ich zawód.

Zrelacjonowała przebieg wydarzeń, podkreślając, że prawie nie znała Billa Jamesona.

– Mówiłam mu, żeby tam nie wchodził – powiedziała. – Próbowałam go powstrzymać, jak to już wcześniej wyjaśniałam personelowi. Ale on się uparł, żeby przynieść ten idiotyczny kawałek krokodylej skóry.

– Okładkę paszportową? Może ją pani opisać?

Podała mu opis, który zanotował słowo po słowie, uwzględniając inskrypcję „Obywatel Godsown". Potem spojrzał na nią wyczekująco.

– Wszedł do zagrody i podniósł okładkę. A sekundę lub dwie później pojawił się ten krokodyl, jakby znikąd. Musiał siedzieć pod wodą.

Sierżant kiwnął głową.

– Jak pani próbowała go powstrzymać? Co pani zrobiła?

Zamknęła oczy.

– Złapałam go za ramię. A potem chyba za koszulę.

Otworzyła oczy. Policjant wpatrywał się w nią nieruchomym wzrokiem.

– Nie wzywała pani pomocy?

Pytanie zbiło ją z tropu.

– Kiedy? Jak tam wchodził, czy jak był już w środku?

– Gdy wchodził.

Wahała się przez chwilę. Czy powinna była zrobić coś więcej? Czy ten człowiek sugerował, że w jakiś sposób zawiodła – że jest winna temu, co się stało? Poczuła ukłucie irytacji. To zakrawało na kpiny. Bill sam ściągnął na siebie nieszczęście przez własną głupotę. Gdyby dalej próbowała się z nim szamotać, pociągnąłby ją za sobą.

– Nie – odrzekła wreszcie. – To się zdarzyło bardzo szybko. Nie miałam czasu na zastanowienie. Po prostu starałam się go zatrzymać.

– No dobrze – powiedział. – Więc nie wzywała pani pomocy.

– Nie.

– Czy nie uważa pani, że byłoby to w pełni uzasadnione? W pobliżu znajdowali się ludzie. Mogli pani pomóc go powstrzymać.

Uczucie irytacji powróciło. Zwracał się do niej tak, jakby zamierzał postawić jej zarzut.

– Już panu mówiłam – w rozdrażnieniu podniosła głos – że to się stało bardzo szybko. Nie myślałam o wzywaniu pomocy, tylko o tym, jak go zatrzymać. Fizycznie. I nie udało mi się.

Policjant odchylił się na oparcie krzesła, obracając długopis w palcach.

– Czy pani go przypadkiem nie popchnęła?

Popchnęła! Zdumienie odebrało jej mowę. Po chwili odezwała się tak cicho, że prawie niedosłyszalnie.

– Sądzi pan, że go tam wepchnęłam? Naumyślnie?

Uśmiechnął się lekko.

– Niewykluczone, że tak było.

Zrozumiała, że się z niej naśmiewa, i jej irytacja przerodziła się w gniew.

– No cóż, to głupi żart. Byłam świadkiem czegoś przerażającego, a pan siedzi tutaj i kpi sobie ze mnie.

Jego uśmiech zgasł.

– Ja wcale nie żartuję. Tak się składa, że mam podstawy do podejrzeń, i lepiej, żeby pani potraktowała to poważnie. Rozumie pani?

Obejrzała się przez ramię na kobietę, która wcześniej poczęstowała ją herbatą. Kobieta odwróciła oczy, jakby chciała powiedzieć: mnie w to nie mieszajcie. Ale najwyraźniej chłonęła z upodobaniem kolejne odsłony dramatu.

– Widzi pani – zaczął sierżant, przewracając kartkę w notesie – rozmawiałem z chłopcem, który znalazł się w pobliżu tej zagrody. Powiedział mi… pozwolę sobie zacytować: „Ta pani zepchnęła pana prosto do krokodyli. Sam widziałem. Popchnęła go".

Odwieziono ją z krokodylej farmy prosto na posterunek policji. Milcząca policjantka towarzyszyła jej w radiowozie, a potem w niewielkim biurze. Po chwili wrócił sierżant z inną funkcjonariuszką, która wyjaśniła, że pobierze jej odciski palców i ewentualnie wysłucha dalszych zeznań.

Była zbyt wstrząśnięta, by protestować. Umazali tuszem każdy palec jej bezwolnej ręki i przycisnęli do arkusza papieru. Następnie otarli jej palce zwilżoną chusteczką higieniczną i zanotowali coś na kartce.

– Jeśli pani chce, może pani porozmawiać z adwokatem – poinformował sierżant. – Mam tu listę prawników z naszego okręgu i może pani zatelefonować do któregoś z nich. Rozumie pani?

Podsunął jej listę i wskazała nazwisko na chybił trafił. Jedna z policjantek wybrała numer i powiedziała kilka słów, po czym przekazała jej słuchawkę. Adwokat wydawał się przyjaźnie nastawiony i obiecał, że przyjedzie najdalej za godzinę. Zakończyła rozmowę pod czujnym spojrzeniem sierżanta.

– Dlaczego pani go popchnęła? Lepiej powiedzieć prawdę. Daję słowo, że tak jest łatwiej. Zawsze, ale to zawsze.

Później, w innym pokoju, spotkała się w cztery oczy z adwokatem.

– Problem przedstawia się następująco – zaczął. – Z zeznania tego ośmioletniego chłopca wynika, że widział, jak pani spycha swego towarzysza do zagrody krokodyli. Tak twierdzi i najwyraźniej obstaje przy tym, co zeznał na początku. Mówi, że ów mężczyzna uderzył panią i wtedy pani go zepchnęła. – Zawiesił głos, nie spuszczając z niej oczu, gdy wciągnęła głęboko powietrze i ze zniechęceniem pokręciła głową. – Jak rozumiem, nie jest to zgodne z prawdą?

– Oczywiście, że nie jest. Opowiedziałam wszystkim, co się wydarzyło. Dlaczego miałabym go wpychać do tej zagrody? Prawie go nie znałam.

– Co panią z nim łączyło, jeśli wolno spytać? Lubiła go pani?

– Nie. Nie lubiłam go. Przykro mi to mówić, ale był... trochę nudny. Nie zamierzałam się z nim więcej umawiać. Nasze spotkanie nie miało charakteru randki.

Adwokat przygryzł wargi.

– Na pani miejscu nie podkreślałbym zbytnio swojej antypatii – zauważył przyciszonym głosem. – Przysięgli mogliby to źle zrozumieć.

Popatrzyła na niego z niedowierzaniem. On naprawdę uważał, że cała ta historia jest traktowana serio, że absurdalna pomyłka ośmiolatka zakończy się rozprawą w sądzie!

– Na zeznaniu dziecka, oczywiście, nie można w pełni polegać – podjął. – Dzieci często mylą się w ocenie i zdążyłem już ustalić, że chłopiec znajdował się w pewnej odległości od zagrody. Mógł zinterpretować pani gesty jako próbę zepchnięcia Billa za ogrodzenie. Ale pojawił się jeszcze jeden problem.

– Jaki?

– Chodzi o tę okładkę do paszportu. Tę, po którą zszedł pani znajomy. Nie mogą jej znaleźć. Oczywiście rozcięli brzuch tego zastrzelonego krokodyla i spisali, co w nim było. Spuścili wodę z sadzawki i przeczesali dno. Też nic. Więc gdzie ona jest?

Wzruszyła ramionami.

– Nie mam pojęcia. Czy to naprawdę takie ważne?

Adwokat westchnął.

– Obawiam się, że tak, ponieważ byłby to istotny dowód potwierdzający pani zeznania. Rozumie pani?

Spuściła oczy. Nie była pewna, czy prawnik jej wierzy, czy stoi po stronie sierżanta. Jeśli nie wierzył w jej słowa, to wątpiła, czy zdoła kogokolwiek przekonać. Wyobraziła sobie ławę przysięgłych – dwunastu praworządnych obywateli Godsown, wpatrujących się w nią z niedowierzaniem, gdy opowiada o zaginionej okładce paszportowej z krokodylej skóry. Przypomniała sobie historię z psem dingo. Tamtej kobiecie też nikt nie uwierzył.

Adwokat wyszedł tuż po siódmej wieczorem, obiecując, że wróci nazajutrz przed południem. Zjawiła się kolejna policjantka z informacją, że zostaje zatrzymana do czasu wyjaśnienia sprawy i spędzi noc w areszcie – nie ma innego wyjścia. Wyznaczono jej miejsce w dwuosobowej celi i przydzielono bieliznę nocną oraz przybory toaletowe „w umiarkowanej ilości". Może, jeśli chce, zawiadomić kogoś telefonicznie o swoim „bezterminowym pobycie na posterunku policji". To było wszystko.

Weszła w milczeniu do celi, gdzie zastała kobietę, leżącą na pryczy i pogrążoną w lekturze ilustrowanego czasopisma. Tamta nie zwróciła na nią uwagi, dopóki policjantka nie zamknęła za sobą drzwi. Dopiero wtedy odłożyła czasopismo i uśmiechnęła się do niej. Była bardzo szczupła, około czterdziestki, o drobnej, przedwcześnie postarzałej twarzy.

– Za co cię wsadzili? – spytała.

– Za wepchnięcie faceta w paszczę krokodyla. A ciebie?

– Postrzeliłam mojego starego – odparła tamta pogodnym tonem. – Nie udało mi się go wykończyć i pewnie już zdążył wrócić do pubu.

– Postrzeliłaś go? Dlaczego?

Kobieta usiadła na pryczy i sięgnęła po paczkę papierosów leżącą na stoliku.

– Sam się o to, cholera jasna, prosił. – Zapaliła papierosa i wydmuchnęła obłok gryzącego dymu. – Lał mnie dzień w dzień. I dzieci też. Łajdak spod ciemnej gwiazdy. – Zaciągnęła się głęboko. – Powiem więcej. To nawet śmieszne, jak się tak bliżej zastanowić. Strzeliłam mu w brzuch z dwudziestkidwójki mojego syna i zrobiłam ładną małą dziurkę. I wiesz co? Wyciekło z niej piwo, jak Boga kocham! Miał brzuch pełen piwa i siknęło z niego strumieniem, zupełnie jak z odszpuntowanej beczki!

Mimo niesprzyjających okoliczności spała dobrze po długiej nocnej pogawędce z nową przyjaciółką. Tuż po jedenastej przed południem zjawił się adwokat. Wezwano ją na rozmowę i po chwili oczekiwania ujrzała jego uśmiechniętą twarz.

– Mam dla pani dobrą wiadomość – oznajmił. – Staruszek Harry zdechł.

Spojrzała na niego ze zdziwieniem.

– Harry, ten drugi krokodyl. Prawdopodobnie serce mu pękło z rozpaczy, kiedy zastrzelono mu towarzyszkę życia. Bo to była jego małżonka. Staruszek po prostu wziął i wykorkował.

Zaczęła się zastanawiać, czy przypadkiem nie popełniła błędu w wyborze prawnika. Tymczasem adwokat kontynuował:

– Weterynarz rozkroił go dziś rano, tak na wszelki wypadek. I proszę sobie wyobrazić, że Harry okazał się obywatelem Godsown.

Parsknęła śmiechem, najpierw z pewną rezerwą, a potem z narastającą ulgą.

– W ogólnym zamieszaniu, jakie zapanowało pod wodą, Staruszek Harry połknął tę okładkę. Chciał zapewne uszczknąć kawałek pana Jamesona. W każdym razie policjanci doszli do wniosku, że to potwierdza pani zeznania, a chłopczyk, jak się wydaje, nie jest już stuprocentowo pewny, że wepchnęła pani pana Jamesona do zagrody krokodyli. Przeciwnie, powiedział dzisiaj, że to chyba pan Jameson usiłował panią wepchnąć, ale się pośliznął i sam spadł.

Spojrzała na niego, po raz pierwszy dostrzegając w prawniku mężczyznę.

– Jeśli pani zechce, mogę panią odwieźć do Cairns – dodał. – Mam tam parę spraw do załatwienia, więc to żaden kłopot.

Jechali wolno, a raz nawet się zatrzymali, żeby podziwiać widoki. Morze było spokojne i dostrzegli rybacką łódkę, prującą dziobem błękitną przestrzeń.

– Wiesz – odezwała się – nie lubię łowienia ryb. Naprawdę nie lubię. A ty?

Spojrzał na nią z uśmiechem. Wiedział, że jego odpowiedź będzie miała ogromne znaczenie.

– Nie – odparł. – Ja też tego nie lubię.

INTYMNE ZWIERZENIA

Wcale nie jestem pewien, czy mogę wam o tym opowiedzieć. Chodzi o kwestię szeroko rozumianej etyki zawodowej i – szczerze mówiąc – nie istnieją tu żadne wyraźne wskazówki. Oczywiście każdy lekarz winien przestrzegać tajemnicy – i to na wyjątkowo surowych zasadach – co oznacza, że psychoterapeucie nie wolno puścić pary z ust na temat pacjentów. Nie wolno, na przykład, zadzwonić do żony pacjenta i powtórzyć, co wyznał przed chwilą na kozetce jej mąż, choć bywa to chwilami bardzo kuszące. Byłoby to poważne naruszenie etyki zawodowej i środowiska medyczne nie posiadałyby się z oburzenia. Zresztą słusznie.

Reguły nie są jednak jasne, gdy chodzi o ogólny opis tego, co się wydarzyło w gabinecie lekarskim, zwłaszcza gdy się nie używa nazwisk lub podaje fałszywe. Czy ktoś, kto nie zdradza tożsamości pacjenta, narusza jego zaufanie? Odpowiedź brzmi, moim zdaniem, następująco: jeżeli istnieje poważna przyczyna, by ujawnić – z zachowaniem anonimowości – treść rozmowy terapeuty i pacjenta, nie ma w tym niczego nieetycznego.

Czy jednak istnieje poważna przyczyna, bym ujawnił to, co zaszło? Po długim namyśle uznałem, że zapewne istnieje. Wiem, że nie są to zapiski z lekarskich ksiąg, w których odnotowuje się wszelkie medyczne przypadki. Zdaję sobie również sprawę, że niektórzy odczytają to w niewłaściwy, być może obsceniczny sposób, lecz inni – mam nadzieję, że większość – okażą prawdziwe zainteresowanie ludzką naturą. Byłaby to arogancja zawodowa w najwyższym stopniu, gdyby psychoterapeuci mieli mówić o rozszczepieniu ludzkiego umysłu. Nie mamy prawa wyłączności w sferze działania ludzkiej psyche – wszyscy chyba czytali eseje Freuda i innych klasyków. Są to wspaniałe, wyzwolone dzieła z zakresu literatury faktu – głębokiej literatury. A jeśli zbyt wiele w nich seksu, to po prostu dlatego, że całe ludzkie życie jest przesycone seksem. Nic w tym dziwnego, że każdy chciałby zrozumieć, w jaki sposób seks wpływa na nasze postępowanie. Oczywiście zdarza się w tej dziedzinie wiele rzeczy zaskakujących. Nikt nie prowadzi ograniczonego życia seksualnego, narzuconego przez restrykcyjne pojęcie normalności; ludzki umysł jest obdarzony zbyt wielkim polotem, by na tym poprzestać. Nawet osoby kompletnie pozbawione wyobraźni, najnudniejsze, mają swoje fantazje (być może nudne), choć mało kto się do nich przyznaje. Fantazje nie są z natury złe – dopóki pozostają fantazjami i nie wkraczają w sferę rzeczywistości. Dla większości ludzi linia podziału jest wyraźnie widoczna; dla reszty granica między wyobraźnią a prawdziwym życiem zaczyna się w pewnej chwili zacierać i zachowują się wówczas w sposób dziwaczny lub niestosowny. Są to częstokroć bardzo trudne przypadki, gdyż wpływ wyobraźni bywa niezwykle silny. Zdarzyło mi się prowadzić wieloletnie terapie z pacjentami, u których usiłowałem bezskutecznie zatrzeć głęboko zakorzenione, kłopotliwe fantazje.

W moim zawodzie doświadczam wszystkiego i nic mnie już nie gorszy. *Nihil humanum mihi alienum est*, czyli – demotycznie ujmując – nic nie może mnie zaskoczyć. Nie mówię tego, by kogokolwiek onieśmielić lub wykazać swą zawodową wyższość, niemniej jest to prawda. Słyszałem rzeczy, którym po prostu nie dalibyście wiary.

Ale to tylko wstęp. Tak naprawdę zamierzam mówić o randkach, które są niezmiernie ważnym i niemal uniwersalnym aspektem ludzkiego życia. Rozważmy słowo jako takie. Dla niektórych jest to amerykanizm, którego lepiej unikać, chyba że człowiek urodził się Amerykaninem. Ja nie. Jestem Australijczykiem, lecz mimo to nie zgadzam się z takim poglądem. Jakie bowiem mamy inne określenia? Zalecanki? Widywanie się z kimś? Dla współczesnego ucha brzmi to dość fałszywie. Słowo „randka" jest znacznie lepsze.

Randka wiąże się w sposób oczywisty z rytuałem zalotów, aczkolwiek bardzo rzadko patrzymy na nią pod tym kątem. Przyznajemy, że w innych kulturach istnieją rytuały zalotów; dostrzegamy je w innych epokach i u innych gatunków, lecz randki są dla nas czymś zupełnie zwyczajnym i nie zdajemy sobie sprawy z ich głębokiego znaczenia. Jest to niezwykle ważne zjawisko – podczas randki mogą się zdarzyć rzeczy straszne, nawet traumatyczne, które potrafią wywołać silny wstrząs psychiczny. To spostrzeżenie skłoniło mnie do prowadzenia notatek dotyczących poszczególnych przypadków, z którymi się stykam – kiedy w trakcie randki ujawniają się patologiczne cechy charakteru bądź sama randka doprowadza do patologicznych następstw. Ze zdumieniem odkryłem, że patologia ma szeroki zasięg – wystarczy okazać czujność, by ją dostrzec i odsłonić jej kolejne bolesne warstwy. Randki są przyczyną, a także symptomem wielkiego napięcia nerwowego.

Zasadnicza trudność, gdy chodzi o teoretyczne zrozumienie zjawiska, polega na tym, że po prostu nie uświadamiamy sobie, co się w istocie za nim kryje. Jeśli dostrzeżemy, iż jest to w rzeczywistości rytuał zalotów, będziemy mogli zidentyfikować wewnętrzną strukturę tego rytuału, co pozwoli nam dotrzeć do sedna sprawy. Tak naprawdę podstawowym celem randki jest seks. W konwencjonalnym kontekście oznacza to, iż mężczyzna nawiązuje z kobietą kontakty towarzyskie, które mają za zadanie doprowadzić do zażyłości o charakterze erotycznym. Istotne jest jednak, by zażyłość ta nie pojawiła się zbyt wcześnie. Z biegiem lat, naturalnie, w ludzkich postawach zaszła ogromna zmiana i dawne pytanie: „Jak daleko wolno się posunąć podczas pierwszej randki?" wydaje się młodemu pokoleniu rozbrajająco staroświeckie. Mimo to wyczucie czasu nadal odgrywa ważną rolę i jeśli sprawy zajdą zbyt daleko w zbyt szybkim tempie, może się to okazać dla obu stron bardzo kłopotliwe – jak w przypadku, o którym zamierzam tu opowiedzieć.

G zgłosił się do mnie po tym, jak doznał fizycznych obrażeń podczas randki. Kobieta uderzyła go w twarz, co spowodowało wywichnięcie i pęknięcie żuchwy. Wymagało to poważnego zabiegu stomatologicznego i miało szczególnie niefortunne skutki, jako że G zaczął odczuwać chorobliwy lęk przed dentystami. Doprowadziło go to do napaści na stomatologa, który na szczęście okazał się bardzo wyrozumiały i obiecał, że puści sprawę w niepamięć, jeśli G zwróci się o pomoc do psychiatry.

Podejrzewałem, iż rzekoma fobia jest w istocie przeniesieniem, a napady lękowe maskują głębszy, trudniejszy problem, który ujawnił się w trakcie randki. Innymi słowy, zadałem sobie pytanie: dlaczego ta kobieta wymierzyła mu tak mocny policzek? Czułem, że tutaj właśnie znajdę klucz.

Początkowo G nie chciał rozmawiać o wydarzeniach, które stały się przyczyną jego kłopotów, i nieustannie powracał do kwestii urazu stomatologicznego.

G: Nie rozumie pan? To mnie naprawdę dręczy. Przecież nie ma znaczenia, w jaki sposób złamałem szczękę. Chodzi o to, co nastąpiło później. Boję się dentystów.

Ja: Dentystów czy igły? A może wiertła i bólu, który sprawia?

G: Po prostu nie lubię dentystów.

Ja: Sądzę, że tak naprawdę nie to pana dręczy. Wróćmy do pańskiej randki. Co się wtedy stało?

G: Randka jak randka. Spotkałem się z pewną kobietą, a ona mnie uderzyła. Mocno. Wybiła mi szczękę i obluzowała dwa zęby. No a potem wkroczyli do akcji ci wszyscy dentyści.

Ja: Proponuję chwilowo pominąć dentystów. Chciałbym, abyśmy omówili po kolei wydarzenia tamtego wieczoru. Pojechał pan po nią do jej mieszkania. Zacznijmy od tego.

G: Dobrze. Skoro pan nalega. Więc pojechałem po nią. Mieszkała na czwartym piętrze. Zadzwoniłem i otworzyła drzwi. Powiedziała, że jest już prawie gotowa i żebym wszedł. Wszedłem. Mieszkanie było bardzo ładnie urządzone, bardzo kobiece. Ogarnęło mnie podniecenie, gdy tam stałem, a ona poszła po płaszcz. Potem wyszliśmy frontowymi drzwiami.

Ja: Czy nadal odczuwał pan podniecenie?

G: Ogromne. Ale chyba nie dawałem tego po sobie poznać. W każdym razie podeszliśmy do mojego samochodu, otworzyłem przed nią drzwiczki, a następnie okrążyłem auto, żeby usiąść za kierownicą. Cały czas myślałem: co za wspaniała kobieta. Naprawdę miła – o wiele milsza niż poprzednia, która zresztą umówiła się ze mną tylko raz. Wsiadłem, a ona po chwili, bez żadnego ostrzeżenia, uderzyła mnie w twarz i wysiadła. Pojechałem prosto do szpitala. Obejrzeli mnie i prześwietlili mi szczękę. Byli bardzo przejęci tym, co się stało. Właśnie wtedy pojawili się dentyści.

Ja: Ale dlaczego pana uderzyła? Czy dotknął jej pan w zbyt poufały sposób? Zalecał się pan do niej?

G: Nie, skądże! W ogóle jej nie dotknąłem. Przeżyłem po prostu chwilę dość silnych emocji. Chodzi o kwestię natury fizjologicznej. To wszystko. Nie mogłem temu zapobiec. Jej bliskość w tym samochodzie okazała się ponad moje siły. To się zdarzyło nie po raz pierwszy. Prawdę mówiąc, zdarza się podczas każdej randki.

Zazwyczaj już w pierwszej fazie kontaktów z pacjentem wysuwam dość trafną hipotezę dotyczącą istoty jego problemu, tym razem jednak naprawdę się nie spodziewałem, że jest to jeden z niezwykle rzadkich przypadków wyjątkowo przedwczesnego wytrysku. Wyjaśniwszy tę kwestię, mogłem poddać G dość skutecznej terapii, stosując starannie dobrane metody, odpowiednie w przypadku mężczyzny trapionego przez *eiaculatio praecox*. Szczegóły nie są tu istotne, niemniej jedna z technik polegała na wyobrażaniu sobie czegoś w najmniejszym stopniu niezwiązanego z seksem. Zaleciłem mu, by podczas randki myślał o innych sprawach i koncentrował się na owym aseksualnym obrazie przez cały wieczór. Z pewnością nie przychodziło mu to łatwo, ale przypuszczam, że to lepszy sposób niż liczenie w myślach. W każdym razie owa metoda okazała się dość skuteczna – po jednym czy dwóch początkowych niepowodzeniach – i sądzę, że G jest obecnie szczęśliwym małżonkiem. Żonaci mężczyźni nie muszą chodzić na randki, a zatem można uznać, iż problem został pomyślnie rozwiązany.

Przypadek G wart jest zainteresowania, ponieważ nie tylko potwierdza fakt, że wybór odpowiedniego momentu ma istotne znaczenie, lecz także ukazuje pacjenta, który w rozbrajający sposób wyznaje prawdę. G nie zamierzał maskować swego prawdziwego problemu, opowiadając o dentystach; dentyści byli, w pewnym sensie, jego problemem – a przynajmniej tak ich postrzegał. Kiedy zacząłem mu zadawać pytania, nie próbował ukrywać przyczyny swej towarzyskiej kompromitacji – przeciwnie, wyjawił ją całkiem otwarcie. Sytuacja staje się bardzo trudna, jeśli pacjent tego nie robi, a jeszcze trudniejsza, jeśli jest wierutnym kłamcą, jak to się zdarzyło w przypadku Panny Panny.

Jest rzeczą naganną, gdy terapeuta odczuwa niechęć do pacjenta lub pacjentki, zwłaszcza od pierwszego wejrzenia. Muszę jednak wyznać, że takie właśnie uczucie wzbudziła we mnie Panna Panna, zaledwie przekroczyła próg mego gabinetu. Okazanie jej tego było, na-

turalnie, wykluczone i nie mogła się domyślić, jak odpychające wywarła na mnie wrażenie. Przez chwilę zbierałem myśli, czytając skierowanie od jej lekarza. „Proszę nie ufać tej pacjentce – napisał. – Po prostu nie można jej ufać".
Zaczęliśmy od rozmowy o jej rodzinie. Gotów byłem odnosić się z rezerwą do wszystkiego, co mówiła, lecz na tym etapie nie dopatrzyłem się jeszcze niczego szczególnie podejrzanego.

PP: Nadal widuję się co pewien czas z matką i ojcem. Są już na emeryturze i przyjeżdżają do mnie na weekendy. Zatrzymują się w okolicy na parę dni i jeździmy na pikniki, chodzimy do restauracji, coś w tym rodzaju. Właściwie nie lubię tych pikników z rodzicami.
Ja: Naprawdę?
PP: Tak.
Ja: Mimo to, nawet jeśli nie lubi pani pikników, nie wywołują one u pani uczucia niepokoju. Natomiast niepokoi panią perspektywa umówionego spotkania z mężczyzną. Czy tak?
PP: Owszem. Strasznie się wtedy denerwuję.
Ja: Dlaczego, jak pani sądzi? Czy podczas randki przydarzyło się pani coś niemiłego? (W tym momencie przyszło mi do głowy, że może umówiła się na randkę z G, byłby to jednak nieprawdopodobny zbieg okoliczności).
PP: Istotnie. To się zdarzyło mniej więcej dwa lata temu. Miałam wtedy dwadzieścia dwa lata i niezbyt często spotykałam się z mężczyznami. No więc poznałam pewnego pana w średnim wieku – to znaczy, zaliczyłam go do tej kategorii. Tak naprawdę był chyba tuż po trzydziestce. Spotkałam go u znajomego i wydał mi się czarujący. Graliśmy w tenisa i zauważyłam, że ma na sobie długie białe spodnie i biały sweter. Pomyślałam, że to trochę dziwne, ponieważ było akurat dość ciepło, ale może odczuwał chłód dotkliwiej niż inni ludzie. Nazywali go M.
Ja: Po prostu M? Tylko tyle?
PP: Tak, to również wydawało mi się nieco dziwne. M zawsze mi się kojarzył z postacią z książek o Jamesie Bondzie. Ale właśnie tak miał na imię. W każdym razie niewiele o nim później myślałam. Szczerze mówiąc, nie myślałam wcale, dopóki tydzień później nie zadzwonił do mnie.
M: Tu mówi M. Pamiętasz mnie? Poznaliśmy się na przyjęciu u Rogera.

PP: Ach tak, oczywiście. Jak się miewasz?

M: Wyśmienicie. Tak sobie pomyślałem, czy nie moglibyśmy się spotkać? Na przykład na kolacji.

Umówiliśmy się na najbliższy piątek. Powiedział, że zna szefa kuchni we włoskiej restauracji, chyba najlepszej w mieście. Odpowiedziałam mu, że uwielbiam kuchnię regionalną i że będę na niego czekała o ósmej.

Pojechaliśmy jego autem. Od razu zauważyłam, że nie jest to zwyczajny samochód. Dźwignia zmiany biegów wychodziła prosto z tablicy rozdzielczej i kończyła się dziwnie wyglądającym uchwytem. Od razu przypomniał mi się James Bond i zaczęłam się zastanawiać, czy w moim siedzeniu nie ma ukrytej katapulty, która wystrzeli przedwcześnie.

W drodze do restauracji M nie dotknął uchwytu, a ja nie chciałam go o to pytać. Zaparkował auto i weszliśmy do lokalu. Wtedy zauważyłam coś, czego wcześniej nie dostrzegłam. M kroczył niezwykle sztywno, zupełnie jakby odbył forsowne ćwiczenia fizyczne. Poruszał się, szczerze mówiąc, jak ołowiany żołnierzyk.

Właściciel restauracji powitał M jak starego znajomego, a wobec mnie zachowywał się uprzedzająco grzecznie. Pocałował mnie staroświeckim zwyczajem w rękę i wygłosił kilka komplementów po włosku. Potem zaprowadził nas do stolika i wskazał miejsca. Ponownie zwróciłam uwagę na sztywne ruchy M.

Kolacja, jak przewidział M, była przepyszna. A potem, przy kieliszku *sambucco* i migdałowych ciasteczkach, opowiedział mi o swoim życiu.

Ja: Wydaje mi się to dość osobliwe. Ludzie zazwyczaj tak nie postępują. Napomykają o tym czy owym, ale rzadko zwierzają się obcym.

PP: On to jednak zrobił. Po co miałabym wymyślać coś podobnego? Już panu powiedziałam, że dostrzegłam w nim coś niezwykłego. M był kimś nadzwyczajnym. Po prostu był kimś.

Ja: Przepraszam. Nie powinienem pani przerywać. Proszę kontynuować.

PP: No więc opowiedział mi o swoim dzieciństwie i o ojcu, który był znanym kierowcą rajdowym. Jeździł starymi modelami samochodów, tymi, które mają takie śmiesznie zaokrąglone przody, i wygrał wiele wyścigów. M był dumny, że ma takiego wspaniałego ojca.

Wyjechał do szkoły z internatem, ponieważ jego ojciec popierał ten system kształcenia. Na początku czuł się tam nieszczęśliwy, gdyż dokuczali mu inni chłopcy, którzy naśmiewali się z jego imienia. Chłopcy już tacy są, nieprawdaż? Okrutni, jak to mężczyźni. Ale pewnego weekendu ojciec przyjechał do szkoły starym modelem bugatti, co zrobiło na chłopakach niesamowite wrażenie. Gdy zrozumieli, kim jest M i jakiego ma ojca, przestali go dręczyć. Niektórzy starsi koledzy zaczęli nawet zabiegać o jego przyjaźń i wypytywać, czy mogą u niego spędzić wakacje. Chcieli się przejechać bugattim, jak większość chłopców. Mężczyzn zresztą również.

Po ukończeniu szkoły M poszedł na studia, ale wydalono go z uczelni pod koniec pierwszego roku. Nie dlatego – jak mi powiedział – że zdawanie egzaminów przekraczało jego możliwości, lecz dlatego że zaczęły go pasjonować wyścigi samochodowe i cały czas spędzał w starym bugattim, które podarował mu ojciec w prezencie za świadectwo. Chciał wyremontować to auto i wziąć udział w rajdzie, co zajęło mu ponad pół roku.

A potem nastąpił jego pierwszy wyścig. Zaczął mi o tym opowiadać, wspomniał, jak bardzo był poruszony na samą myśl o tym wydarzeniu, i nagle umilkł, jak gdyby emocje odebrały mu głos. Wyczułam, że zdarzyło się wówczas coś strasznego, i pragnęłam dać mu do zrozumienia, że może mi się zwierzyć. Pragnęłam go pocieszyć, bo bezbronni mężczyźni zawsze budzili we mnie macierzyńskie odruchy.

Siedzieliśmy przy małym stoliku i z łatwością mogłam dosięgnąć M, co też uczyniłam. Dotknęłam jego nogi tuż powyżej kolana. Chciałam go poklepać, ale zastygłam w bezruchu. Moje palce natrafiły na metal. Zakłopotana, szybko przeniosłam dłoń na drugą nogę. Ta również okazała się metalowa!

Zapewne powinnam była się powstrzymać, lecz odniosłam wrażenie, że zatrzymując się na tym etapie, popełniłabym nietakt. Dlatego ponownie wyciągnęłam rękę i położyłam ją na jego przedramieniu. I natychmiast wyczułam pasy podtrzymujące sztuczne ramię. M spojrzał na mnie.

– Tak – powiedział. – Podczas pierwszego wyścigu doszło do strasznego wypadku. Mam sztuczne nogi i ręce. Dlatego noszę białe rękawiczki.

Popatrzyłam na jego ręce. To bardzo dziwne, jednak wcześniej po prostu tego nie zauważyłam. M miał bardzo wyrazistą twarz i na niej skupiało się moje spojrzenie.

Wówczas dodał:

– I nie tylko to. Także inne części mojego ciała są sztuczne...
Nie mogłam tego dłużej wytrzymać. Zakłopotana, zmieniłam temat.

– Nie mówmy już o tym – poprosiłam. – Pomówmy lepiej o...
– O pani – wpadł mi w słowo. – Czy pani kiedykolwiek coś się przydarzyło?

W tej właśnie chwili postawiłem diagnozę. Byłem poruszony, ponieważ taki przypadek zdarzył mi się po raz pierwszy. Konfabulacja: Panna Panna zmyślała jak najęta. M zapewne nie istniał, a jeśli nawet istniał, jej opowieść roiła się od przeinaczeń. Nie było żadnego samochodu ze specjalnym drążkiem, żadnych bugattich ani – z całą pewnością – żadnych sztucznych kończyn.

Moje intelektualne emocje mąciło jednak uczucie gniewu. Konfabulator, który nie potrafi się powstrzymać od opowiadania wymyślonych historii, marnuje innym ludziom mnóstwo czasu. Uświadomiłem sobie, że nie podoba mi się sposób, w jaki Panna Panna mnie wykorzystuje – niewątpliwie podobnie czują się lekarze nakłonieni podstępem do przeprowadzenia skomplikowanych operacji u pacjentów z syndromem Münchhausena. Jak ona śmie tu siedzieć i snuć niestworzone historie o swojej wyimaginowanej randce!

Ja: Pozwoli pani, że przerwę w tym miejscu. Pani to wszystko wymyśliła, nieprawdaż? Okłamuje mnie pani.

PP: Och, więc pan się domyślił? Istotnie, mam pewną skłonność do popadania w przesadę. Część z tego, co mówię, jest jednak prawdą...

W konfabulacji najciekawsze jest to, co bajki opowiadane przez pacjentów mówią o nich samych. Nie bez przyczyny Panna Panna zadała sobie tyle trudu, by sfabrykować historię z M w roli głównej. M mógł równie dobrze być jej ojcem, którego z jakichś powodów pragnęła wykastrować. Jak wykazał Freud, jest to całkiem naturalne pragnienie u chłopców – w istocie każdy chłopiec chciałby wykastrować swojego ojca, to zupełnie normalne – dlaczego jednak miałaby tego pragnąć kobieta? Przypuszczałem, że klucz tkwi w pseudonimie, który sobie wybrała. Dążyła do podkreślenia swego statusu kobiety, która nie potrzebuje mężczyzn, dlatego nazwała się Panną, i to podwójnie. Ponadto jej kastracyjne zapędy dalece wykraczały poza wszelkie normy. Przybrały głęboko patologiczną postać, polegającą na pragnieniu odcięcia wszystkiego – dłoni, ramion, nóg. Co więcej, skróciła nawet jego imię. Stanowiła zatem skrajny przypadek.

Dlaczego jednak podkreślała w tak dobitny sposób swą niechęć do mężczyzn? Z oczywistych powodów: jakiś mężczyzna ją skrzywdził i teraz przejawiała wrogość w stosunku do całej płci męskiej. Byłem pewien, że gdybym wniknął głębiej w dotychczasowe życie Panny Panny, doszukałbym się chłopaka lub mężczyzny, który ją odtrącił lub zawiódł. Najprawdopodobniej nie był to jej ojciec. Domyślałem się, że lubi ojca, ponieważ powiedziała mi (niezgodnie z prawdą), że nie przepada za piknikami w jego towarzystwie. A zatem w grę wchodził inny mężczyzna. Zwróciłem się więc do niej w następujący sposób:

– Był w pani życiu chłopak, pewien czas temu. Kochała go pani. Bardzo go pani kochała. Ale on nie odwzajemniał pani uczuć. Dawał do zrozumienia, że panią kocha, lecz to nie była prawda. Chciała go pani dla siebie na zawsze, ponieważ tego właśnie pragną kobiety – mieć mężczyznę dla siebie na zawsze – ale ten chłopak igrał tylko z pani uczuciami, a potem panią zostawił. Odszedł z inną dziewczyną. I to nie ją pani znienawidziła, lecz jego. Teraz nienawidzi pani wszystkich mężczyzn. Czy tak? Chyba tak, prawda?

Spojrzała na mnie z udawanym zdumieniem.

– Nie – zaprzeczyła. – Nieprawda.

Wiedziałem jednak, że kłamie.

Jeśli terapia Panny Panny wymagała czasu, cóż powiedzieć o trzecim – i ostatnim – przypadku, który chciałbym tu przedstawić, przypadku Dużego Hansa? Wybrałem dla niego taki przydomek, by go odróżnić od słynnego freudowskiego pacjenta *per procura*, Małego Hansa. Problem Dużego Hansa polegał na zaburzeniach osobowości. One zawsze stwarzają olbrzymie kłopoty i rzadko można udzielić skutecznej pomocy. Ludzkiej osobowości nie da się zmienić – jest to, by użyć popularnej metafory, rozdanie kart, które trzeba po prostu zaakceptować.

Hans, syn austriackiego emigranta, założyciela sieci dobrze prosperujących piekarni w Sydney i Melbourne, był jedynym dzieckiem swoich rodziców – a przynajmniej tak mu się wydawało – i poświęcano mu wiele uwagi, jak to często bywa w podobnych okolicznościach. Zwłaszcza że rodzice zadali sobie trud sprowadzenia z Austrii opiekunki o imieniu Irmgarda, pachnącej krochmalem i strudlem i stanowiącej ucieleśnienie austriackiej tradycji. Irmgarda, dwudziestoparoletnia dziewczyna z Tyrolu, przepadała za Hansem – czyli swoim Kleiner Hanslein, jak zwykła go nazywać.

Ja: Mówi pan, że Irmgarda była zawsze do pańskiej dyspozycji? Zaspokajała każdą pańską zachciankę?
Hans: Tak. Budziła mnie rano i kąpała. Gardziła nowoczesnymi instalacjami łazienkowymi i nalewała wody do dużej cynowej balii, którą stawiała pośrodku pokoju. Potem zdejmowała ze mnie piżamę i myła mnie specjalnym pachnącym mydłem, które przysyłano jej z domu.
Ja: I jak długo to trwało?
Hans: Dopóki nie skończyłem osiemnastu lat.
Ja: Rozumiem. Proszę kontynuować. Niech mi pan opowie coś więcej o Irmgardzie.
Hans: Była bardzo piękna i fotografie dowodzą, że nie jest to tylko moje wyidealizowane wspomnienie. Miała lniane włosy i cudowną cerę. Moja matka mawiała, że Irmgarda jest *prachtvoll aus* i że u żadnej australijskiej dziewczyny nie spotka się takiej skóry. Przestrzegała Irmgardę przed słońcem, wskutek czego dziewczyna większość czasu spędzała w domu.

Po kąpieli zaczynała mnie ubierać. Stawaliśmy przed moją szafą, zastanawiając się, co mam na siebie włożyć. Irmgarda dbała o moją garderobę i co tydzień kupowała mi coś nowego. Jej siostra była krawcową w Wiedniu i systematycznie przysyłała ubrania, które Irmgarda specjalnie dla mnie zamawiała. Lubiła mnie ubierać w stylu kajzera Franziego, kiedy był małym chłopcem. Uwielbialiśmy te wszystkie guziczki i mankiety.

Wymyślała dla mnie krótkie piosenki, między innymi tę, którą nazywaliśmy „Piosenką o ubieraniu". Była ułożona częściowo po niemiecku – dość osobliwą niemczyzną – a częściowo po angielsku. Irmgarda lubiła się bawić angielskimi słowami, które brzmiały w jej uszach dziwnie i obco. Miała doskonały głos i uczyła mnie śpiewać.

INTYMNE ZWIERZENIA

Zapamiętałem słowa tej piosenki, zanim jeszcze poznałem ich znaczenie, i nigdy ich nie zapomniałem. Oto one:

> *Hans, królewicz mój kochany,*
> *wstał i biega nieubrany.*
> *Majtki wciągnął, majtki zrzucił*
> *i do niani swojej wrócił.*
> *Niania włoży mu ubranko,*
> *potem pójdą na śniadanko.*

Ja: A inne piosenki? Czy były w podobnym stylu?
Hans: Tak, mniej więcej. Niektóre wydawały mi się ładniejsze niż pozostałe. „Piosenka o ubieraniu" dość mi się podobała, ale najbardziej lubiłem „Piosenkę kąpielową". Chciałby pan ją usłyszeć?
Ja: To mogłoby się okazać pomocne. Szczerze mówiąc, sądzę, że te piosenki odgrywają bardzo ważną rolę. Jak rozumiem, ta akurat była śpiewana w trakcie kąpieli?
Hans: Tak. Podczas wieczornej kąpieli. Irmgarda ją śpiewała.

> *W wielkiej balii mały Hans*
> *co wieczora wpadał w trans.*
> *Swego ptaszka póty mył,*
> *aż zupełnie opadł z sił.*

Ja: Intrygujący utwór. A jak było z kolegami? Czy znał pan jakichś chłopców w swoim wieku?
Hans: Tak, nawet wielu. Często naśmiewali się ze mnie, zwłaszcza gdy miałem na sobie strój à la kajzer Franzi. Kiedy Irmgarda zabierała mnie na spacer po naszym przedmieściu, nosiła przy sobie małą atrapę pistoletu. Kiedy jacyś chłopcy zaczynali się ze mnie naigrawać, wyjmowała tę atrapę z torebki i celowała do nich. Napędzało im to porządnego stracha. Później zdobyła pistolet startowy i strzelała z niego ślepymi nabojami.
Ja: Więc Irmgarda zapewniała panu ochronę?
Hans: Tak. Ale gdy miałem sześć, może siedem lat, znalazłem sposób, żeby samemu się o siebie zatroszczyć. Płaciłem kilku starszym kolegom, którzy sprawiali lanie każdemu, kto się ze mnie śmiał. To było nadzwyczaj skuteczne, a ja zawsze miałem pod dostat-

kiem pieniędzy, by opłacić ochronę. Pewien chłopak z sąsiedztwa okazał się w tym bardzo dobry. Zawsze nosił przy sobie nóż i na moje życzenie kłuł innych chłopców w pośladki. Wynagradzałem go za to sowicie.

Niewątpliwie można by dojść do wniosku, że opisany przez Hansa system wychowawczy stanowił wręcz idealne podłoże dla rozwoju dominującej orientacji homoseksualnej i że chłopcy-dręczyciele, postrach wczesnego dzieciństwa, zmienią się z czasem w kuszący obiekt pożądania. Po co kłuć chłopców w pośladki? Odpowiedź nasuwa się sama: jeśli pragniesz czegoś dotknąć, a nie wolno ci tego zrobić, wymierzasz temu czemuś karę. Stąd pojawiające się w pewnego typu literaturze erotycznej obrazki wypiętych chłopców, których czeka lanie.

W odniesieniu do Hansa byłyby to jednak błędne wnioski: lubił dziewczęta i pociągały go seksualnie, co w pewnej chwili zauważyła Irmgarda. Dlatego przestała go kąpać, kiedy miał osiemnaście lat. (Irmgarda lubiła małych chłopców, których mogła rozpieszczać; w wieku lat osiemnastu Hans przeistoczył się z chłopca w mężczyznę, a tym samym stał się zagrożeniem).

Trudno określić takie warunki mianem normalnych i nic dziwnego, że gdy Hans zaczął spotykać się z dziewczętami, wyszła na jaw pewna patologia. Ponownie – co potwierdza moją wcześniejszą tezę – randki doprowadziły do kłopotliwej sytuacji.

Hans: Zacząłem się umawiać z dziewczynami, gdy miałem siedemnaście lat. Irmgarda tego nie pochwalała – była chyba strasznie zazdrosna – ale nie zwracałem na nią uwagi. Mówiła, że dziewczynom chodzi tylko o jedno. Odpowiadałem, że wydawało mi się, że taka jest opinia dziewczyn o chłopakach, na co ona prychała tylko: *Tutsch! Tutsch!* – jak zwykle, gdy się z kimś nie zgadzała. Nie dało się z nią dyskutować.

Nie pozwalałem już, by wybierała mi stroje, lecz kwestia, co mam na siebie włożyć, nadal była dla mnie bardzo ważna i ubierałem się zawsze niezwykle starannie. Lubiłem kolor jasnoniebieski, który harmonizował z moją karnacją. A także rdzawe brązy i bladą zieleń. Dużo czasu spędzałem na pielęgnacji ciała. Miałem siedemnaście różnych szczotek i osiem grzebieni. Używałem również specjalnych emulsji do ciała, innej na każdy dzień tygodnia. Drewno sandałowe w poniedziałki, o zapachu ziołowo-korzennym we wtorki i tak dalej. Ja: Prawdziwy rytuał. Dlaczego poświęcał pan temu tyle czasu i energii? Hans: Ponieważ chciałem wyglądać jak najlepiej, zwłaszcza gdy spotykałem się z dziewczyną. Podobało im się to. Uważały, że jestem bardzo elegancki i przyjemnie pachnę. Mówiły, że żaden chłopak nie pachnie tak jak ja. Zabierałem je do kawiarni i przesiadywaliśmy tam godzinami. W miarę możliwości zajmowałem miejsce przy oknie, żeby widzieć swoje odbicie. To irytowało niektóre dziewczyny i robiły uwagi w rodzaju: „Nie wiem, po co w ogóle się ze mną umawiałeś, skoro przez cały czas podziwiasz własne odbicie w szybie". Śmiałem się z tego. „Rób, jak uważasz, złotko – odpowiadałem. – Twoja sprawa. Nie jesteś jedyna. Hansi ma w czym wybierać!".

Nawet gdyby Hans nie powiedział nic więcej, postawiłbym diagnozę bez najmniejszych wątpliwości. Osobowość narcystyczna – przypadek niesłychanie trudny i kłopotliwy dla wszystkich zainteresowanych. Hans był zakochany w samym sobie i nie mógł zaznać szczęścia, dopóki nie zerwie tego niezbyt satysfakcjonującego związku – związku z natury rzeczy nie do zerwania! Ponadto zanosiło się na jeszcze dalej idące konsekwencje. Narcyz może tkwić do końca życia w pułapce własnego nieszczęścia, lecz znacznie bardziej unieszczęśliwia innych. Mimo nieustannych prób nigdy nie znajdzie tego, kogo szuka, ponieważ osobą, której poszukuje, jest on sam. A poszukiwanie siebie stanowi nierozwiązywalny problem, ponieważ nie można siebie zobaczyć z zewnątrz. Pewną pomocą służy tutaj jedynie lustro, a narcyz wie, że jest ono tandetną sztuczką. Biedny Hans. Ale...

Hans: Chodziłem na randki pięć, sześć razy w tygodniu. Często z różnymi dziewczynami, co wymagało planowania, by nie rzec: przebiegłości. Musiałem uważać, żeby nie pójść dwa razy z rzędu do tej samej kawiarni, bo dziewczyna, z którą się spotkałem poprzedniego dnia, mogła mnie tam szukać. Nie dawały mi spokoju. Owszem, czułem się źle z tego powodu, ale naprawdę nie potrafiłem się powstrzymać. To było tak, jakbym szukał kogoś, kogo nie ma ani w Melbourne, ani w ogóle w całej Australii!

Przypuszczam, że niektóre dziewczyny miały powody, żeby się na mnie złościć. Zwłaszcza jedna zdawała się żywić do mnie głęboką urazę...

Dość często się zdarza, że osobowość narcystyczna wzbudza w innych ludziach wrogie uczucia. Niektórzy są oburzeni, iż narcyz wykorzystuje ich do zaspokojenia swoich kaprysów, i próbują coś z tym zrobić. Owe niejednokrotnie rozpaczliwe gesty miewają czasami zupełnie nieprzewidziane skutki...

Hans: Ta dziewczyna, prawdziwa suka, zadzwoniła do mnie i powiedziała, że pewna osoba bardzo chciałaby mnie poznać. Jest jednak nieśmiała i sama nie zdobędzie się na to, by zaproponować mi spotkanie. Jeśli zdecyduję się ją odwiedzić, nie będę żałował.

Kto mógłby się oprzeć takiemu zaproszeniu? Ja nie mogłem, więc zgodziłem się pójść w sobotę wieczorem pod adres, który podała mi ta dziewczyna. Powiedziała, że jej przyjaciółka będzie mnie oczekiwała z niecierpliwością.

Zadzwoniłem do drzwi, a gdy się otworzyły, zobaczyłem... siebie. Zupełnie jakbym patrzył w lustro. Ten facet był dokładnie taki sam jak ja. Był moim sobowtórem.

Przez chwilę wpatrywaliśmy się w siebie z otwartymi ustami. Wreszcie on odezwał się pierwszy:

– Mówiono mi, że przyjdzie do mnie dziewczyna. Nie spodziewałem się...

Mogłem powiedzieć to samo, ale kompletnie mnie zatkało. Padliśmy ofiarą okrutnego żartu. Ta dziewczyna pewnie uznała, że mam wygórowane mniemanie o sobie.

Ja: Mimo to musiał się pan bardzo ucieszyć, widząc samego siebie.

Hans: Może trochę. Ale czułem się upokorzony, gdyż odebrałem to jako zniewagę. I zaniepokoił mnie ten mężczyzna, który wyglądał jak ja.

Ja: Zaniepokoił pana, ponieważ wyglądał jak pan, lecz panem nie był. A zatem był pańskim rywalem.

Hans: Skoro pan tak twierdzi. W każdym razie odszedłem stamtąd mocno rozgniewany. Nadal czuję gniew i dlatego znalazłem się u pana. Czy może mi pan w jakiś sposób pomóc?

Ja: Nie. W żaden sposób.

Historia Dużego Hansa ma swój epilog. Kilka tygodni temu otrzymałem od niego list, w którym pisze, że dokonał niezwykłego odkrycia. Dowiedział się od rodziców, że ukrywali przed nim pewną tajemnicę – otóż miał brata bliźniaka, który zmarł zaraz po urodzeniu. Teraz już Hans wiedział, że to jego odnalazł podczas owego niefortunnego spotkania. Ta wiedza jednak wcale go nie uszczęśliwiła. „Nie szukam brata – napisał. – Ostatnią osobą, którą chciałbym znaleźć, jest brat".

Wszystko się wyjaśniło. Gotów byłem obarczyć Irmgardę winą za rozwój narcyzmu u chłopca, lecz najprawdopodobniej nie ona odegrała tu najważniejszą rolę. Hans zdawał sobie sprawę, że kiedyś istniało jego drugie ja – czuł je w łonie matki, a potem utracił. Widział także, że brat jest jego sobowtórem. Kiedy fakt, że brata nie ma, dotarł do świadomości Hansa, pojął on intuicyjnie, że czegoś mu brakuje – czegoś, co wygląda dokładnie tak jak on. Wtedy pojawił się zalążek narcystycznej osobowości; Irmgarda ze swoją cynową balią, piosenkami i strojami w stylu kajzera Franziego po prostu trafiła na podatny grunt.

Przez pewien czas sądziłem, że niewiele mogę zrobić dla tego pacjenta, lecz nieoczekiwanie znalazłem sposób, by mu pomóc. Zaprosiłem go do siebie i udzieliłem porady.

– Niech pan przestanie bezskutecznie szukać satysfakcji w kontaktach z innymi ludźmi – powiedziałem. – Niech pan zrezygnuje z randek z dziewczętami i pójdzie na randkę z samym sobą!

Spojrzał na mnie podejrzliwie.

– Ma pan na myśli, żebym się dokądś wybrał... całkiem sam? Czy tak?

– Tak – odparłem. – Właśnie to mam na myśli. Będzie pan znacznie szczęśliwszy, jestem tego pewien.

Zastanawiał się przez chwilę.

– Czyli powinienem gdzieś pójść i na przykład... tańczyć sam z sobą, coś w tym rodzaju?

– Tak – potwierdziłem. – To panu sprawi przyjemność. Niech pan zabierze siebie na kolację. I do kina. To pan jest osobą, która się panu najbardziej podoba. Proszę się z tym pogodzić.

Uśmiechnął się, wyraźnie uradowany moją sugestią.

– Może ma pan rację – powiedział. – Może rzeczywiście te wszystkie randki z dziewczynami były tylko stratą czasu.

– Naturalnie, że tak. Jest pan dla siebie najodpowiedniejszą osobą, zapewniam pana.

– I wyjdzie mi taniej – zauważył. – Pomyśleć tylko, ile pieniędzy zaoszczędzę!

– Owszem – przytaknąłem. – Pięćdziesiąt procent.

Nagle spochmurniał.

– No a seks? – zapytał. – Co będzie z…

Byłem na to przygotowany.

– Kogo tak naprawdę chce pan zobaczyć obok siebie w łóżku, Hans, kiedy budzi się pan rano? Czyją głowę pragnie pan widzieć na poduszce? Proszę odpowiedzieć szczerze.

Uśmiechnął się.

– Chyba moją. Tak. Moją własną głowę.

– No właśnie. – I dodałem: – Czuje się pan teraz szczęśliwszy, prawda?

Nadal się uśmiechał.

– Znacznie szczęśliwszy – odparł.

CALWARRA

Nie mieszkali w Calwarze – którą wszyscy nazywali po prostu „miasteczkiem" – tylko około piętnastu kilometrów dalej, przy jednej z tych pylistych, częściowo utwardzonych dróg, które zdawały się ciągnąć w nieskończoność, lecz właściwie prowadziły donikąd, prosto w las karłowatych eukaliptusów. Zakręt, oznaczony rozchwianym drogowskazem, znajdował się tuż za miejscem załadunku zboża, to był punkt orientacyjny.

„Pierwszy zakręt w lewo, za silosami" – był to najprostszy, niezawodny sposób wskazania drogi gościom, którzy zresztą zjawiali się niezbyt często.

Jako mała dziewczynka bawiła się w cieniu silosów i uważała je za swoją własność, choć należały, oczywiście, do miasteczka. Zwożono tutaj zboże z wszystkich okolicznych farm i ładowano do wagonów, a potem przewożono nad morze. Przez kilka tygodni w roku, gdy dostarczano plony, wokoło wrzała wzmożona rolnicza aktywność; przez resztę dni było cicho i pusto. Ale nawet wówczas silosy podkreślały znaczenie miasteczka i jego ekonomiczną rację bytu. Usprawiedliwiały istnienie Calwarry w kraju, w którym odwieczne trwanie niekoniecznie gwarantowało dalsze istnienie.

Mieszkała z ojcem, który skończył sześćdziesiąt trzy lata i marzył już o emeryturze. Matka zmarła niedługo po jej dwunastych urodzinach, zmożona bezlitosną, acz krótką chorobą. Po śmierci matki ojciec zamknął się w sobie i pogrążył w pracy na farmie. Rozmaite krewne proponowały, że wezmą dziewczynkę do siebie, a pewna ciotka nawet przyjechała na farmę i nieświadomie wyjawiła swoje zamysły w zasięgu słuchu bratanicy.

– Nie potrafisz się nią zająć jak należy, Jack – powiedziała. – Dziewczynki są inne niż chłopcy. Potrzebują kobiecej ręki. Potrzebują rady w pewnych sprawach. Ojciec, choćby miał najlepsze chęci, nie podoła temu zadaniu. W żadnym razie.

Ojciec jednak stawił opór.

– To moja córka. Tu jest jej dom. Do diabła, ojciec ma chyba jakieś prawa do własnego dziecka? A może zniesiono tę ustawę? Tak czy nie?

Ciotka zmieniła taktykę.

– Nigdy ci nie wybaczy, jeśli ją tu uwięzisz. Zmarnujesz jej szanse. Gdyby przyjechała do mnie, do Ballarat, nauczyłabym ją, jak ma sobie radzić w życiu, znaleźć przyjaciół, poprowadzić dom i tak dalej.

Po chwili milczenia odpowiedział:

– Może prowadzić ten dom. Zdobędzie wszelkie niezbędne doświadczenie, ale tutaj, gdzie jest jej miejsce.

– Ale zrozum, Jack, to nie są odpowiednie warunki dla dziewczyny.

Jego odpowiedź, wygłoszona po minucie wahania, zakończyła dysputę.

– No dobrze – oświadczył. – Sama ją zapytaj. Zapytaj ją, czy chce tu zostać, tutaj, gdzie się urodziła, czy wyjechać z tobą do Ballarat. Idź i zapytaj. Podobno musimy teraz uzgadniać wszystko z dziećmi, prawda? No więc w porządku. Jeśli powie, że chce z tobą jechać, pojedzie. A jeśli będzie chciała zostać, zostanie.

W tej chwili jej serce zabiło mocno. Oczywiście, że nie pojedzie, niech ją tylko zapytają. Wtedy się dowiedzą. Ale ciotka, uznając – podobnie jak jej brat – że dzieci przeważnie nie chcą wyjeżdżać w nieznane strony, uznała stawianie takiego pytania za bezcelowe. Prychnęła z rezygnacją, mamrocząc złowieszcze ostrzeżenia dotyczące dziewcząt, które utknęły na farmie i nie miały szans, by zdobyć odpowiednie wykształcenie. Wówczas zmienili temat i rozpoczęli ożywioną dyskusję na temat spornego spadku i przewrotności pewnego dalekiego krewnego – a wtedy ona straciła zainteresowanie rozmową i siedziała samotnie w pokoju z uchylonymi drzwiami, szlochając cicho za matką, czego nie słyszeli dorośli obradujący w salonie.

Ku skrywanemu rozczarowaniu sióstr, radził sobie zupełnie nieźle. Musiały zrezygnować ze swoich planów i tylko jedna z nich zdobyła się na słowa pochwały, dość zresztą niechętne.

– To dziecko dobrze się zapowiada, Jack – powiedziała, gdy spotkali się na rodzinnym weselu. – Na pewno nie było ci łatwo.

W rzeczywistości jednak poszło mu łatwiej, niż się spodziewał. Codziennie rano odwoził córkę do szkoły i przyjeżdżał po nią po południu, niezależnie od tego, co się działo na farmie. Kupował jej ubrania, które sama wybierała, i zawsze wyglądała elegancko. Z posępną determinacją oczekiwał przejawów młodzieńczego buntu, kłótni o późne powroty i podwożenie do domu przez chłopców, którzy dopiero co otrzymali prawo jazdy – lecz nic podobnego nie nastąpiło. Jej znajomi – przynajmniej ci, których widywał – sprawiali wrażenie miłych i dobrze wychowanych. Byli dziećmi farmerów albo mieszkańców miasteczka i nie wymyślali żadnych niespodzianek. Urządzali, oczywiście, jakieś imprezy, ale w takich wypadkach mogła przenocować u przyjaciół. Zawsze zawiadamiała, kiedy wróci, i dotrzymywała słowa. Pewnego dnia z ukłuciem bólu zdał sobie sprawę, że tuż pod jego nosem, niepostrzeżenie przeobraziła się w swoją matkę – cichą, nieskarżącą się na nic istotę, która wszystko potrafi zrobić i bierze życie takim, jakie jest.

Ta myśl napełniała go osobliwą dumą. Byłoby, rzecz jasna, inaczej, gdyby jego żona żyła. Mogłaby dać dziecku znacznie więcej. Ale przynajmniej dotrzymał jej wiary. Przez ostatnie, w okrutny sposób skrócone dni w szpitalu nie mogli porozmawiać, choć wiedziała, co ją czeka. Powiedziała tylko: „Dbaj o nią, Jack" – on zaś pokiwał głową w milczeniu, oślepiony łzami, niezdolny wydusić z siebie jednego słowa.

W szkole, przy niskich wymaganiach nauczycieli, którzy byli przeważnie mierni i przesadnie zadowoleni z siebie, radziła sobie znośnie. Najlepiej wypadała na zajęciach plastycznych, a nauczycielka w przeciwieństwie do swoich kolegów miała wyobraźnię i zachęcała dziewczynę do kontynuowania nauki na uczelni artystycznej.

– Dostaniesz się – zapewniała. – Dostaniesz się do szkoły w Melbourne, a może w Sydney. A potem, jak dobrze pójdzie, możesz wyjechać gdzieś dalej, nawet za morze. Na przykład do Londynu albo Paryża. Wyobraź sobie tylko.

Oczy dziewczyny rozbłysły, wątpiła jednak, czy zdoła tego dokonać. Była zwyczajną córką farmera, wychowaną na odludziu, gdzie walczyło się z mrówkami, zanokcicą u owiec i tak dalej. Nie mogła po prostu wsiąść do autobusu i jechać do Paryża czy choćby do Melbourne. Kto by za to zapłacił? Kto pokryłby koszty biletów? Zawsze brakowało im pieniędzy, a na taką wyprawę nie wystarczyłoby z całą pewnością.

– Posłuchaj – tłumaczyła nauczycielka. – Nie mówię tego ot, tak sobie. Możesz zostać artystką. Najważniejsze, żeby mieć oko. A ty je masz, naprawdę.

– Dziękuję. – Nie przywykła do komplementów i nie bardzo wiedziała, co ma odpowiedzieć.

– Rozmawiałaś na ten temat ze swoim ojcem? – drążyła nauczycielka. – Mówiliście o twojej przyszłości? Co, jego zdaniem, powinnaś robić?

Spuściła wzrok. Nie rozmawiała o tym z ojcem. W ogóle nie poruszali tej kwestii.

– Czemu z nim nie porozmawiasz? Może byś go zapytała, czy zgodzi się na twój wyjazd do Melbourne? Co ci szkodzi zapytać?

Nauczycielka znała sytuację. Wiedziała, że Jack Cogdon jest jednym z tych samotnych, godnych współczucia mężczyzn, trzymających się kurczowo farmy – której przecież nie zachowa na zawsze – i córki, która mu gotuje i prowadzi dom. Nie był odosobnionym przypadkiem. Ale wchodził tu w grę dodatkowy czynnik – dziewczyna miała talent. Niektóre doskonale nadawały się do takiego życia – lecz tej powinno się go oszczędzić.

Pewnego wieczoru przy kolacji, gdy postawiła przed ojcem talerz z gulaszem ogonowym z warzywami i usiadła po drugiej stronie stołu, po raz pierwszy podjęła temat.

– Muszę się zastanowić, co będę robiła, kiedy skończę szkołę – powiedziała. – Zostały mi tylko dwa miesiące.

Był zaskoczony, lecz uśmiechnął się do niej blado.

– Nie zdawałem sobie sprawy – odparł. – Jak ten czas leci.

Milczała przez chwilę.

– Panna Williams... znasz ją, prawda? – zaczęła. – Otóż ona uważa, że powinnam się zapisać do szkoły sztuk pięknych. Może w Melbourne.

Nie patrząc jej w oczy, zanurzył widelec w gulaszu.

– Czemu nie? – rzucił. – Rób, co zechcesz. To twoje życie. Nie dodał nic więcej, wiedziała jednak, że jest wytrącony z równowagi. Do końca posiłku wydawał się niespokojny, choć usiłował stworzyć normalną atmosferę, poruszając drobne, nieistotne kwestie i przeskakując raptownie z tematu na temat. Domyślała się oczywiście, co on czuje. Gdyby wyjechała, nie mógłby przejść na emeryturę. Musiałby pracować na farmie, dopóki starczyłoby mu sił, a potem ją sprzedać. Przeniósłby się do miasta, do jednego z tych małych domków zamieszkanych przez byłych farmerów, którzy przesiadują bezczynnie całymi dniami i wzdychają za swymi utraconymi gospodarstwami. Chciał, naturalnie, wydać ją za farmerskiego syna, który przejąłby po nim obowiązki; za chłopaka, który zna się na gospodarowaniu, takiego jak najmłodszy Page, pozbawiony szans na własną ziemię, miał bowiem dwóch starszych braci. Był ponoć urodzonym rolnikiem.

Rozmawiał z jego ojcem przy piwie w barze Kamieniarskim, gdzie się niekiedy spotykali.

– Prędzej czy później będę chyba musiał zrezygnować. A nie jestem takim szczęściarzem jak ty, Ted. Ty masz synów.

Jego rozmówca się uśmiechnął.

– Czasami trudno z tymi drabami dojść do ładu. Tobie jest łatwiej, Jack. – Umilkł zakłopotany. To był cichy dramat farmerów: brak syna.

– A co z najmłodszym chłopakiem? Trzeba go jakoś urządzić w życiu. Co zamierza robić?

Ted pokręcił głową.

– Na razie plącze mi się pod nogami. Pracował u Harrisona, ale nie mogli go zatrzymać na dłużej. Dużo umie. Jest dobrym mechanikiem. Potrafi naprawić różne rzeczy. Może go zatrudnią w jakimś warsztacie, odbędzie praktykę...

– Ale on jest rolnikiem, w każdym calu.

– To prawda.

Przez chwilę żaden się nie odzywał. Potem Jack spojrzał na Teda znad swojej szklanki z piwem.

– Mógłby się dogadać z moją Alice. Może przypadną sobie do gustu. – Zaśmiał się krótko. – Dzieciaki nie zawsze patrzą na te sprawy tak jak my, ale czemu nie spróbować...

Ted się uśmiechnął.

– Mogliby trafić gorzej, no nie? Gdyby tak mój chłopak zadał się z jakąś latawicą, z którą miałby skaranie boskie. A twoja córka mogłaby znaleźć sobie kogoś, kto, no cóż...

– Twój chłopak wydaje mi się bardzo porządny. Nie będę musiał wyciągać dubeltówki. – Jack zawiesił głos. – Może byś mu podsunął ten pomysł?

Na twarzy Teda odbiło się powątpiewanie.

– W tych czasach tak się nie da. Nie w roku 1961.

Jack odstawił szklankę.

– Przyślij go do mnie do roboty. Przyjmę go na parę miesięcy. Mnóstwo rzeczy u mnie wymaga naprawy albo remontu. Mówiłeś, że on to potrafi.

– Potrafi.

Napisała do Melbourne i otrzymała odpowiedź z prośbą, by przysłała teczkę ze swoimi pracami. To ją przestraszyło, ponieważ zachowała ich bardzo niewiele. Nie pomyślała, że ktoś będzie chciał oglądać jej rysunki.

– To nie ma znaczenia – powiedziała nauczycielka plastyki. – Narysuj coś specjalnie dla nich i wyślij. Teczka nie musi być gruba. Po prostu chcą zobaczyć, co potrafisz.

Wykonała zatem kilka szkiców piórkiem, przedstawiających zabudowania farmy, silosy, martwą naturę oraz jedną z przyjaciółek i wysłała je. Nie powiedziała ojcu o swoim zgłoszeniu; nie mogła się zdobyć, by ponownie poruszyć ten temat po wcześniejszej rozmowie, która dziwnie zawisła w powietrzu, niedokończona.

A potem czekała. Rysunki zostały wyekspediowane ze szkoły i to do szkoły powinna była nadejść odpowiedź. Upłynęło kilka tygodni, podczas których wyobrażała sobie własne szkice zagubione w olbrzymiej stercie prac z całego kraju. W końcu jednak jej odpisano i zawiadomiono, że rysunki się spodobały, lecz przy tym zasugerowano, iż ich autorka potrzebuje nieco czasu, by dojrzeć twórczo. Ponadto w tym roku wolnych miejsc było bardzo niewiele. Mogli ją przyjąć – warunkowo – w roku przyszłym, jeżeli uzyska podczas egzaminów zadowalające oceny.

– To znaczy, że się dostaniesz – powiedziała nauczycielka. – Miejsce jest twoje, jeśli zechcesz. Pomysł z odczekaniem roku wydaje mi się całkiem rozsądny. Odpoczniesz od nauki. Wiele osób teraz tak robi.

Zabrała list do domu, schowany między kartkami podręcznika, ale nie zdobyła się na pokazanie go ojcu. Wyjęła go, przeczytała ponownie i włożyła do szuflady – swojej prywatnej szuflady, w której trzymała pamiętnik i fotografie. Pomyślała, że zaczeka na stosowną chwilę, by porozmawiać z ojcem, a na razie zapowiadał się pracowity okres w szkole, końcowe egzaminy i pożegnalna zabawa. Czas jakoś nie wydawał się odpowiedni, a ojciec nie wspominał ani słowem o tym, co będzie po zakończeniu nauki.

Zaczęła sama robić plany na nadchodzący rok. Bank przysłał do szkoły zawiadomienie, że mają dwa wolne etaty na czas określony i proponują je osobom, które „na nic się jeszcze nie zdecydowały”. Poszła do kierownika, który wiedział o niej wszystko – w miasteczku każdy wiedział wszystko o każdym – i dość chętnie przyjął ją do pracy.

Powiedziała o tym ojcu i zawiadomiła go również o swoich studiach artystycznych, czego naprawdę nie mogła już dłużej odwlekać. Nie wydawał się zaskoczony, niemal jakby się tego spodziewał, i odrzekł, że poszuka sposobu, by zdobyć pieniądze na czesne.

– Mamy czas, żeby o tym wszystkim pomyśleć – dodał. – Możesz zaoszczędzić coś ze swojej pensji w banku. Będę cię tam woził codziennie rano, tak jak dotąd.

A potem powiedział jeszcze, że młody Page będzie przez kilka miesięcy pracował na ich farmie.

– Pamiętasz go? Najmłodszego Page'a?

Zmarszczyła brwi.

– Chyba tak. Choć oni mi się mylą. Wszyscy chodzili do starszych klas.

– Pomoże mi przy odnawianiu obór i przy traktorach. Podobno jest całkiem niezłym mechanikiem.

Kiwnęła głową.

– Jak on ma na imię?

– John – odrzekł ojciec. – Bill i Michael to dwaj starsi. Najmłodszy jest John.

Nie musiał mu mówić, co ma robić. Bez niczyjej pomocy John rozłożył na części stary kombajn, co do którego Jack żywił obawy, że trzeba będzie zastąpić go nowym, i wymienił wszystkie zawory w silniku. Zeskrobał warstwę rdzy i brudu – i po tygodniu czy dwóch silnik pracował już równie gładko jak przed piętnastu laty, gdy maszyna została kupiona. Następnie zajął się traktorami, które również naprawił i pomalował błotniki na jaskrawoczerwony kolor, najbardziej jego zdaniem odpowiedni dla maszyn rolniczych.

Na początku prawie go nie widywała, gdyż wyjeżdżała wcześnie rano, aby być w pracy na czas, John zaś mieszkał na farmie ojca i przyjeżdżał do pracy furgonetką. Czasami jednak zastawała go po powrocie z banku o szóstej i zamieniała z nim kilka słów. Oczywiście zwróciła uwagę na jego powierzchowność. Był wysoki, raczej szczupły, miał ciemne włosy i niebieskie oczy – połączenie, które zawsze przyciągało jej wzrok. Uznała go za przystojnego, a potem już rzadko o nim myślała. Był po prostu jeszcze jednym chłopakiem z sąsiedztwa, nikim szczególnym, jak wszyscy chłopcy, których spotykała w szkole.

Odnosił się do niej uprzejmie – na jej widok odrywał się od pracy i podejmował krótką rozmowę, wycierając zabrudzone ręce o swoje robocze spodnie. Mówił powoli, jak gdyby ważył każde słowo. Wydawał jej się nieco staroświecki, pełen szacunku, jak gdyby zwracał się do starszej kobiety.

Po upływie trzech tygodni jej ojciec zaprosił go na niedzielny obiad. John przyjechał w eleganckim garniturze – dotychczas widywała go jedynie w stroju roboczym – i z gładko przyczesanymi włosami. Siedział sztywno przy stole i uśmiechał się, ilekroć do niego przemówiła, jakby przez cały czas chciał pamiętać o dobrych manierach. Zastanawiała się, czy on kiedykolwiek marszczy brwi, czy w każdej sytuacji się uśmiecha?

Po obiedzie pili herbatę na werandzie. W pewnej chwili ojciec wszedł do domu, żeby zatelefonować, zostawiając ich samych.

– Mam nadzieję, że nie pracujesz zbyt ciężko – odezwała się. – Wyglądasz na zmęczonego, kiedy wracam do domu.

– Przywykłem do tego – odrzekł z namysłem. – Mój staruszek zawsze nas gonił do ciężkiej roboty.

Popatrzyła na niego, a on z uśmiechem odwzajemnił jej spojrzenie.

– Jak jest w banku? – zapytał. – Czy to ciężka praca?

– Czasami – odparła. – W pewnym sensie bywa gorzej, kiedy mam za mało do roboty. Wtedy siedzę i czekam, aż coś mi dadzą. Czas się wlecze.

Kiwnął głową. Zapadło milczenie. Spojrzała w przestrzeń, w stronę smętnych resztek trawnika i grządki z kannami. Za rzędem eukaliptusów dostrzegała kontury silosów i ciemną linię torów, biegnącą zakolami w brunatną dal. Dalej nie było nic, tylko zbrązowiała ziemia i rozległy klosz nieba. Nie ma tu nic do narysowania, pomyślała, zupełnie nic. Wystarczy nanieść kilka kresek na czystą kartkę, żeby odtworzyć wszystko. Pustka.

Nagle John wyrzucił z siebie w pośpiechu:

– Czy poszłabyś ze mną na tańce? Do ratusza, w sobotę?

Zaskoczona, nie zastanowiła się nad odpowiedzią.

– Owszem, chętnie. – Zauważyła wyraz ulgi na jego twarzy i dodała: – Dziękuję.

Usłyszał zbliżające się kroki jej ojca i powiedział szybko:

– Przyjadę po ciebie o siódmej. W sobotę. Tutaj.

– Dobrze.

Ojciec wrócił na werandę i usiadł ociężale w zniszczonym wiklinowym fotelu.

– Jadę do Ballarat w najbliższą sobotę – oznajmił. – Zagrać w kule. Umówiłem się.

Skinęła głową.

– Ja wybieram się na tańce. John mnie właśnie zaprosił. Czy mogę?

– Możesz – odparł, zerkając na młodego człowieka i szybko odwracając oczy. – Jak najbardziej.

Nie widziała go przez cały tydzień. Naprawiał ogrodzenie w odległej części farmy. Rozmyślała o tańcach i zadawała sobie pytanie, czy powinna była przyjąć jego zaproszenie. Czy to miała być randka, czy po prostu zabawa, na którą szli wszyscy, samotnie lub parami – nie robiło specjalnej różnicy.

A jeżeli to zaproszenie pociągnie za sobą następne, na przykład do kina, co byłoby bardziej jednoznaczne? Czy powinna iść? Czy tego chce? W pewnym stopniu chciała. Był przystojny i podobał jej się pomysł pokazania się z chłopakiem, na którego zwrócą uwagę koleżanki. Ale przecież ledwo go znała. Niewiele z sobą rozmawiali i uświadomiła sobie, że nic o nim nie wie – tylko jak się nazywa i że potrafi naprawiać kombajny i traktory. Przyjechał przed umówioną godziną. Jej ojciec miał wrócić znacznie później, zwłaszcza że po grze zawsze szli na piwo. Była sama w domu i zawołała z przedpokoju do Johna, żeby zaczekał w salonie.

Gdy weszła, zerwał się z miejsca, obciągając poły marynarki. Uśmiechnął się, jak zwykle patrząc na nią; widziała, że mu się podoba, i pochlebiało jej to. Wykonał gest w stronę drzwi i wyszli, zostawiając światło w salonie dla jej ojca, kiedy wróci. W szoferce furgonetki było zimno i pachniało kurzem. Miała nadzieję, że będzie jechał wolno, tak, aby pył wzbijający się z drogi nie zabrudził jej sukienki.

Jechali w milczeniu. Droga była pusta, jak każdego wieczoru i tylko odległe światła miasteczka rozpraszały mrok. Pogładziła palcami pasek torebki i pomyślała: to jest randka. Tak się rzeczy mają. Umówiłam się z chłopakiem na randkę.

Ratusz był rzęsiście oświetlony, a całą przecznicę wypełniały zaparkowane po obu stronach auta. John wcisnął furgonetkę na wolne miejsce i weszli do jasnej sali, w której zespół muzyczny stroił instrumenty. Kobiety zdejmowały płaszcze i ustawiały się w kolejce do jedynego, upstrzonego przez muchy lustra. Zerknęła w nie pobieżnie i wróciła do Johna, który czekał, zakłopotany, przy wejściu.

Znaleźli wolny stolik i usiedli. Zamówił dla niej szklankę jabłecznika, sobie zaś nalał piwa z puszki. Rozejrzała się po sali. Znała, oczywiście, wszystkich; nie zauważyła żadnej obcej twarzy. Nawet członkowie zespołu wyglądali znajomo; jeden z nich, perkusista, pracował w banku. Pochwycił jej spojrzenie i mrugnął. Odpowiedziała mu uśmiechem.

Muzyka wreszcie zagrała i zaczęli tańczyć. Gdy skończył się pierwszy kawałek, Alice zastygła w oczekiwaniu, lecz John nie wykonał żadnego gestu. Po prostu stał w miejscu, dopóki nie rozbrzmiała następna melodia. Wówczas znowu zatańczyli.

Kiedy wreszcie usiedli, by odpocząć, okazało się, że z powodu hałasu nie mogą rozmawiać, więc po prostu się rozglądali. Powiedział coś do niej, lecz nie zrozumiała ani słowa i mogła tylko wzruszyć ramionami. Kupił jej jeszcze jeden jabłecznik, który chętnie wypiła, spragniona po tańcu. Szybko zakręciło jej się w głowie od alkoholu i poczuła jego działanie. To było całkiem przyjemne.

O jedenastej ludzie zaczęli się rozchodzić. John zerknął na zegarek, a ona skinęła głową. Odbierając płaszcz w szatni, zauważyła zapłakaną dziewczynę, siedzącą na jedynym dostępnym krześle. Obok stała jej przyjaciółka.

– On tego nie chciał – mówiła przyjaciółka. – Na pewno tak nie myślał.

– Myślał – szlochała dziewczyna. – Myślał!

Przyjaciółka uniosła oczy i napotkała spojrzenie Alice, szukając u niej zrozumienia, jakby chciała powiedzieć: taki już nasz los. Oto, co musimy znosić. Mężczyźni.

Po powrocie zaparkowali furgonetkę przed domem. Wewnątrz było ciemno, wszędzie panował nieprzenikniony mrok. Nie krępowało jej, że siedzą tak blisko siebie, lecz przemknęło jej przez głowę pytanie: „co teraz?". Koniec randki. Co dalej?

– Dobrze się bawiłem na tańcach – powiedział. – A ty?

– Ja też. Było... było świetnie. Naprawdę.

Nieoczekiwanie przysunął się do niej i poczuła jego ramię. Wyciągnął rękę i ujął jej dłoń. Zadrżała, nie wiedząc, jak się zachować. Oto odpowiedź na pytanie: „co dalej".

Pochylił się, wciąż trzymając jej rękę, którą oparła teraz na piersiach. Poczuła na policzku jego oddech, a potem usta. To bardzo dziwne, pomyślała. Podniecające i dziwne.

Usłyszała jego szept.

– Możemy wejść do środka? Będziemy cicho, żeby nie obudzić twojego taty.

– Tak – odrzekła bez zastanowienia. – Możemy.

– Nie zapalaj światła. Zdejmę buty.

Weszli do salonu, po omacku omijając meble, dobrnęli do sofy i opadli na nią obydwoje. Alice stłumiła okrzyk zaskoczenia. John zasypał ją pocałunkami, które oddawała, obejmując go za szyję. Czuła jego dłonie na ramionach, pod sukienką i chciała go powstrzymać, a jednocześnie nie chciała, żeby przestał.

– Może pójdziemy do twojego pokoju? – szepnął. – Tam będzie lepiej.

Ponownie pragnęła powiedzieć „nie", ale nie powiedziała i przeszli na palcach korytarzem, mijając zamknięte drzwi pokoju ojca. Potem, wciąż w ciemności, położyli się na łóżku.

Ocknęła się, zdumiona i przestraszona. Nadszedł ranek, a on nadal tu był – spał, otaczając ją ramieniem. Zamknęła oczy i otworzyła je ponownie, lecz nie zniknął. Jego pierś unosiła się i opadała w miarowym oddechu, ciemne potargane włosy opadały na czoło. Poruszył się, gdy odsunęła jego ramię.

– O Boże! – powiedział i usiadł. – Nie chciałem zostawać na noc. Zerwał się z łóżka, spoglądając na zegarek. Podniosła się również, myśląc: Nie zaszło nic naprawdę poważnego. Przecież się nie kochaliśmy. Była jednak przerażona, jak gdyby zrobiła coś niewybaczalnego.

– Możesz wyjść tylnymi drzwiami – zaproponowała. – Ojciec jest prawdopodobnie w kuchni. Możesz obejść dom i wsiąść do swojej...

– Na pewno widział moją furgonetkę – wpadł jej w słowo. – Będzie wiedział, że spędziłem tu noc.

Opadła z powrotem na łóżko, zakrywając dłońmi oczy. Łóżko ugięło się pod nim lekko, gdy przysiadł obok niej.

– Pomówię z twoim ojcem – oznajmił. – Pójdę do niego teraz, zaraz.

– I co mu powiesz? Że spaliśmy razem?

Pokręcił głową.

– Zapytam go, czy możemy się zaręczyć.

Nie odejmowała rąk od twarzy.

– A co ze mną? Czy ja nie mam...

Pomyślała o ojcu. Jak miała po czymś takim spojrzeć mu w oczy? Dlaczego miałby jej uwierzyć, że nic się nie zdarzyło? Niejeden raz powtarzał jej z zakłopotaniem: „W jedno twoja matka szczerze wierzyła – że powinnaś zachować czystość dla mężczyzny, którego zamierzasz poślubić. Pamiętaj o tym".

John wstał z łóżka i wtedy opuściła ręce. Zobaczyła, jak podchodzi do drzwi, waha się przez chwilę, a potem naciska klamkę. Z kuchni dobiegały dźwięki radia. Ojciec już nie spał. Będzie wiedział.

CALWARRA

W następną sobotę pojechali do kina. Kupił pierścionek, tak jak zapowiedział, i wsunął jej na palec, gdy siedzieli w furgonetce. Potem pocałował ją skromnie w policzek i zapuścił silnik. Jechali drogą wzdłuż ogrodzenia, które naprawiał przez cały tydzień. Zbliżał się zmierzch i ostatnie promienie słońca zapalały łagodne ogniki na polach. Droga do Calwarry była pusta, jak zwykle, i pozostanie pusta, kiedy będą wracali do domu.

TĘGA RANDKA

Stał przed drzwiami, spoglądając na niedużą mosiężną tabliczkę nad dzwonkiem. Niewątpliwie trafił pod właściwy adres, lecz spodziewał się czegoś więcej niż ta dość nijaka wizytówka. Świadczyła ona jednak o dobrym smaku i dyskrecji, których człowiek oczekiwał od tego rodzaju biura. Takt wydawał się tu sprawą najważniejszą; ostatnią rzeczą, jakiej można by sobie życzyć w podobnych okolicznościach, była krzykliwość lub wulgarność.

Nacisnął dzwonek i czekał, studiując zawiadomienie naklejone na ścianie:

SPRZĄTANIE KLATKI SCHODOWEJ. LOKATORZY, NA KTÓRYCH WYPADA KOLEJ, PROSZENI SĄ O DOPILNOWANIE...

– Pan Macdonald?

– Tak.

Uśmiechnęła się do niego bez przesadnego entuzjazmu, lecz wystarczająco życzliwie, by go uspokoić.

– Niech pan wejdzie. Oczekiwaliśmy pana.

Zaprowadziła go krótkim korytarzem do pokoju z widokiem na skwer. Była pełnia lata i za oknem falowała ciemnozielona zasłona drzew. W jednej chwili otaksował spojrzeniem miejsce, w którym się znalazł. Biuro, lecz z osobistym akcentem. Na szafce z dokumentami stał wazon pełen kwiatów. Goździków. Goździki były tu jak najbardziej na miejscu. Róże mogłyby się wydawać zbyt ostentacyjne.

– Proszę usiąść. – Wysunęła szufladę biurka i otworzyła skoroszyt. – W formularzu nie powiedział pan zbyt wiele o sobie.

Zerknął na arkusz papieru, rozpoznając swój własny, rozwlekły charakter pisma.

– Nie bardzo potrafię pisać o sobie – powiedział. – To trochę krępujące, rozumie pani.

Skinęła głową, wykonując prawą ręką gest mówiący: oczywiście, że rozumiemy, przecież wszyscy jedziemy na tym samym wózku.

– Widzi pan – zaczęła – lubimy, żeby wszystko dobrze się układało. Nie ma sensu zapoznawać ludzi, którzy mają diametralnie odmienny światopogląd. Nawet drobna różnica w gustach muzycznych może wywołać dramatyczny efekt w stosunkach między ludźmi.

– Jack Spratt i jego żona – wyrwało mu się i umilkł. Wypowiedział te słowa bez zastanowienia i natychmiast zdał sobie sprawę, że źle wybrał porównanie. Jack Spratt nie tykał tłustego mięsa, a jego żona nie jadła chudego.

Ale kobieta z biura nie zwróciła na to uwagi.

– My jednak – ciągnęła – mamy dobry punkt wyjścia. Obsługując osoby o obfitszych kształtach, omijamy to, co niektórzy uznają za problem. Jeżeli ogólny profil się zgadza, ludzie, którzy nawiązują znajomość, mają co najmniej jedną wspólną cechę.

Skinął głową. Tak. Właśnie dlatego ich wybrał. Może nie powinien owijać w bawełnę, przynajmniej w myślach. To było biuro matrymonialne dla ludzi otyłych. Randki dla grubasów. No proszę, wypowiedział w myślach te słowa! Jak ona by zareagowała, gdyby ośmielił się wypowiedzieć je na głos? Skreśliłaby go bez wątpienia jako osobę o negatywnym nastawieniu, mającą problemy z nawiązaniem kontaktu.

– Mam dla pana kilka interesujących ofert – podjęła, spoglądając na niego znad okularów-połówek. – Jest tu, na przykład, pewna niezmiernie czarująca dama. Znam ją dobrze. Łączy państwa, jak przypuszczam, zainteresowanie operą. Pewien czas temu wyszła za mąż, lecz musiała, niestety, zgodzić się na rozwód. Nie ze swojej winy.

– Oczywiście – potwierdził. – Osoba tęga nigdy nie jest winna.

Zmarszczyła lekko brwi, lecz zaraz się uśmiechnęła.

– Ludzie hojnie wyposażeni przez naturę doświadczają licznych niesprawiedliwości – przyznała. – Z pewnością tak było w tym przypadku.

Rozmawiali jeszcze przez kilka minut. Podała kawę z ekspresu i delikatne biszkopty w czekoladowej polewie. Złapał od razu dwa i natychmiast przeprosił.

– Chyba wziąłem o jedno za dużo.

Machnęła ręką.

– Nic nie szkodzi. Sama mam słabość do słodyczy. To nasza wspólna drobna przywara.

Stał przed wejściem do teatru, rozglądając się nerwowo. Napomknęła przez telefon, że może się spóźnić, ale czekał już od kwadransa. Nie spodziewał się piętnastominutowego opóźnienia. Przez tę beztroskę mogli stracić pierwszy akt, ponieważ spóźnionych widzów wpuszczano dopiero po przerwie. To go niepokoiło. Jak ma zabawić swoją partnerkę po tej krępującej chwili, kiedy już nawiążą znajomość? Pójście do opery stwarzało przynajmniej jakieś możliwości.

Przyjechała wreszcie – wyskoczyła żwawo z taksówki, spowita w jasnobłękitny, połyskliwy tiul.

– Edgar?

Wyciągnął rękę.

– Nina?

Przytrzymała jego dłoń nieco dłużej, niż było to konieczne.

– Wiedziałam, że to musisz być ty – oznajmiła. – Bardzo przepraszam za spóźnienie.

Zastanawiał się przez chwilę. Skąd wiedziała, że to on? Mógł tam czekać jakiś inny mężczyzna – ulicą przewalały się całe tłumy – lecz nagle uświadomił sobie przyczynę. Był jedyną osobą, która wyglądała tak, jakby przysłało ją biuro pośrednictwa matrymonialnego dla otyłych. To proste wyjaśnienie wydało mu się niewyobrażalnie przygnębiające.

Weszli do teatru. Tłoczyli się tam ci sami widzowie, co zawsze; niektórych znał. To mu dodało otuchy. Ludzie kiwali głowami i uśmiechali się do niego. Nie jestem byle kim, pomyślał. Znają mnie w mieście.

– Idzie Tłuścioch Macdonald – szepnął żonie do ucha pewien mężczyzna. – Sympatyczny facet. Ale nigdy nie było mu lekko.

– Skąd go znasz? – spytała cicho. – Z pracy?

– Nie, ze szkoły. Chodził do starszej klasy. Przezywaliśmy go, dokuczaliśmy... wiesz, jakie są chłopaki. Nie miał, biedak, łatwego życia. Może byśmy tak zaprosili go na kolację, żeby mu to wynagrodzić?

– Nie teraz, po prostu nie mogę. Mam mnóstwo spraw na głowie. W przyszłym tygodniu, na przykład...

W przerwie bez trudu nawiązali rozmowę. Przekonał się z zadowoleniem, że żadne z nich nie czuje się skrępowane, co w tych okolicznościach byłoby w pełni zrozumiałe. Wszystko przebiegało w cudownie naturalny sposób.

– Muszę wyznać, że odczuwałam pewien dyskomfort psychiczny – powiedziała. – Spotkałam się wcześniej zaledwie z dwoma panami za pośrednictwem tego biura. Nie jestem do tego przyzwyczajona.

Popatrzył na nią.

– Ja się z nikim nie spotykałem. Nigdy.

– No to chyba bardzo się denerwowałeś. – Żartobliwie trąciła go w żebra. – Przyznaj się.

Parsknął śmiechem.

– Owszem, nie przeczę. Nigdy nie wiadomo, jak sprawy się ułożą.

– Teraz widzisz – oznajmiła. – To wcale nie jest takie krępujące.

Po ostatnim akcie wyszli bocznymi drzwiami i ruszyli żwawym krokiem ku włoskiej restauracji, w której zamówił stolik. Wyjaśnił, że to miejsce polecili mu znajomi i że restauracja specjalizuje się w kolacjach dla teatromanów.

– Co za atrakcja! – wykrzyknęła. – Cudowny wtorkowy wieczór!

– Poniedziałkowy – poprawił.

Obydwoje zaczęli się śmiać.

– No cóż, wtorkowy również, jeśli zechcesz... – Urwał. Nie, było o wiele za wcześnie na ponowne zaproszenie. Powinni ochłonąć i skontaktować się dopiero za kilka dni. Tak mu powiedziano w biurze.

– Niech pan nie próbuje niczego przyspieszać – ostrzeżono go. – Ma pan mnóstwo czasu, by przemyśleć sprawę. A kobiety nie lubią, jak się je pogania. Po prostu niech pan odczeka, a potem sprawdzi, jak reagujecie na siebie nawzajem.

W restauracji sam właściciel zaprowadził ich do stolika i zamaszystym ruchem odsunął krzesło. Zamówiła sherry, a on poprosił o gin z tonikiem. Usiedli i popatrzyli na siebie.

– Kocham Włochy – powiedziała. – Chciałabym tam wrócić. Florencja. Siena. Werona.

– Rzym – dodał. – Wenecja. Bolonia.

– Ach, Perugia. Urbino.

Umilkli na chwilę, zastanawiając się, co powiedzieć.

– Raz wynająłem tam dom – odezwał się. – Na dwa miesiące. Siedziałem na tarasie i czytałem. Nic, tylko czytałem.

– Aha.

– A wieczorami chodziłem na plac i patrzyłem, jak wszyscy obserwują wszystkich.

– Oni są zdumiewający – wyznała. – Ci Włosi. Zadziwiają mnie. Po prostu mnie zadziwiają.

Znowu zapadła cisza.

– Lubisz włoską kuchnię? – spytał. – Bo ja tak.

– Och, uwielbiam! – wykrzyknęła. – Te ich zioła!

– I oliwa – dodał. – Niczym się jej nie zastąpi. Naprawdę niczym.

– Zgadzam się z tobą w pełni, Edgarze. Nie ma co owijać w bawełnę. Powinno się używać oliwy z pierwszego tłoczenia. Żadnej innej.

Zjedli kolację z apetytem. Śmiała się, obserwując jego zmagania ze spaghetti; sama nie miała żadnych problemów z nawijaniem makaronu na widelec.

– Nie potrafię sobie z tym poradzić – wyznał. – Jestem beznadziejny.

– Nauczę cię – obiecała. – To też jest pewien rodzaj sztuki.

Unieśli kieliszki i wypili łyk schłodzonego orvieto o cierpkim smaku i słomkowej barwie. Wyobraził sobie, że barwa wina przenika prosto do jej oczu. Ta wizja przypadła Ninie do gustu.

– Bardzo możliwe – zgodził się. – Swoją drogą, jakaż to miła myśl!

Napili się jeszcze, a po chwili przyniesiono im drugą butelkę, obłożoną kostkami lodu. Przy kawie powiedział:

– Muszę wyznać, że bardzo chętnie skorzystałem z usług tego biura. Osoby przy kości nie mają łatwego życia. Inni po prostu pewnych spraw nie rozumieją.

Skinęła głową.

– To naprawdę niesprawiedliwe.

Zaczął mówić ze wzmożonym zapałem.

– Wiesz, szczupli ludzie czasami nie zdają sobie sprawy, jacy są okrutni. Śmieją się z nas. Obrzucają wyzwiskami.

– O, tak – potwierdziła. – Kiedy słyszę, jak dziecko woła za kimś: „ty grubasie!", zawsze pytam: „A jak ty byś się czuł, gdyby to ciebie tak przezywali? No, jakbyś się czuł?". Ale oni po prostu nie potrafią sobie tego wyobrazić.

Sięgnął po butelkę wina i napełnił kieliszki.

– Przezywali mnie w szkole – powiedział.

– To wstrętne – skomentowała. – Jak cię przezywali?

Odwrócił oczy.

– Nie pamiętam. To było dawno temu. Ale, jeśli się zastanowić, nie można obwiniać dzieci. Po prostu naśladują dorosłych, którzy z kolei nabrali tych nawyków w dzieciństwie. Błędne koło.

– A książki jeszcze pogłębiają problem – dodała Nina. – Spójrz tylko, w jaki sposób przedstawia się tęgie osoby w literaturze.

Z zapałem pokiwał głową.

– Opisują nas w wysoce niepochlebny sposób. Używają słów w rodzaju „toczy się", kiedy chcą określić chód tęższej osoby. A filmy? Zauważ, co się przydarza okrąglejszym postaciom w filmach. Absurdalne, slapstickowe sytuacje. Przewracają się, zaklinowują w fotelach i tak dalej. Zupełnie jakby na tym polegało życie!

– To musiało być dla ciebie okropne – zauważyła. – Te wszystkie przezwiska w szkole.

Nawiązanie do jego przeżyć z dzieciństwa zdziwiło go i nieco rozdrażniło. Pomyślał, że nie powinna pytać o wyzwiska. To trochę niedyskretne z jej strony.

– Dlaczego uważasz, że było mi trudno w szkole? – spytał z irytacją. – Tobie na pewno też nie było łatwo.

– Mnie? – Otworzyła szeroko oczy ze zdumienia.

– Tak. Bądź co bądź, jesteś równie potężnych rozmiarów jak ja.

Opadła jej szczęka.

– Bardzo przepraszam – oświadczyła lodowatym tonem – ale z całą pewnością nie jestem.

Odstawił kieliszek, wpatrując się w nią ze zdumieniem.

– Ależ tak. Wydaje mi się nawet, że jesteś tęższa ode mnie.

– Och! Och! – Uniosła serwetkę do ust. – Nie wiem, dlaczego ni stąd, ni zowąd postanowiłeś mnie obrazić. Naprawdę nie wiem.

Wstała z krzesła. Jej luźna niebieska suknia zdawała się iskrzyć w półmroku.

– Bardzo mi przykro, ale nie mam wyboru. Muszę wyjść.

– To twoja wina – oświadczył. – Ty zaczęłaś. A jestem zdecydowanie szczuplejszy niż ty. To się rzuca w oczy, jeśli wolno mi tak powiedzieć.

ALEXANDER McCALL SMITH

Podniósł się, by odszukać szefa sali i zapłacić rachunek. Miły wieczór zmienił się nagle w całkowitą katastrofę i należało go zakończyć. Gdy jednak dźwigał się na nogi, odkrył coś strasznego: otóż uwiązł w krześle. Był zupełnie zaklinowany. Poruszył biodrami i spróbował się wydostać, lecz bez rezultatu. Utknął między drewnianymi poręczami i za każdym ruchem wciskał się coraz głębiej.

Zauważyła, co się stało, i teraz wpatrywała się w niego tryumfalnie zza stołu.

– No właśnie! – oświadczyła. – Oto dowód. Miałam rację!

Prychnął gniewnie i jeszcze raz spróbował się oswobodzić. Właściciel restauracji dostrzegł, co się dzieje, i natychmiast podbiegł.

– Strasznie mi przykro, proszę pana – powiedział. – Zaraz pana uwolnię. Proszę się nie martwić.

Pochylił się i zaczął szarpać drewniane poprzeczki, które zabezpieczały oparcie krzesła. Pociągnął mocno i rozległ się trzask. Jedna z poprzeczek odpadła.

– No proszę – oznajmił. – Jeśli uda mi się jeszcze kilka wyjąć, uwolnię pana. Bardzo mi przykro, że tak się stało.

Obserwowała wysiłki restauratora. Kryzysowa sytuacja zmieniła nieco jej nastawienie i czuła, że nie może wymaszerować w tej chwili, tak jak planowała. Współczuła Edgarowi, mimo że ją obraził. Nie zasłużył na taki despekt, takie upokorzenie.

– Jeszcze chwila – zapewniał właściciel restauracji, który przykucnął i starał się podważyć następną listewkę. – To może być znakomita reklama mojej kuchni! Gdyby tak goście zobaczyli grubasa, który po uczcie nie daje rady wstać z krzesła, od razu by wiedzieli, jak dobrze się u mnie jada!

Gwałtownie wciągnęła powietrze.

– Jak pan śmie! – syknęła. – Jak pan śmie mówić o nas w ten sposób?

Edgar również się zirytował i serce zabiło mu radośnie, gdy Nina postąpiła krok naprzód i mocno odepchnęła restauratora. Mężczyzna zupełnie się tego nie spodziewał; zatoczył się i upadł, wypuszczając z rąk poprzeczkę, którą usiłował obluzować.

– Edgarze – przemówiła Nina – wstań i spróbuj wyjść razem z tym krzesłem. Nie zostaniemy tutaj ani sekundy dłużej.

Pochylił się i stanął, nadal wciśnięty w mebel. Następnie, zgięty wpół, wytoczył się z restauracji. Nina maszerowała tuż za nim.

Właściciel pozbierał się z podłogi i spojrzał na kelnera.
– *Ma, che cos'ho detto?* – zapytał. – *Che cos'ho fatto? Che cos'e successo a quei grassoni?**
Kelner milczał. Nie zrozumiał najistotniejszych fragmentów rozmowy i cała sytuacja była dla niego zupełnie nie do pojęcia.
Ulicę spowijał ciepły letni wieczór. Nieliczni przechodnie, wracający o tej porze do domu, nie zwracali uwagi na tęgą kobietę i równie – a może nawet bardziej – tęgiego mężczyznę u jej boku, zgiętego i najwyraźniej uwięzionego w krześle.
– Usiądź – zaproponowała Nina. – Usiądź na tym krześle. Będzie ci wygodniej. Zaraz powinna nadjechać jakaś taksówka.
Usłuchał, z ulgą pozbywając się ciężaru mebla. Popatrzył na nią.
– Ogromnie mi przykro, że byłem dla ciebie taki nieuprzejmy. Po prostu się nie zastanowiłem, co mówię.
Uśmiechnęła się do niego.
– Ja też cię przepraszam. Zachowałam się bezmyślnie. Mam nadzieję, że o tym zapomnisz.
– Ależ oczywiście – odparł.
Umilkli. Z któregoś mieszkania przy wąskiej uliczce dobiegły dźwięki puszczanej płyty, piękna partia tenorowa.
– Posłuchaj! – powiedziała Nina. – Słyszysz to?
– Cudowne – odrzekł. – Po prostu cudowne.
Poklepał się po kolanie.
– Może usiądziesz? – zaproponował. – Posłuchamy sobie tej wspaniałej muzyki, dopóki nie przyjedzie taksówka.
Uśmiechnęła się ponownie. Czemu nie? To był uroczy, romantyczny wieczór, jeśli pominąć ów przykry incydent. Polubiła Edgara. Razem mogli stawić czoło przeciwnościom życia. No bo dlaczego nie?
Poprawiła fałdy sukni i usiadła delikatnie na jego kolanach.
I wtedy załamało się pod nimi krzesło.

* Co ja takiego powiedziałem? Co miałem zrobić? O co tym tłuściochom chodziło?

MACIERZYŃSKIE UCZUCIA

Nadal nazywano ją Burmistrzynią, choć już od kilku lat nie piastowała tego urzędu. Po prostu idealnie pasowała do tej roli i nikt, ku rozczarowaniu następców, nie potrafił jej dorównać. To, że ciągle tak o niej mówiono, sprawiało jej dużą przyjemność i kilkakrotnie powstrzymywała się w ostatniej chwili przed użyciem dawnego tytułu.

Jej mąż był burmistrzem, lecz wszyscy wiedzieli, że to ona podejmuje decyzje. Był niesłychanie łagodnym człowiekiem i nie miał żadnych politycznych wrogów. Dlatego okazał się jedynym kandydatem, którego zaakceptowały wszystkie frakcje skłóconej rady miejskiej. Po wyborach radni zorientowali się poniewczasie, kogo tak naprawdę wybrali.

W trakcie jego pierwszej kadencji zaczęli się przyzwyczajać, a potem czuli się z niej dumni. Była wspaniała, niczym galeon pod pełnymi żaglami, pchający przed sobą potężną falę dziobową. Stała się swego rodzaju obywatelskim skarbem, zupełnie jak Biurowa Sieć oraz Złoty Puchar Banku Południowej Australii (Konkurs na Najlepszą Krowę).

I nagle burmistrz umarł. Okręgowy rewident zastał go przy biurku, pochylonego nad czasopismem z nagimi dziewczętami. Miał rozchylone usta i bladą, zimną skórę. Rewident szybko usadowił go na krześle i zabrał magazyn. Rozłożył na blacie kosztorys miejskich przedsiębiorstw wodociągowych i oparł nad nim bezwładne ciało. Dopiero gdy się upewnił, że nic nie podważy godności zmarłego, wybiegł z pokoju i wezwał pomoc.

Jedynie lekarzowi powiedział, co znalazł na biurku burmistrza, i był zgorszony, gdy doktor parsknął śmiechem. – Wstrząs – orzekł. – Podniecenie seksualne. Zdarza się, że ludzie od tego umierają. Jego serce nie wytrzymało. Przecież to mężczyzna w średnim wieku. Wykończył się.

– Zachowuje się pan bezdusznie, doktorze. Burmistrz był dobrym człowiekiem, ojcem rodziny.

Lekarz prychnął.

– Niech pan nie da się wprowadzić w błąd. Widywałem rzeczy, od których włos się jeży. Ojcowie rodzin nie są tu wyjątkiem. Lepiej już nic nie powiem.

Burmistrzyni zniosła stratę z godnością. Poczuła się – o dziwo – szczęśliwsza, gdy burmistrz zniknął z pola widzenia, aczkolwiek na swój sposób go lubiła. Miała syna, George'a, który skończył dwadzieścia siedem lat i nadal z nią mieszkał, a ponadto wciąż interesowała się sprawami społecznymi. Burmistrz był właścicielem dużego sklepu z odzieżą, który następnie przejął George, i Burmistrzyni niczego nie brakowało. Czekało ją wygodne wdowieństwo; czas spełnienia, jak myślała.

Była niesłychanie dumna z George'a i świata za nim nie widziała. Codziennie wstawała wczesnym rankiem, by przygotować mu śniadanie – trzy grzanki, sok ze świeżo wyciśniętych pomarańczy i jajka w koszulkach. Potem kładła na stoliku przed drzwiami jego sypialni ubranie – garnitur, koszulę (starannie wyprasowaną), skarpetki, slipy, szelki, krawat, buty. Wszystko.

Gdy George schodził na dół, siedziała już przy stole, gotowa do rozmowy z synem. Omawiali wydarzenia nadchodzącego dnia, łącznie z istotną kwestią, co George chciałby zjeść na obiad i kolację oraz co zamierza robić w sklepie. Później, kiedy już wypił kawę, Burmistrzyni odwoziła go do pracy swoim samochodem. Czyniła to codziennie, choć George często napomykał, że wolałby jeździć sam.

– Nonsens – odpowiadała. – Powinieneś oszczędzać siły, by sprostać wyzwaniom dnia. Dzięki temu, że cię odwożę, zjawiasz się w pracy wypoczęty.

– Ale, mamo, naprawdę chętnie poprowadzę auto. Byłoby znacznie prościej…

Uciszała go wówczas spojrzeniem. Zawsze potrafiła bez trudu uciszać ludzi spojrzeniem; wystarczyło, że w typowy dla siebie sposób uniosła brwi. George nie umiał się z nią spierać. Bał się matki, która terroryzowała go – acz subtelnie – od wczesnego dzieciństwa. Każda dyskusja kończyła się dla niego kapitulacją przed jej uniesionymi brwiami. Nie było sensu nawet próbować zmienić tego stanu rzeczy.

Odczuwał niezadowolenie, lecz go nie okazywał. Gdy się głębiej zastanowił, dochodził do wniosku, że przyczyną jego frustracji jest niezdolność do stawienia czoła matce i podejmowania samodzielnych decyzji. Traktowała go jak chłopca i najłatwiej mu było pozostać chłopcem. Czuł, że sam jest sobie winien; nie wykazał odpowiedniej siły charakteru. Nie wystarczało mu odwagi, by zacząć żyć własnym życiem.

Fakt, że wciąż mieszka w rodzinnym domu, wprawiał go w zakłopotanie. Większość rówieśników dawno już wyprowadziła się od rodziców, założyła własne rodziny, niektórzy zostali ojcami. Tylko on nie opuścił domu, a w takim małym miasteczku wszyscy o tym wiedzieli. Usłyszał kiedyś, jak ktoś wyraził się o nim „maminsynek", i ta uwaga głęboko go dotknęła. On – maminsynkiem!

Raz poruszył temat wyprowadzki, lecz natychmiast został uciszony.

– Co? Dlaczego chcesz zrobić coś podobnego? Czy nie podoba ci się twój rodzinny dom?

Zaczerpnął tchu.

– Ależ skąd, mamo. Jest mi tutaj bardzo wygodnie. Zdaję sobie z tego sprawę.

– Więc po co miałbyś się wyprowadzać, jeśli wolno spytać?

– Po prostu… no cóż, wydaje mi się, że byłoby fajnie mieć własne mieszkanie. Rozumiesz?

Obdarzyła go uśmiechem nauczycielki, która próbuje udobruchać krnąbrnego ucznia.

– Własne mieszkanie? Własne mieszkanie, George? A czy to nie jest „twoje własne mieszkanie", jak byłeś łaskaw się wyrazić? Czy należy do kogoś innego? Czy akt notarialny nie obejmuje również ciebie, zgodnie z ostatnią wolą tatusia? Czego byś jeszcze chciał?

– Tatuś brał pod uwagę sprawy podatkowe. Dlatego przepisał połowę domu na mnie. Pan Quinlan wszystko mi wytłumaczył. To na wypadek twojej śmierci.

Zmrużyła oczy. Bardzo lekko, ale i tak zauważył.
– Śmierci, George? A zatem umrę lada chwila?
– Nie, mamo, oczywiście, że nie. Ale przypomnij sobie tatusia.
On umarł.
– Doskonale pamiętam – odparła chłodnym tonem. – Twój tatuś
zmarł z przepracowania. Dniem i nocą ciężko pracował, żeby zaro-
bić na ten dom, żebyśmy mogli dalej w nim mieszkać. Najładniejszy
dom w mieście. A ty mówisz, że chcesz go opuścić.
– Nie mówiłem, że chcę go opuścić, mamo. Zastanawiałem się
tylko, czy nie powinienem znaleźć sobie własnego kąta. Przyjeżdżał-
bym tutaj na weekendy.
– Ależ George, dlaczego miałbyś porzucać idealny dom, w którym dostajesz wszystko, czego ci potrzeba, i przeprowadzać się do
jakiejś nędznej klitki przy Griffiths Street albo gdzieś tam? Jaki to
ma sens? Przecież kiedyś możesz zostać burmistrzem.
Nie zdołał ukryć zaskoczenia. Burmistrzem? Łups, mruknął pod
nosem.
– Tak, George. Burmistrzem. Zaledwie przedwczoraj usłyszałam,
że byłbyś doskonały, tak samo jak twój tatuś. A ten dom ci pomoże.
Musisz coś mieć, żeby zostać burmistrzem w takim mieście.
– Ale ja nie chcę być burmistrzem, mamo. Tatusiowi to zapewne
odpowiadało. Ja jestem inny...
Dostrzegł uniesione brwi i poniechał tematu. Po chwili milczenia
oznajmiła.
– Do Baxtera dostarczyli nowe bele aksamitu. Zaproponowali
mi, żebym pierwsza rzuciła na nie okiem i pomyślałam, że uszyję ci
zasłony do sypialni. Jaki chcesz kolor? Ten sam, co zawsze?
Wymamrotał coś niezrozumiałego i w posępnym nastroju opuścił
pokój. Jest okropna, pomyślał. Jest wielką tłustą suką. Koszmarnym
babsztylem. Cholerną herod-babą. Łups. Jest pajęczycą.
Poczuł się znacznie lepiej i zawołał psa, by wyjść z nim na spacer.
Cecil, potężnie zbudowany wilczur, zaczął skakać z podniecenia
i wywijać entuzjastycznie językiem, gdy metalowa kolczatka zamknęła się na jego szyi. Wyruszyli razem, kawaler i pies, a podczas gdy
Cecil, dysząc, ciągnął smycz, George rozmyślał o tym, co dalej robić.
Znajdę sobie dziewczynę, postanowił. Umówię się na randkę. Poszu-
kam blondyny z dużym biustem. Jeszcze jej pokażę! I kupię sobie
mieszkanie. Nie uda jej się mnie powstrzymać. Wyprowadzę się. Sam

będę sobie robił śniadania i prasował koszule. Wszystko mi jedno. Wszystko jedno!

Spojrzał na Cecila, swego przyjaciela.

– Pamiętasz tatusia, Cecil? Pamiętasz tego pana, który zabierał cię na spacery? Pamiętasz?

Pies obejrzał się na opiekuna i mocniej pociągnął smycz.

– Tatuś był dla ciebie dobry, Cecil. Dawał ci kości. Biedny tatuś. Był miłym facetem. Spróbuj go zapamiętać. Wiem, że to trudne dla psa, ale spróbuj.

W ciągu kilku następnych dni obmyślał strategię. Przede wszystkim zadzwonił do swojego kolegi Eda. Chodził z nim do szkoły i choć niewiele mieli wspólnego, Ed okazał się lojalnym kumplem. George pomógł Edowi wykaraskać się z finansowych tarapatów, a Ed był mu za to wdzięczny. Zbyt wiele wydawał na samochody i zwalniano go z pracy. Przetrwał jednak i zdawał się rozkoszować swą niepewną egzystencją.

Umówił się z Edem w barze hotelu Central, w środę po pracy.

– Potrzebuję twojej pomocy, Ed – zaczął. – To skomplikowana sprawa.

– Wal, stary. W końcu to i owo ci zawdzięczam.

– Chodzi o dziewczynę.

Ed się uśmiechnął.

– Masz problem? Ty szczwany lisie! Wpędziłeś jakąś damę w kłopoty? No, no! Co na to Burmistrzyni... o, przepraszam, twoja szanowna mama? Chyba nie jest zadowolona?

Pokręcił głową. Nie było mu łatwo.

– Ed, prawdę mówiąc, prawie nie znam dziewczyn i chciałem cię poprosić o pomoc. Ty znasz ich całe tłumy. Może byś mnie zapoznał z kilkoma, żebym... no wiesz, żebym ewentualnie mógł sobie którąś wybrać.

Ed odstawił szklankę z piwem i spojrzał na przyjaciela.

– Nie jestem pewien, czy to się uda, stary. Wiesz, kobiety miewają dziwne pomysły. Czasami facet tak im się podoba, że zdzierają z niego spodnie. No i fajnie. Tak powinno być. A innym znów razem nic się nie dzieje. Zero reakcji.

George spojrzał na Eda.

– Aha, rozumiem.

– Ale tym się nie przejmuj – ciągnął pogodnie Ed. – Znam mnóstwo dziewczyn, które naprawdę chcą poznać miłego, prostego... przepraszam cię... faceta takiego jak ty. Niektóre byłyby bardzo zadowolone, gdyby trafił im się ktoś przyzwoity i solidny. Właściwie, jeśli się bliżej zastanowić, George, możesz mieć duże powodzenie u dziewczyn. A przynajmniej u pewnego typu dziewczyn. Co chcesz, żebym zrobił?

George odchrząknął. Zaczynało mu się robić gorąco. Czuł się skrępowany tematem rozmowy, choć wiedział, że Ed nie dostrzega w tym niczego wstydliwego.

– Czy mógłbyś urządzić przyjęcie? U siebie w mieszkaniu. Wtedy miałbym okazję poznać kilka dziewczyn. I może bym się z którąś umówił. Kto wie?

Ed uniósł szklankę w żartobliwym toaście.

– Nie ma sprawy, stary! Nie ma sprawy! Może być w następny piątek? Świetnie! Mam na liście naprawdę przebojowe panienki. Od razu podskoczy ci temperatura, George. Sam zobaczysz, stary! Sam zobaczysz!

Przygotował się starannie do imprezy u Eda. Poinformował Burmistrzynię, że wychodzi, ponieważ musi przedyskutować z Edem pewne sprawy i to zapewne potrwa dość długo.

– Wrócę raczej późno – rzucił swobodnym tonem. – Właściwie najlepiej będzie, jeśli położysz się spać. Sam sobie otworzę.

Popatrzyła na niego.

– Aż tak późno wrócisz? Wielkie nieba, musicie mieć mnóstwo ważnych spraw do omówienia. To chyba ten... mały brudas, prawda?

– Ed nie jest brudasem – odparł cicho i dodał pod nosem: Łups! Łups!

– Oczywiście – podjęła – nie chodziło mi o to, że nadal jest brudasem. Po prostu, kiedy był jeszcze chłopcem i przychodził tutaj, żeby się pobawić, zawsze wydawał mi się trochę brudny. Tak to już bywa z chłopcami. Teraz na pewno się poprawił. Ale wtedy był brudny. Bardzo brudny.

W piątek wrócił do domu wczesnym popołudniem, żeby się przygotować. Ucieszył się, że jej nie ma, gdyż to oznaczało, iż nie będzie musiał się wymykać tylnymi drzwiami, jak wcześniej zaplanował. Gdyby go zobaczyła w najlepszym garniturze, nabrałaby podejrzeń.

Wziął prysznic, pospiesznie wklepał wodę kolońską w policzki, a następnie włożył świeże spodnie i koszulę. Później udał się do kuchni, by nakarmić Cecila.

– Idę na przyjęcie, Cecil. Jeśli będziesz grzeczny, coś ci przyniosę. Może wujek Ed da nam trochę kości, zobaczymy. Ale wątpię. Masz pecha, Cecil.

Wilczur popatrzył na niego, zamerdał ogonem i ponownie zapadł w drzemkę. George zgasił światło w kuchni, zamknął na klucz frontowe drzwi i wyruszył autem na drugi koniec miasta, gdzie mieszkał Ed. Narastało w nim podniecenie. Oto otwierał się nowy rozdział życia. Etap chłopięctwa kończył się nieodwołalnie. Nieodwołalnie. Aczkolwiek, do diabła, dziesięć lat za późno. Łups!

Ed stał przy drzwiach, ponieważ ktoś właśnie przyszedł.

– George! Fajnie, że jesteś. Impreza dopiero się rozkręca. Nieźle się zapowiada, wiesz, co mam na myśli!

George podążył za gospodarzem do salonu. Znajdowało się tam już dziesięć osób, które siedziały na sofach lub stały przy stolikach. Z gramofonu dobiegała muzyka.

– Przedstawię cię – powiedział Ed. – Słuchajcie, to jest George. A to Mike, Terry-Anne, Marge, Tom, Darlene, Beth, Ten-jak-mu-tam, Mac, Linda, a Meryl właśnie wychodzi z kuchni.

George spojrzał na Meryl, która uśmiechnęła się do niego. Niosła wielką tacę z pokrojoną na małe kawałeczki pizzą. Podeszła do niego i wykonała zachęcający gest.

– Prosto z pieca, George. Poczęstujesz się?

Wybrał kawałek i nadgryzł go ostrożnie. Roztopiony ser sparzył go w język, lecz nawet się nie skrzywił.

– Pycha – skomentował. – Sama ją piekłaś?

Meryl postawiła tacę na stoliku i sięgnęła po maleńki trójkącik.

– Tak. Uwielbiam robić pizzę. Przepadam za włoską kuchnią. Po prostu przepadam.

– Ja zupełnie nie umiem gotować – wyznał George. – Bardzo żałuję.

– Więc kto ci gotuje? – spytała Meryl. – Twoja dziewczyna?

George wbił spojrzenie w swoje buty, nowe zamszowe buty z wymyślnymi noskami. Był to najlepszy fason w sklepie.

– Tak naprawdę, to moja matka.

Meryl uśmiechnęła się do niego.

– No to masz szczęście. Na pewno świetnie gotuje.

George przypomniał sobie potrawki i zapiekanki ziemniaczane.

– Wcale nie – stwierdził. – Zupełnie nie potrafi gotować.

– Och – odrzekła Meryl, oblizując czubki palców. – Więc musi być dobra w innych dziedzinach.

– Nie – powiedział George. – Jedno, co potrafi, to dyrygować ludźmi.

Meryl zachichotała nerwowo.

– Matki już takie są. Moja też próbuje mną dyrygować, ale nie zwracam na nią uwagi.

Milczał. Przyglądał się uważnie jej jasnym tapirowanym włosom oraz (nieco dyskretniej) jej bluzce. Tak, doskonale się nadawała. Burmistrzyni znienawidzi ją od pierwszego wejrzenia.

Usiedli na sofie i zaczęli rozmawiać. Meryl sprawiała wrażenie rozluźnionej i chętnie zwierzała mu się ze wszystkiego, co jej przyszło do głowy. Opowiedział jej o sklepie i o planowanej sali wystawowej. Opowiedział jej o podróży do Adelajdy. I o tym, jak weterynarz unieruchomił łapę Cecila, kiedy potrąciła go śmieciarka.

– Nie uwierzyłabyś, że miał ją złamaną w sześciu miejscach – powiedział. – Kiedy się patrzy na niego dzisiaj, trudno w to uwierzyć.

Kiwnęła głową.

– Weterynarze czasami dokonują cudów – zauważyła. – Bywają lepsi niż lekarze. Pewien weterynarz wyleczył mojego wujka, który złamał nogę w buszu. Prawie w ogóle nie utyka.

– Tylko nie potrafił nic poradzić na jego cuchnący oddech – ciągnął George. – Wprawdzie mógłby mu wyrwać wszystkie zęby, ale wtedy pies nie dałby rady gryźć kości. A to by było okrutne.

– Spróbuj mu dawać pigułki czosnkowe – doradziła. – Czasami pomagają. Dodaj je do psiej karmy.

Nadszedł Ed, niosąc piwo dla George'a i rum z colą dla Meryl.

– No i jak wam idzie? – zagadnął, puszczając oko. – Pewnie macie mnóstwo wspólnych tematów?

George parsknął śmiechem.

– Twoje znajome, Ed, są naprawdę bardzo miłe.

Meryl oblała się rumieńcem, lecz miała zadowoloną minę.

– Święta racja – przyznał Ed. – Na przykład Meryl to wspaniała dziewczyna. Prawda, Mez?

Uszczypnął ją w policzek, ona zaś żartobliwym gestem odepchnęła jego rękę.

– No to zostawię was samych – oznajmił Ed. – Nie chcę dolewać oliwy do ognia, rozumiecie, co mam na myśli!

Przyjęcie, zdaniem George'a, było bardzo udane – jeśli pominąć końcówkę, kiedy to Ed, mocno już pijany, uderzył jednego z gości. Natychmiast przeprosił, a uderzony Mike starał się zażegnać kłótnię.

– Przepraszam, Ed, naprawdę nie chciałem. Zapomnijmy o tym, co?

– Ja też cię przepraszam – wymamrotał Ed. – Poniosło mnie, rozumiesz. Sam nie wiem, co we mnie wstąpiło. Wybacz.

– Bez urazy – powiedział Mike. – Zapomnijmy o tym.

Ale nastrój imprezy uległ zmianie i goście zaczęli się rozchodzić. George zaproponował Meryl, że odwiezie ją do domu, ona zaś przyjęła jego propozycję.

– Nie znoszę, gdy Ed się upija i bije ludzi – wyznała. – Wiem, że nie chce nikogo obrazić, ale kiedyś ktoś mu odda, i to mocno.

– Dlaczego on to robi? – spytał George. – Mógłby się wreszcie nauczyć.

– Nie może się powstrzymać – odparła Meryl. – Taką ma po prostu naturę. Coś jak słuch muzyczny.

Przejeżdżali właśnie obok sklepu i George zwolnił.

– To tutaj – mruknął. – Wygląda nieźle, prawda?

– Tak – przyznała. – Masz tu luksusowe ciuchy. Zawsze to mówiłam.

– Zamierzam otworzyć nowy dział dla nastolatków – oznajmił George. – Nazwę go „Młode klimaty". Puścimy muzykę disco i migające światła. Co o tym sądzisz?

Meryl była pod wrażeniem.

– Niezła nazwa – uznała. – Oryginalna. Spodoba im się.

Pojechali dalej w milczeniu. George czekał na odpowiednią chwilę i doszedł do wniosku, że właśnie nadeszła.

– Czy zechcesz pójść ze mną do... do... – Zaczął się jąkać. – Do-do...do... – Ups! – pomyślał. Dlaczego, do cholery, muszę się jąkać akurat w chwili, kiedy chcę się umówić z dziewczyną?

– Tak – odrzekla Meryl. – Bardzo chętnie.

– Do kina – wykrztusił wreszcie.

– Tak – powtórzyła. – Kiedy?

– Może jutro?

– Bardzo chętnie. Miewasz naprawdę świetne pomysły, George. Wiesz o tym?

Nazajutrz przy śniadaniu Burmistrzyni popatrzyła na syna z wyrzutem.

– Przypuszczam, że wróciłeś bardzo późno – odezwała się, podając mu szklankę soku pomarańczowego. – Dobrze się bawiłeś?

– Tak – odpowiedział, przyglądając się w skupieniu grzance.

– Nieźle.

– I co słychać u naszego przyjaciela Eda? Ma jakąś pracę?

– Ma. Całkiem przyzwoitą. Pracuje w Rileys.

W milczeniu przetrawiła tę informację.

– Był tam ktoś jeszcze? – spytała po chwili. – Czy tylko ty?

– Kilka osób – odrzekł. – Nikt, kogo byś znała.

Zacisnęła usta, lecz nie zauważył tego, gdyż wpatrywał się w etykietkę na słoiku z dżemem.

– Dzisiaj też nie wrócę zbyt wcześnie – oznajmił. – Mam kilka spraw do załatwienia.

Zerknął na matkę; dostrzegł uniesione brwi i szybko odwrócił oczy. Zanim zdążyła się odezwać, sięgnął po grzankę i wstał od stołu.

– Robi się późno – rzucił. – Nie musisz mnie dzisiaj odwozić, mamo. Chciałbym się przejść.

Otworzyła usta, nie mogąc znaleźć słów.

– Ale... jeśli już tak późno... Ty... Zawsze cię odwożę...

On jednak opuścił kuchnię i została sama z Cecilem. Pies wpatrywał się w nią spod przeciwległej ściany załzawionymi, pozbawionymi wyrazu oczyma.

– Wynoś się! – krzyknęła. – Wynoś się stąd, ty cuchnące stworzenie! Precz!

Wstąpił po Meryl do jej wynajmowanego mieszkania i pojechali do miasta. Przed kinem było sporo wolnych miejsc i nie miał kłopotów z zaparkowaniem auta. W holu kupili wielką torbę prażonej kukurydzy i po chwili znaleźli się w wygodnym, klimatyzowanym wnętrzu. Wisiały tam reklamy oraz zapowiedzi najbliższych atrakcji filmowych.

– O, to warto obejrzeć – powiedział odruchowo, bez zastanowienia, a Meryl się z nim zgodziła.

– Dobry pomysł.

Poczuł ciepłą falę satysfakcji. Zaczynają z sobą chodzić! Przyjęła jego drugie zaproszenie! To była ich pierwsza randka, ale nie ostatnia! Oświadczy się jej za kilka miesięcy – może nawet wcześniej – a ona na pewno powie „tak". Mogliby razem prowadzić sklep. Mogliby wybudować dom na tym nowym osiedlu, Malowniczych Wzgórzach – to by było cudownie. Zabraliby naturalnie Cecila, a zostawili mamuśkę. Ha! Wtem, tuż przed rozpoczęciem filmu, okazała postać usadowiła się w fotelu przed nimi.

– Typowe – szepnęła Meryl. – Kiedy film się zaczyna, zawsze wchodzi jakaś starsza paniusia i siada ci przed nosem.

George zamarł. To było nieprawdopodobne. Niemożliwe! To koszmarny sen.

Burmistrzyni niby przypadkiem odwróciła głowę.

– No, no! – przemówiła. – Co za spotkanie! Myślałam, że pracujesz. – Usiadła bokiem, by lepiej przyjrzeć się Meryl. – Nie przedstawisz mnie, George?

George nie mógł wydobyć głosu, lecz Meryl patrzyła na niego, więc wreszcie się odezwał.

– To jest moja... moja... momoja...

– Matka – dokończyła Burmistrzyni. – Bardzo mi miło. A pani ma na imię...?

– Meryl.

– Wie pani co, Meryl, przesiądę się na miejsce obok pani. W ten sposób uniknę kręczu szyi.

Burmistrzyni wstała, przecisnęła się koło George'a i usiadła po drugiej stronie Meryl.

– Mam nadzieję, że film będzie dobry – oświadczyła przesłodzonym tonem. – Lubi pani kino, Meryl?

Światła przygasły.

– Może lepiej porozmawiamy w przerwie – powiedziała Burmistrzyni. – Zaczyna się projekcja.

Podczas przerwy George milczał i wpatrywał się w przestrzeń, usiłując nie słuchać rozmowy matki z Meryl. Meryl dzielnie stawiała czoło krzyżowemu ogniowi pytań, choć najwyraźniej był to dla niej duży wysiłek. Od czasu do czasu spoglądała z niemą prośbą na George'a, lecz nie potrafił jej pomóc.

Po filmie Burmistrzyni zaproponowała, by wrócili do domu i napili się gorącej czekolady.

– George w soboty kładzie się wcześnie do łóżka – wyjaśniła.

– Zawsze idziemy spać z kurami, nieprawdaż, George? Łatwiej rano wstać, jeśli człowiek położy się wcześnie. Tatuś George'a często to powtarzał.

Przy wyjściu Burmistrzyni powiedziała:

– Jedźcie pierwsi. Spotkamy się w domu.

Wsiedli do auta. George zapuścił silnik, hałaśliwie wycofał samochód, zakręcił kierownicą i dodał gazu.

– Przepraszam – odezwał się. – Naprawdę, bardzo mi przykro. Nic na to nie poradzę, że moja m... mmat... moja matka...

– Nie przejmuj się – przerwała Meryl. – Była w sumie całkiem miła.

– Nieprawda! – wybuchnął George. – Nienawidzę jej.

Meryl przygryzła usta. Wyraz bólu na jego twarzy zastąpiła determinacja. Zerknął we wsteczne lusterko, w którym pojawiły się reflektory drugiego samochodu. George wcisnął pedał gazu i auto skoczyło naprzód. Światła z tyłu na chwilę przygasły. Wjechali w zakręt, który George wziął z piskiem opon.

Pomknęli boczną drogą. Reflektory za nimi oddaliły się nieco, a następnie zakręciły. George obejrzał się i przyspieszył. Światła ścigały ich na każdym zakręcie.

– Kto to jest? – spytała. – Kto za nami jedzie?

– A jak myślisz? – mruknął.

Nie odpowiedziała. Dotarł do ronda i zjechał na trawiaste pobocze, a potem przebił się przez sam środek. Zatrzymali się po drugiej stronie, przejechawszy zadrzewioną zatoczkę. Zgasił silnik i reflektory, po czym spojrzał w lusterko.

Drugi samochód jechał teraz znacznie wolniej. Zatrzymał się na rondzie i okrążył je, omiatając reflektorami trawniki po obu stronach drogi. Później wycofał się powoli tą samą trasą, którą przybył.

– No to mamy ją z głowy – powiedział George. – Krzyżyk na drogę!

Meryl przysunęła się do niego.

– Milej być we dwoje – mruknęła. – Znacznie milej.

– Tak powinna wyglądać randka – George pogładził jej włosy.

– Dwoje ludzi, sam na sam. I żadnej mamusi.

Nazajutrz George wcześnie zszedł na śniadanie. Zanim zjawiła się Burmistrzyni, skończył grzankę i pił właśnie drugą filiżankę kawy.

– Co to jest? – spytała, wskazując walizkę stojącą pośrodku kuchni.

– Moja walizka, mamo – odparł, dolewając sobie mleka do kawy. – Nic innego.

– Dokąd się wybierasz? Przecież jest niedziela.

– Wiem o tym, mamo. Wyprowadzam się. Zamieszkam z Edem, dopóki nie znajdę własnego kąta.

Rozejrzała się za krzesłem i usiadła ciężko.

– Nie bądź śmieszny, George. – Starała się nie podnosić głosu. – Nie musisz się tak od razu wyprowadzać. Chyba nie jesteś zły o wczorajszy wieczór? Gniewasz się na mnie?

Zerknął w stronę matki, lecz nie odważył się spojrzeć jej w oczy. To byłoby tak, jakby spojrzał w oczy Meduzy. Wstał od stołu.

– Już postanowiłem – oświadczył. – Odchodzę. Do widzenia.

Burmistrzyni stanęła wyprostowana.

– George – zaczęła władczym tonem. – Spójrz na mnie! Zabraniam ci! Pomyśl tylko, co… co tatuś by na to powiedział!

On jednak przywołał Cecila i sięgnął po smycz. Burmistrzyni zbliżyła się ku niemu, lecz cofnął się i podniósł głos:

– Nie podchodź, mamo! Pozwól mi wyjść.

– George!

Postąpiła krok naprzód, ale jej syn obrócił tymczasem Cecila i skierował jego pysk w jej stronę.

– Cecil! – powiedział. – Bierz ją!

Pies spojrzał na niego, jak gdyby szukając potwierdzenia nietypowego rozkazu.

– Bierz ją, Cecil! Bierz ją!

Wilczur zawarczał, a Burmistrzyni zamarła w bezruchu.

– George! Jak śmiesz! Jak śmiesz! Każ temu obrzydliwemu psu usiąść.

Cecil jednak zaczął skradać się ku niej, jeżąc sierść na grzbiecie i warcząc cicho. Cofnęła się powoli, a pies podchodził coraz bliżej. Zaczął warczeć głośniej i pokazał zęby – stare, pożółkłe, lecz nadal przypominające groźne kły.

Burmistrzyni stała już blisko drzwi do holu. Odwróciła się szybko i czmychnęła, zatrzaskując je za sobą.

– Dobry Cecil – pochwalił George. – Chodź ze mną. Idziemy do Eda. Pamiętasz Eda, Cecil? Nie będzie mu przeszkadzał twój oddech. On lubi takie psy.

Wyszli z kuchni. George w jednej ręce niósł walizkę, w drugiej trzymał smycz Cecila. Był piękny, rześki, ożywczy poranek. Ed oczekiwał ich w każdej chwili, a na lunch George wybierał się do Meryl. Powiedziała, że zna kogoś, kto ma mieszkanie do wynajęcia, dostatecznie duże dla dwóch osób i psa. Była to cudowna perspektywa. Cudowna.

Cecil zaszczekał.

– Brawo, Cecil – powiedział George. – Hau, psiakrew, hau. O to właśnie chodzi.

NIEBIAŃSKA RANDKA

Do lunchu zasiedli na tarasie, jak zwykle. Ukroiła kilka kromek białego chleba – solidnego, chrupiącego chleba, który wypiekała signora Sabatino – i położyła na talerzu obok szynki, oliwek i mozzarelli. Był to jego ulubiony lunch, posiłek, który – jak mawiał – mógł jadać wyłącznie we Włoszech. Siadali, ojciec i córka, w cieniu pergoli, popatrując na dolinę i błękitne wzgórza w oddali. Lubiła wyrzucać pestki za balustradę, w nadziei, że zapuszczą korzenie i wyrośnie tam kiedyś gaj oliwny. Widziała już pierwsze młodziutkie drzewka, wysiane w poprzednich latach. Ojciec obserwował ją z rozbawieniem, sącząc z kieliszka wino, które zawsze pił do lunchu, podczas gdy ona popijała wodę mineralną z dużych butelek ozdobionych certyfikatami z analizą składu chemicznego: „*Professore* Eduardo Militello z *Instituto Idrobiologico* uniwersytetu w Parmie zaświadcza, iż butelka zawiera następujące ilości minerałów: wapń…".
Podobało jej się brzmienie tych słów. Podobały jej się podpisy i wyszukany, kwiecisty język. Co właściwie robił taki *professore idrobiologico*? Wyobrażała sobie musujące siarczane źródła w chłodnych zakamarkach wiekowej uniwersyteckiej budowli.
– Ilekroć tu przyjeżdżam, zawsze ogarnia mnie senność – zauważył, sięgając po chleb. – Włochy tak na mnie działają.
Uśmiechnęła się do niego.
– Nie widzę niczego złego w nicnierobieniu.
– Naprawdę powinienem przejść na emeryturę – oznajmił. – Ten dom wymaga, żeby ktoś w nim zamieszkał na stałe, a nie tylko przez parę miesięcy w roku. – Odstawił kieliszek i ułożył się wygodniej na

leżaku. – Jakie masz plany? Czy rzeczywiście chcesz tu zostać, dopóki nie pójdziesz na studia? Jesteś pewna? – Jego leniwy ton skrywał troskę, niepokój.

Kiwnęła głową.

– Kocham to miejsce – odparła. – Zawsze je kochałam. Sam przed chwilą mówiłeś, że dom wymaga więcej uwagi.

Jego twarz wyrażała powątpiewanie.

– Ale mogłabyś lepiej wykorzystać ten rok. Wyjechać dokądś, na przykład do Australii albo Kanady. Mam tam mnóstwo znajomych. Mogłabyś ciekawie spędzić czas, wiesz o tym. – Po chwili dodał: – Życie umyka bardzo szybko, naprawdę.

– Ja nie chcę jechać nigdzie indziej – zapewniła. – Może już nigdy nie trafi mi się okazja, żeby tu dłużej pobyć. Te inne kraje mogę zobaczyć później.

– Ale co będziesz robiła przez całe dnie? Niewiele jest tutaj do roboty. Zwariujesz z nudów.

– Nie. Będę czytała. Pojadę autobusem do Sieny. Zapiszę się tam na kursy muzyczne. Dowiem się o szczegóły.

– Jeśli jesteś pewna... – W jego głosie pobrzmiewała nuta wahania. Nie chciał ograniczać jej swobody, ale była jego jedynym dzieckiem i prócz niej nie miał nikogo na świecie.

– Jestem pewna.

Dom, a przynajmniej jego główną część, zbudowano w siedemnastym wieku. Z biegiem lat powstawały aneksy, które stopiły się niemal niepostrzeżenie z pierwotną budowlą, a przynajmniej zaowocowały uroczą architektoniczną ekscentrycznością. Był to dom pełen niespodzianek – obszernych pokoi, które nagle skręcały pod kątem prostym, korytarzy prowadzących donikąd, kredensów zamienionych w piwniczki. Nawet gdy kupił tę rezydencję – po niekończących się korowodach prawnych – nie czuł się jej właścicielem; nie należała do nikogo, a w każdym razie do nikogo z żyjących.

Dzielili ją ze zwierzętami. Była tam mała kolonia nietoperzy, które czepiały się kurczowo załomów zewnętrznej ściany, a o zmierzchu, popiskując, śmigały na tle nieba. Było potomstwo półdzikich kotów, które żyły tu od samego początku, przekarmiane przez gospodynię, signorę Sabatino. A także rodzina lisów, mieszkająca w starej szopie, przytulonej do ściany składziku; no i były, naturalnie, myszy, niewidoczne, lecz dobrze słyszalne, gdy skrobały w sufitach i listwach przypodłogowych.

Kupił ten dom, by sprawić przyjemność żonie, która kochała Toskanię. Myślał, że zaczną od nowa i przez pewien czas istotnie tak się wydawało. Trochę jakby urodziło im się drugie dziecko, za które obydwoje muszą być odpowiedzialni – lecz nie trwało to długo. Wiedział, że jej się znudził. Nie potrafiła ukryć zniecierpliwienia. Spędzili tutaj ostatni wspólny tydzień, były to jednak trudne dni dręczącej pustki i wymuszonej uprzejmości. Kiedy wyjeżdżali, wiedział już, że nie będą razem, że ich małżeństwo się rozpadło i że ona wróci do Ameryki, by tam żyć własnym życiem w kręgu osób, które darzyły ją sympatią. Nigdy nie potrafił nawiązać z nimi kontaktu i w końcu zrozumiał, że po prostu im nie zależy. Doszedł do wniosku, iż nie są zdolni pojąć kogoś, kto jest im obcy, kto nie podziela ich światopoglądu, ich akcentu, prywatnej kultury i zaabsorbowania sprawami dla nich istotnymi. Odnosił wrażenie, iż lekko ich dziwi fakt, że poza Ameryką żyją jeszcze jacyś inni ludzie.

Przynajmniej została z nim Emma. Nigdy nie były sobie szczególnie bliskie z matką – którą córka również nudziła – i choć dziewczyna wyraziła żal z powodu jej odejścia, nie wydawała się tym zbyt przejęta. Żyli sobie zatem we dwoje, całkiem szczęśliwi na swój sposób: mężczyzna po pięćdziesiątce, handlowiec specjalizujący się w niespenetrowanych rynkach, z biurem w centrum Londynu i siecią pośredników, mężczyzna, który nigdzie nie odgrywał żadnej ważnej roli; i dziewiętnastoletnia dziewczyna, o marzycielskiej naturze, wykształcona w drogich szkołach, przekonana, że coś jej się przydarzy, że życie właśnie się zaczyna i potoczy zgodnie ze scenariuszem napisanym przez nią samą.

Miał nadzieję, że może po tygodniu zmieni zdanie i zgodzi się z nim wrócić, lecz tak się nie stało. Odbył rozmowę z signorą Sabatino, która mieszkała w małym domku na skraju jego posiadłości. Wiedział, że lubi Emmę i będzie ją chroniła z tą samą gorliwością, z jaką broniła posesji przed intruzami. Dzięki temu było mu łatwiej. Odmówiłby córce, posuwając się nawet do kłótni, gdyby chciała tu zostać zupełnie sama.

Tak jak się spodziewał, signora Sabatino z zachwytem przyjęła wiadomość, że będzie miała towarzystwo. Z trudem rozumiał, co

mówiła, gdyż – w przeciwieństwie do Emmy – niezbyt dobrze znał
włoski, lecz widział, że jest uradowana.
   – Dopilnuję, żeby do pana pisała – powiedziała. – Co tydzień, dobrze? Co tydzień list. Zobaczy pan!
   Uśmiechnął się do niej.
   – Dobrze – odparł, notując w pamięci, żeby jej więcej płacić.
Mieszkała za darmo, wypełniając w zamian swoje obowiązki, wiedział jednak, że niewiele ma pieniędzy. Z łatwością mógł zmienić ten
stan rzeczy i zdawał sobie z tego sprawę od dawna, lecz jakoś nic nie
zrobił. Teraz poczuł wstyd, że zdobywa się na ten gest dopiero wtedy,
gdy naprawdę potrzebuje jej pomocy.
   W przeddzień jego wyjazdu przespacerowali się z Emmą do kościoła San Cosimo. Było to ich ulubione miejsce – niewielki kościółek,
wciąż w dobrym stanie, choć dawno już opuszczony przez księdza
i wiernych. Przycupnął na krawędzi wzgórza, a prowadziła do niego
biała gruntowa droga, biegnąca dalej wśród rozsianych wokoło winnic. Przy bocznych drzwiach, zamkniętych na klucz, znajdował się
między kamieniami podłużny otwór z wyrytym nad nim, nieco zatar-
tym napisem: „Na cel dobroczynny". Zawsze wrzucali monetę przez
ten otwór, co było na poły ich wspólnym żartem, a na poły przesądem,
i nie mieli pojęcia, gdzie trafiała. Nie słyszeli żadnego dźwięku, żadnego brzęknięcia, gdy datek znikał wewnątrz milczącego kościoła.
   Przeczytał kiedyś, ku swemu zaskoczeniu, że niszczenie lub wy-
rzucanie środków płatniczych jest we Włoszech karanym przestępstwem. Kilka lat wcześniej wynikł pewien problem, ponieważ zaczęło brakować monet i wykryto, że Japończycy wywożą włoskie
drobne, które następnie przerabiają na guziki. Odwołano się do na-
rodowego poczucia honoru i grożono konsekwencjami prawnymi.
Podobała mu się jednak myśl, że jego potajemne datki również są
przestępstwem. To było tak, jakby w okresie prześladowań religij-
nych natrafił na kryjówkę z księdzem w środku.
   Tego dnia, posiedziawszy kilka minut przed kościołem, ruszyli
drogą w górę, w stronę winnic. Wcześniej widywali tutaj pracujących
ludzi, którzy przycinali pędy winorośli lub spulchniali glebę wokół
gruzłowatych łodyg, ale dzisiaj nie było nikogo. Zobaczyli tylko stary wóz o solidnych gumowych oponach na kołach i poplamionych
czerwonym winem deskach. Emma usiadła na nim, a potem położyła się na wznak, spoglądając w niebo.

– Szkoda, że musisz wracać – powiedziała. – Moglibyśmy zamieszkać tu na zawsze. Byłabym córką jak z powieści Jane Austen, jedną z tych, które zostają w domu i opiekują się ojcami.
– To by było bardzo miłe – zauważył. – Dopóki nie poczułabyś się znudzona i nie uciekła z jakimś romantycznym neapolitańczykiem.
– Wtedy mógłbyś się ożenić z signorą Sabatino – podsunęła. – Na pewno by cię przyjęła. Pomagałbyś jej hodować kurczaki.

Parsknął śmiechem, wyobrażając sobie przelotnie siebie w olbrzymim *letto matrimoniale*, które zauważył kiedyś w głębi domu signory Sabatino, jedyny zbytkowny mebel w wiejskim gospodarstwie. I zaraz poczuł ukłucie bólu na myśl o nieuchronnym rozstaniu z córką. Zdawał sobie sprawę, że odtąd już zawsze tak będzie – stała się dorosła, co wyznaczało mu rolę gościa w jej życiu, które zacznie się kręcić wokół innych ludzi. Z pewnością łatwiej rozluźnić więzy, pomyślał, kiedy się ma coś w odwodzie.

Przez kilka pierwszych dni po jego wyjeździe czuła się nieswojo, zupełnie sama w domu. Źle sypiała – dzienna cisza, a później nocne odgłosy budziły w niej lęk. Gdy upalny dzień dobiegał końca, dach zaczynał skrzypieć i trzeszczeć, jak gdyby próbował ułożyć się do snu i na początku wydawało jej się, że ktoś otwiera drzwi albo wyważa okno. Ale przywykła do tych dźwięków i przestała się bez przerwy budzić. Kładła się wcześnie i wstawała późno.

Była podekscytowana swobodą. W szkole jej życie podlegało surowej dyscyplinie i miała nieliczne możliwości wolnego wyboru. Wszędzie także panował hałas: dzwonki, bieganina na korytarzach, brzęczenie aparatów radiowych w cudzych pokojach, sprzeczki. Teraz mogła sama o sobie decydować: wstawać, kiedy chciała, chodzić do wioski po zakupy, kiedy jej to odpowiadało, iść na spacer albo zostać w domu i poczytać. Swoboda wydawała się czymś niemal namacalnym, niczym tkanina, której można nadać dowolny wzór i kształt.

Czwartego dnia pojechała do Sieny. Podróż autobusem z wioski trwała zaledwie godzinę. Trochę dziwnie było znaleźć się znowu w mieście, ale znała Sienę i zawsze dobrze się tam czuła. Przesiedziała godzinę, popijając mocną czarną kawę i przyglądając się ludziom, którzy spacerowali po placu. Dzieci trzymały chorągiewki w jaskrawych barwach *contrade*, kobiety rozmawiały, gołębie wzbijały się znad fontanny lub sfruwały z wieży, gdy zaczynały bić dzwony.

Później skierowała się do uniwersyteckiego sekretariatu, gdzie przyjmowano zapisy na kursy. Wprowadzono ją do poczekalni i usiadła na ławce, pod portretem mężczyzny grającego na lutni. Po dwudziestu minutach została poproszona do sekretariatu.

Za biurkiem siedział mężczyzna o ziemistej cerze, ubrany w elegancki jasny garnitur, taki, jakie lubili nosić latem włoscy urzędnicy. Uniósł się lekko i wskazał jej krzesło po drugiej stronie biurka.

– Interesuje panią któryś z naszych kursów? – odezwał się bardzo cicho i miała pewne trudności ze zrozumieniem jego pytania. – Czy mam mówić po angielsku? – dodał pospiesznie.

– Nie musi pan.

Wyjaśnił jej, co mają do zaoferowania, i wręczył kilka broszurek. Jeden z kursów, trzymiesięczny, wydawał się idealny: historia muzyki włoskiej od czternastego do dziewiętnastego wieku.

– Tak – przyznał mężczyzna – może się pani tym zająć. To byłby dobry kurs dla pani.

Przez chwilę wpatrywał się w nią w milczeniu. Wprawił ją w zakłopotanie; jego duże brązowe oczy zdawały się czegoś poszukiwać. Wreszcie otworzył usta.

– Jest bardzo gorąco – zaczął. – Tak chciałbym stąd wyjechać. Nad morze. Dokądkolwiek, byle nie być tutaj. Czy pani również nie miałaby ochoty znaleźć się nad morzem?

Bez słowa wypełniła formularz i oddała mężczyźnie. Westchnął.

– Wszystko się zgadza – powiedział. – Otrzyma pani ze szkoły muzycznej zawiadomienie o decyzji. Ale jestem pewien, że będzie pozytywna. Zawsze bywa pozytywna.

Uśmiechnął się blado, jakby chciał dać jej do zrozumienia, że nawet urzędnik potrafi się wczuć w sposób myślenia wykładowców. Podniosła się z krzesła, on zaś podszedł spiesznie do drzwi i otworzył je przed nią, stając nieco zbyt blisko, kiedy go mijała. Dostrzegła obrączkę na jego palcu, drobne zmarszczki wokół oczu i zadała sobie pytanie, dlaczego oni uważają, że muszą zaczepiać kobiety, ci Włosi? Co chcą przez to udowodnić?

Kurs rozpoczynał się dopiero za miesiąc, co jej odpowiadało. Mogła trochę poczytać – kupiła w Sienie kilka książek – i zapoznać się z historią muzyki przed zajęciami. Mogła chodzić na długie spacery, nauczyć się od signory Sabatino, jak się piecze chleb, pisać listy. Była pewna, że nuda jej nie grozi.

ALEXANDER McCALL SMITH

Jej obecność w domu niewątpliwie odmieniła dni starszej kobiety. Każdego ranka gospodyni przynosiła kosz owoców i warzyw, a co drugi, trzeci dzień pojawiały się jajka prosto od kur, o ciemnych żółtkach i smaku typowym dla suchej wiejskiej okolicy.

Spędzały całe godziny na rozmowach i z biegiem dni, gdy signora Sabatino zaczęła ją lepiej poznawać, gotowa była opowiedzieć jej historię swego życia, której w innych okolicznościach Emma nigdy by nie usłyszała. Dowiedziała się więc o bracie, który został księdzem, a później – ku wstydowi rodziny – popełnił jakiś hańbiący uczynek i został wysłany do misji w Etiopii. O wuju, który został rozstrzelany jako komunista w latach faszyzmu. O krótkim małżeństwie signory i nagłym, wstrząsającym wypadku, który pozbawił ją męża. O dalekiej kuzynce, prostytutce, którą próbowała wyrwać z rzymskiego domu publicznego, stawiając czoło rozwrzeszczanej, groźnej burdelmamie.

Emma uświadomiła sobie z pewnym zdziwieniem, że nic, lub prawie nic, jej w życiu nie spotkało; że porównując to, co jej samej się przydarzyło – tak naprawdę – z wypadkami opisywanymi przez signorę Sabatino, nie ma właściwie nic do powiedzenia. Życie zaczynało się dla niej teraz, gdy wreszcie wyfrunęła ze szkolnego kokonu.

Ich dni upływały w ustalonym, wygodnym rytmie. Wieczorami przychodziła do małego domku i siadała w kuchni, podczas gdy signora Sabatino szykowała kolację. Nie było tam prądu, więc siedziały przy łagodnym świetle lamp naftowych i jadły spaghetti ugotowane na piecu opalanym drewnem. Po posiłku i umyciu garnków i talerzy Emmy wracała do dużego domu, przyświecając sobie latarką, kładła się do łóżka i czytała.

Napisała list do ojca:

Wszystko bardzo dobrze się układa. Dni mijają szybko i wiem, że niewiele zrobiłam, ale to nie ma znaczenia, prawda? Signora Sabatino co wieczór przyrządza kolację i uczy mnie gotować. Staję się coraz lepszą kucharką. Sam się przekonasz, kiedy przyjedziesz. Wkrótce zaczynam kurs z historii muzyki w Sienie. Obawiam się, że jest strasznie drogi, ale to Ci nie przeszkadza, prawda? Jestem szczęśliwa, Tato, naprawdę. Ale wrócę prędzej czy później, nie martw się...

Chodziła na spacery do opuszczonego kościółka i za każdym razem wsuwała monety do otworu na datki. Później ruszała w górę

154

i dopiero przy winnicach zatrzymywała się i wracała do domu. Napotkani ludzie już ją rozpoznawali i machali do niej, a kilka razy z nimi rozmawiała.

Pewnego przedpołudnia, gdy dotarła w pobliże kościółka, kątem oka spostrzegła jakiś ruch z boku. Przystanęła, myśląc, że to jeden z wołów pasących się na stoku, lecz był to mężczyzna, młody mężczyzna, który siedział na kamieniu pod drzewem. Kiedy nadeszła, uniósł wzrok i teraz patrzył na nią. Stała przez chwilę, raczej zaskoczona niż przestraszona, zastanawiając się, co on tutaj robi. Niedaleko znajdowały się zabudowania farmy, całkiem przyjemnej mimo panującego tam nieładu, i uznała, że zapewne przyszedł stamtąd. Wstał i ruszył w jej stronę. Podniósł rękę w powitalnym geście i zawołał coś, czego nie dosłyszała, lecz zaraz potem zapytał:

– Dokąd idziesz?

Spojrzała na niego. Teraz, gdy podszedł bliżej, uderzyła ją jego niezwykła powierzchowność. Był wysoki, ale bez śladu niezręczności. Jego twarz, opalona na oliwkowy kolor, promieniała łagodnym pięknem; miał jasne oczy i wysokie czoło. Wygląda, pomyślała, jak jeden z tych młodzieńców, których widziała na renesansowych malowidłach w Sienie – młodzieńców gotowych wyruszyć w bój, o silnych i proporcjonalnych kształtach, w połowie drogi między wiekiem chłopięcym a męskim.

– Wyszłam na spacer – wyjaśniła. – Chodzę tam codziennie.

Uśmiechnął się, gdy wskazała kościółek.

– Wydaje mi się, że już cię widziałem – powiedział. – Mieszkasz w tym domu na dole, prawda?

Kiwnęła głową.

– Chwilowo tak.

Zapadło milczenie i usłyszała bicie własnego serca. Miała wrażenie, że przez wszystkie jej zmysły płynie jakiś przedziwny prąd i że pragnie jedynie, by ta chwila trwała jak najdłużej.

– Gdzie mieszkasz? – spytała. – Na tamtej farmie?

Ponownie się uśmiechnął.

– Niezupełnie. Ale owszem, mieszkam w pobliżu.

Patrząc na niego, poczuła nagły przypływ upajającej beztroski.

– Zamierzałam urządzić sobie jutro piknik – zaczęła i dodała niezbyt przekonująco: – No bo jest niedziela. Czy chciałbyś się do mnie przyłączyć?

Zastanawiał się przez chwilę, a ją ogarnęło gorzkie rozczarowanie na myśl, że mógłby odmówić, lecz na szczęście przyjął zaproszenie.
– Spotkajmy się jutro w tym miejscu – zaproponował. – Możemy urządzić piknik w winnicy. Czy to ci odpowiada?
– Tak. A więc do jutra – odrzekła, on zaś odwrócił się i ruszył w stronę kamienia pod drzewem.

Poszła dalej, a gdy wracała, nie było po nim śladu. Dobiegła do domu w podskokach, przepełniona radosnym podnieceniem. Czuła się wręcz odurzona. Usiadła i powiedziała do siebie: Uspokój się. To nic specjalnego. Umawiałaś się już przecież z chłopakami.

W istocie jednak nigdy nie spotkała takiego chłopca jak ten i jego urzekająca piękność, gracja, jego niezwykłość wryły się głęboko w jej duszę i wypaliły piętno.

W słuchawce rozległ się daleki szum i trzaski, gdy zatelefonowała do ojca. Nie wspomniała mu o chłopaku ani o pikniku.
– Masz bardzo radosny głos – powiedział i nagle wyobraziła sobie jego pusty dom i blade londyńskie słońce. – Co się tam takiego dzieje?

Kłamstwo przyszło jej z łatwością, ponieważ zawierało czystą prawdę.
– Nic się nie dzieje. Przeszłam się dzisiaj do kościoła.
– Mam nadzieję, że wrzuciłaś monetę w moim imieniu?
– Oczywiście.
– To dobrze.

Rozmawiali jeszcze przez chwilę, a potem się rozłączyli. Pogasiła światła na dole i poszła na górę do swojego pokoju, sama w pustym domu, lecz bez lęku.

Starannie przygotowała koszyk z prowiantem. Zapakowała nadziewane bułeczki i placek z owocami, który upiekły w piątek z signorą Sabatino, a także butelkę schłodzonego białego wina w specjalnym próżniowym rękawie, żeby się nie zagrzało. Dodała czekoladę, owoce i *panforte di Siena*, któremu nigdy nie potrafiła się oprzeć. Przymocowała koszyk na bagażniku roweru i wyruszyła na spotkanie.

Nie zobaczyła go w umówionym miejscu, co jej nie zdziwiło, zdawała sobie bowiem sprawę, że przyjechała za wcześnie. Oparła rower o drzewo i podeszła na skraj niewielkiego gaju oliwnego, rosnącego na zboczu tuż poniżej kościółka. Trawa była tam szorstka, wysuszona letnim skwarem, lecz mogli usiąść w cieniu i na uboczu. Czekała, od czasu do czasu zerkając nerwowo na zegarek. Wciąż go nie było i nabrała pewności, że w ogóle się nie zjawi. Tak czy inaczej, co za niedorzeczny pomysł – piknik z chłopakiem, którego widziała raz w życiu i nie znała nawet jego imienia! Zupełny absurd. Oczywiście, że nie przyjdzie.

Ale przyszedł. Uniosła głowę i nieoczekiwanie go zobaczyła, kroczącego po trawie w jej kierunku. Jej serce zabiło gwałtownie. Nie przeprosił za spóźnienie, tylko usiadł na ziemi obok koszyka i uśmiechnął się do niej. Wydobyła butelkę wina i nalała dwa kieliszki delikatnego, chłodnego napoju. Wręczyła mu jeden z nich, on zaś przyjrzał się winu z zaciekawieniem, jakby nie był do niego przyzwyczajony, co wydawało się nieprawdopodobne – nie tutaj, pośród winorośli.

Uniósł kieliszek do ust i upił mały łyk, marszcząc przy tym lekko brwi.

Obserwowała jego twarz. Był taki, jak go zapamiętała z poprzedniego spotkania – może nawet piękniejszy. Otaczała go poświata dająca efekt światłocienia i każdy jego ruch zdawał się rozsnuwać wokół ten blask.

Ponownie napełniła jego kieliszek, a potem swój. Podsunęła mu bułkę. Żuł ją z powagą, nadal nic nie mówiąc, lecz to nie miało znaczenia. Gruszkę, którą mu podała, pokroił w zgrabne plasterki i zjadł z wyraźną przyjemnością. Posiliła się kawałkiem *panforte*, on jednak spojrzał podejrzliwie, więc nie namawiała go.

Później podniósł się, odstawił kieliszek i zachęcił ją gestem, by wstała. Usłuchała, jak gdyby w oszołomieniu, i wówczas zbliżył się do niej, otworzył ramiona i przyciągnął ją do siebie. Nie stawiała oporu, lecz objęła go za szyję, dotykając skóry gładkiej jak u dziecka. Poczuła podmuch wiatru we włosach i ujrzała światło, coraz jaśniejsze; została uniesiona w powietrze, nic jednak nie widziała, ponieważ ów blask ją oślepiał.

Opuścił ją na ziemię i położyła się na wznak z zamkniętymi oczyma. Gdy je otworzyła, nie zobaczyła go już, choć przebywał z nią tak krótko. Wiktuały z koszyka leżały dookoła, jak gdyby porozrzucał je silny wiatr; zobaczyła na ziemi przewrócone, lecz całe kieliszki i inne rzeczy, wywrócone pod nieprawdopodobnymi kątami.

Nie zdziwiło jej, że zniknął; w pewnym sensie byłoby bardziej zadziwiające, gdyby został. Nie czuła się również opuszczona ani nieszczęśliwa – ogarnął ją niezwykły spokój, połączony z przeświadczeniem, że dotarła do celu. Pozbierała pozostałości po pikniku, przetarła kieliszki i schowała wszystko do koszyka. Podeszła do roweru, oglądając się tylko raz, przelotnie, po czym wyruszyła z powrotem białą drogą.

W domu postawiła koszyk na dużym kuchennym stole, poszła na górę, rozebrała się i wzięła chłodny prysznic. Pozwoliła, by zimna woda spływała po jej rozgrzanej skórze, zmywając kurz i łagodząc gorączkę. Włożyła szlafrok i wyciągnęła się na łóżku. Nie myślała o tym, co się wydarzyło, ale czuła intuicyjnie, że powierzono jej ważną tajemnicę. Pamiętała tylko wiatr i światło, które jak gdyby promieniowało zewsząd.

Przez następne kilka dni nie wychodziła z domu. Signora Sabatino zajrzała do niej, by sprawdzić, czy wszystko w porządku, i odeszła uspokojona. Emma czytała albo przesiadywała pod pergolą, śniąc na jawie. Miała listy do napisania – listy zaczęte, lecz niedokończone, i zajęła się nimi. Zrezygnowała jednak, nie mogąc pisać o jedynej sprawie, która zawładnęła jej myślami. No bo jak mogła? Jak mogła opisać swoje przeżycie?

W końcu, mniej więcej po tygodniu, wybrała się do signory Sabatino i zapytała, czy mogłaby zjeść z nią kolację.

– Oczywiście. Przyrządzimy sobie specjalne danie. Przyjdź wieczorem.

O zmierzchu zatem wyszła z domu i wkroczyła do staroświeckiej kuchni signory Sabatino, gdzie w piecu płonął ogień i gdzie czuła się absolutnie bezpiecznie. Siedziały i rozmawiały, lecz nie wkładała serca w tę zwyczajną, zdawkową wymianę zdań, dlatego poczuła pewną ulgę, gdy wreszcie powiedziała:

– Byłam na pikniku. Z chłopcem, którego zaprosiłam.

Signora Sabatino uniosła głowę znad stolnicy.

– Kto to był?

– Nie wiem.

– Nie wiesz?

– Nie. – Po chwili dodała: – Coś się wydarzyło... nie jestem pewna co. Ja...

Signora Sabatino popatrzyła na nią i natychmiast zrozumiała.
– Gdzie to się stało? – zapytała. – Jak spotkałaś tego chłopca?
Emma jej opowiedziała, a potem czekała na słowa przestrogi
i potępienia. Ale zamiast nich padły inne, pełne powagi, wyważone
słowa:
– W tej okolicy mieszkają aniołowie, wiesz. Zawsze mieszkali.
Moja matka niekiedy ich widywała, moi wujowie także. Miałaś wielkie szczęście. Chłopiec, którego spotkałaś, był aniołem, czy teraz rozumiesz? Aniołem!

O dziwo, nie zaskoczyła jej ta rewelacja, przede wszystkim dlatego, że podejrzewała coś takiego – lub bardzo podobnego. Signora Sabatino miała rację: oczywiście, że we Włoszech były anioły, i to od zawsze. Dowodziły tego obrazy, cała anielska ikonografia wpleciona w klasyczne pejzaże Toskanii, anioły Botticellego i Fra Angelico. Unosiły się na tle nieba na wielkich, pierzastych skrzydłach, białych niczym południowy skwar; ich chóry stały na tle burzowych chmur jak szeregi wojowniczych posłańców, jaśniejące szwadrony. Jak zdawała się sądzić signora Sabatino, w spotkaniu z aniołem nie było niczego nieprzewidzianego. Gdzie indziej mogło to być niezwykłe zjawisko, ale najwyraźniej nie tutaj.

Niebawem wiedziała już, że jest w ciąży. Nie czuła się źle – prawdę mówiąc, wprost przeciwnie – i to wyjątkowo dobre samopoczucie, ta wewnętrzna lekkość sprawiły, że domyśliła się swego stanu. Wkrótce potem natura potwierdziła jej podejrzenia, więc pojechała autobusem do Sieny i w aptece niedaleko katedry kupiła mały zestaw do prób ciążowych. Farmaceutka, która ją obsługiwała, spojrzała na nią ze współczuciem, zawahała się, po czym spytała przyciszonym głosem:

– Potrzebuje pani pomocy? Bo wie pani, są zakonnice, które mogą się zaopiekować... – Urwała, ponieważ wszedł jakiś mężczyzna i zaczął oglądać szczoteczki do zębów.

– Dziękuję. Wszystko jest w porządku.

– Tylko pytałam. Nie chciałam pani urazić.

– Wiem. Dziękuję.

Kolor się zmienił, tak jak napisano w ulotce. Przysiadła na brzegu wanny i popatrzyła przez małe okienko na dolinę i wzgórza. Nie odczuwała emocji, zupełnie jakby ta wiadomość dotyczyła kogoś innego. W pewnym sensie nie miała z tym nic wspólnego; to się jej po prostu przytrafiło, na podobnej zasadzie jak porażenie piorunem albo wygrana na loterii. Albo na przykład nieoczekiwana choroba. Nie zrobiła nic, nic – a teraz spodziewała się dziecka.

W innych okolicznościach zaczęłaby rozważać, chłodno i racjonalnie, różne możliwości wyjścia z tej sytuacji. Poszłaby do lekarza – to oczywiste – i zrobiłaby to, co w obecnych czasach robią wszystkie kobiety. Miała do tego prawo, czyż nie? Więcej – postąpiłaby słusznie. Jej życie dopiero się zaczynało, kurs uniwersytecki, wszystko; i nie było w nim miejsca dla dziecka, przynajmniej na razie. W takich przypadkach istniało jedyne rozwiązanie – kliniczne, dyskretne.

Ale to rozwiązanie nie wchodziło w rachubę. Nie popełniła omyłki, nie dopuściła do lekkomyślnego fizycznego zbliżenia, którego by później żałowała. Została wybrana, wyróżniona. To było jak zwiastowanie. Nie przerwie tej ciąży, urodzi dziecko tutaj, we Włoszech. A potem? Zatrzyma je. Nie mogła wyrzec się takiego daru – anielskiego dziecka.

Musiała zawiadomić signorę Sabatino, co nie sprawiło jej trudności. Staruszka siedziała przez chwilę w milczeniu, a potem wstała i przytuliła ją, płacząc i gładząc jej włosy, szepcząc słowa, których Emma nie rozumiała.

– Zaopiekuję się tobą – oznajmiła na koniec. – Wprowadzę się do dużego domu. Tak będzie lepiej.

Nie protestowała.

– Dopilnuję, żeby wszystko było jak należy, zanim maleństwo się urodzi. Sprowadzę położną… jest tu w okolicy kobieta, która zna się na tych sprawach. Zaproszę ją wcześniej.

Emma poczuła, że wciąga ją ten plan, że należy teraz do kobiecej masonerii, zajmującej się sprawami ciąży i porodu. Ściśle kobiecymi sprawami, bez udziału mężczyzn. Ta świadomość dodała jej otuchy. Kobiety nie będą zadawały pytań. Chodziło im wyłącznie o nią samą i jej dziecko.

– Proszę nie mówić nikomu o ojcu – wykrztusiła. – Niech wszyscy myślą, że to jakiś zwyczajny chłopak.

Signora Sabatino skinęła głową i przycisnęła palec do ust w znaczącym geście.

– Nie powinno się mówić o aniołach – oznajmiła. – Są nieśmiałe i gadanie mogłoby je odstraszyć. Ale ojciec zapewne przybędzie, aby zobaczyć swoje dziecko. Będzie wiedział.

W następnym tygodniu podjęła spacery do kościoła i winnicy. Nie odczuwała niepokoju, ponieważ nie spodziewała się, że go spotka. Zatrzymała się przy kościółku, wrzuciła monetę w otwór i zawróciła w dół wzgórza. Spojrzała w stronę miejsca, w którym siedzieli podczas pikniku, lecz nie podeszła bliżej. Nie zatrzymała się również w okolicy farmy, na której – jak początkowo myślała – mógł mieszkać.

Popołudniami leżała w chłodnej sypialni i czytała. Dopiero później, gdy słońce chowało się za wzgórza, schodziła na dół na pogawędkę z signorą Sabatino albo przesiadywała na zewnątrz, słuchając grania cykad. Była teraz świadoma obecności dziecka; wyczuwała wewnątrz siebie jego trzepotliwe ruchy, które wywoływały dreszcz emocji. Zachęciła signorę Sabatino, by położyła dłoń na jej brzuchu, a gdy staruszka poczuła ruchy, przeżegnała się pospiesznie.

Miesiące mijały szybko. W październiku zaczęła się stawać ociężała i powolna, więc nosiła luźne sukienki, uszyte przez signorę Sabatino. Ponieważ staruszka nalegała, pojechała do lekarza, który zbadał ją dokładnie i szturchnął palcem dziecko, ono zaś odwzajemniło się kopnięciem, pobudzając ją do śmiechu. Usłyszała, że wszystko w porządku, ale dobrze byłoby zrobić dodatkowe badania. Można w ten sposób łatwo wykryć wszelkie nieprawidłowości. Słuchała obojętnie, mogli ją badać, ile im się podoba, ale mimo całej swej naukowej wiedzy nigdy nie odgadną, w jaki sposób to dziecko zostało poczęte.

Signora Sabatino pojechała z nią do szpitala w Sienie. Siedziały w milczeniu na ławce, aż wreszcie wezwano ją do sterylnej białej salki, ubrano w luźną koszulę i położono na stole. Wtoczono instrumenty, objaśniano jej różne rzeczy, ale prawie nie słuchała. I nagle pokazali jej dziecko na monitorze: maleńki, tajemniczy, pulsujący kłębek.

Lekarz zerknął na ekran i wyszedł z salki. Wrócił z kilkoma innymi, którzy przyjrzeli się uważnie obrazowi i wymienili szeptem kilka uwag. Następnie przeprowadzili inne badania. Ustawili ją przed ekranem rentgenowskim i kazali się obracać w lewo i w prawo, a w tym czasie wytężali wzrok i coś sobie pokazywali.

W końcu, gdy miała już u boku signorę Sabatino, przekazali im obu wiadomość. Zrobili to delikatnie, a lekarz, który odezwał się pierwszy, lekko dotknął jej ramienia.

– Niezmiernie nam przykro – powiedział. – To będzie dla pani wielki zawód, ale uważamy, że dziecko jest zdeformowane.

Milczała, lecz signora Sabatino gniewnie otworzyła usta.

– Ma coś na plecach – wyjaśnił inny. – Nie wiemy dokładnie, co to jest, ale wygląda na jakąś narośl. Takie rzeczy się zdarzają. Sądzimy również, że powinna się pani poważnie zastanowić nad przerwaniem tej ciąży, mimo że jest już dość późno.

Popatrzyli na nią wyczekująco. Zerknęła na signorę Sabatino, której oczy zwęziły się z oburzenia. Staruszka pochyliła się ku niej.

– Można się było tego spodziewać – szepnęła. – Pamiętaj, że to anielskie dziecko. Ma skrzydła. Ale nic im nie mów. Nie potrafiliby tego zrozumieć. Chodźmy stąd.

Emma skinęła głową.

– Dziękuję – zwróciła się do lekarzy. – Rozważę to, co od panów usłyszałam.

Wstała, a jeden z lekarzy ruszył ku niej i ujął ją za ramię.

– Proszę jeszcze nie wychodzić – powiedział. – Powinna pani zostać tu na noc. A jutro, kiedy przemyśli pani sprawę, moglibyśmy... poczynić przygotowania.

Utkwiła w nim oczy. W szpitalnej koszuli czuła się groteskowo i bezbronnie, i niełatwo było się im przeciwstawić. Ale wiedziała, że nie może się zgodzić.

– Nie – odparła. – Wracam do domu. Dziękuję panom.

Napisała do ojca:

Jest coś, co bardzo trudno mi wyznać. Proszę Cię tylko, żebyś nie próbował nic z tym zrobić. Jeśli spróbujesz, to przykro mi, ale będę musiała stąd wyjechać. Nie żartuję.

Spodziewam się dziecka za trzy miesiące. Nie chcę Ci opowiadać, jak to się stało ani kto jest ojcem. Proszę, żebyś mnie nigdy o to nie pytał. Jeśli mnie kochasz, zgodzisz się i nie będziesz o tym wspominał. Nie chcę rozmów, które miałyby mnie do czegokolwiek nakłaniać. Nie chcę, abyś próbował w jakikolwiek sposób ingerować w moje plany. Przede wszystkim, nie dzwoń do mnie. Jeśli chcesz mnie zobaczyć, przyjedź tu, ale nic nie rób. Cokolwiek byś zrobił, to i tak niczego nie zmieni.

Przypuszczała, że list będzie szedł cztery dni, a ojciec zjawi się piątego. Przyjechał szóstego dnia samochodem wynajętym na lotnisku w Pizie, zakurzonym po długiej jeździe. Obserwowała go z okna, gdy parkował przed domem i niósł torbę po schodach do frontowych drzwi. Słyszała podniesione głosy na dole, kiedy rozmawiał z signorą Sabatino. A potem rozległo się krótkie pukanie, zanim nacisnął klamkę i wszedł do jej pokoju. Przystanął i zobaczyła, że płacze i że spływające po policzkach łzy pozostawiły ciemne plamy na gorsie jego koszuli. Podbiegła wzruszona i objęła go mocno.

– Moje kochanie – wyszlochał. – Moja najdroższa. Moja dziewczynka.

– Wszystko w porządku, tato. Czuję się świetnie, naprawdę.

– Co się stało? Co się z tobą stało? Jak coś takiego...

Przyłożyła dłoń do jego twarzy, do mokrego policzka.

– Nie stało się nic złego. Jestem w ciąży, nic więcej. To w naszych czasach żadna sensacja, wiesz.

Spuścił oczy.

– Powinnaś była mi powiedzieć... znacznie wcześniej.

– Żebym mogła ją przerwać?

Nie patrzył na nią.

– W razie konieczności.

Spojrzała na niego uważnie.

– Zatrzymam to dziecko. Rozumiesz? Zatrzymam je.

Odwrócił się, ocierając oczy wymiętą białą chusteczką.

– Uważam, że jesteś mi winna jakieś wyjaśnienie – powiedział, starając się panować nad głosem. – Nie możesz tak po prostu zawiadomić mnie o fakcie i na tym poprzestać!

– Co chcesz wiedzieć?

– No, oczywiście ojciec. Kto jest ojcem? Gdzie on jest?

– To bez znaczenia – odparła. – Odszedł. Nie ma go tutaj.

– Jak się nazywa? Przynajmniej powiedz mi, jak się nazywa, na litość boską! – Jego podniesiony głos był pełen udręki, drżący ze smutku.

Popatrzyła na niego posępnie i wówczas zaświtała mu w głowie straszna myśl. Odezwał się cicho, niemal niesłyszalnie:

– Ty nie wiesz... Nie wiesz, prawda?

Nic nie odpowiedziała, tylko zrobiła krok w stronę jego zgarbionej nagle postaci. Cofnął się odruchowo, ze zgrozą, ona zaś znieruchomiała, wstrząśnięta tym, co mu zrobiła, jego cierpieniem.

Spędził z nią trzy dni. Drugiego dnia rano odbyli jeszcze jedną rozmowę na temat jej stanu i przyjął warunki, które postawiła w liście.

– Nie będę ci zadawał więcej pytań – powiedział. – Ale za to obiecaj mi, proszę, że jeśli kiedyś zechcesz o tym porozmawiać, natychmiast, bez najmniejszych oporów przyjdziesz do mnie. Zrobię dla ciebie wszystko, kochanie, wszystko. Wiesz o tym, prawda?

Podbiegła i zarzuciła mu ramiona na szyję.

– Przyrzekam ci – szepnęła. – Przyrzekam.

– Rozmówiłem się z signorą Sabatino – zaczął powoli, jak gdyby słowa sprawiały mu ból. – I usłyszałem od niej jedną rzecz, która przyniosła mi ulgę. Powiedziała, że nie zostałaś... nie zostałaś napadnięta. Tylko to tak naprawdę chciałem wiedzieć. Mniejsza o resztę. Ale tego... tego jednego żaden ojciec nie potrafiłby znieść. Rozumiesz mnie?

– Tak.

– No więc teraz ustalmy, jak mogę ci pomóc. Na pewno chcesz zostać tutaj? Nie wolałabyś wrócić do domu?

– Chcę zostać – odrzekła. – Jestem tu naprawdę szczęśliwa.

– Dobrze. Co myślisz o pielęgniarce? Czy nie przysłać ci pielęgniarki na, powiedzmy, dwa tygodnie przed rozwiązaniem?

Pokręciła głową.

– Signora Sabatino się mną opiekuje. Jest wspaniała.

Na jego twarzy odmalowało się powątpiewanie.

– To już starsza kobieta...

– Świetnie sobie radzi.

Milczeli przez chwilę.

– Gdzie chcesz urodzić dziecko? Pojedziesz do Sieny?

– Może – odparła. – Zobaczymy, co doradzi lekarz. Jest w okolicy położna. Mogłaby przyjść do domu. Wolałabym to.

– Ale posłuchasz zaleceń lekarza? – W głosie ojca zabrzmiała obawa.

Poklepała go uspokajająco po plecach.

– Oczywiście, tato. Nie jestem głupia.

Odprężyli się po tej rozmowie. Uznała, że ojciec wreszcie pogodził się z sytuacją, i przeszli na inne tematy. Obiecał, że znowu przyjedzie, gdy tylko będzie mógł, gdy tylko interesy mu pozwolą, ona zaś przyrzekła, że będzie telefonowała co tydzień. Pożegnali się serdecznie, a potem stanęła na podjeździe, odprowadzając spojrzeniem jego samochód podążający drogą do miasta, dopóki nie zniknął jej z oczu. Wtedy znowu stała się dorosłą kobietą.

W ostatnich tygodniach czuła się coraz bardziej rozleniwiona i bierna. Dobrze znosiła ciążę, prawie nic jej nie dolegało i nie potrafiła sobie wyobrazić, że to uczucie spełnienia może tak nieoczekiwanie przeobrazić się w ból. Nawet pierwsze ostrzeżenie, rwące szarpnięcie w środku, wydało jej się czymś odległym i niezwiązanym z cierpieniem. Zawołała signorę Sabatino, która natychmiast pospieszyła do telefonu, by wezwać położną. Potem wróciła do Emmy, zaprowadziła ją do łóżka i przez cały czas trzymała za rękę.

Nadeszła położna i zajęła się przygotowaniami. Była postawną kobietą, a jej podwinięte rękawy odsłaniały grube, niemal męskie ramiona. Polała sobie ręce płynem o ostrym zapachu i zmierzyła Emmie tętno, patrząc na zegarek, który wyjęła z kieszeni. Następnie poleciła, by wygotować ręczniki, i usiadła na krześle obok łóżka.

– Już raz odbierałam dziecko w tym domu – powiedziała. – Dawno temu. To było bardzo duże niemowlę.

Emma zamknęła oczy. Ból powracał, był jak ogień, który palił jej ciało, ale nie czuła lęku. Otoczyło ją światło; wyczuwała je, jaśniało wszędzie. Przezwyciężyło krzyk ciała, udrękę. Światło.

A potem ogień buchnął huczącym płomieniem, blask stał się niemal oślepiający i usłyszała płacz. Położna stała tuż obok, a za nią signora Sabatino. Płacz dobiegał z białego zawiniątka, które signora Sabatino odebrała od położnej i złożyła w jej ramionach.

– Chłopiec – oznajmiła. – Twój maleńki chłopczyk! *Eccolo!*

Emma przytuliła dziecko, zobaczyła jego pomarszczoną twarzyczkę i oczy, już otwarte, usiłujące coś dostrzec. Zapłakała, a położna otarła jej policzek kawałkiem płótna.

– Dobra robota – pochwaliła. – Dzielna dziewczyna z ciebie. Dzielna dziewczyna.

Emma odwinęła ręcznik i odsłoniła niemowlęce ciałko, czerwone i całe w drobnych fałdkach. Dotknęła maleńkich rączek i nóżek, które poruszyły się pod jej dłonią, a potem przesunęła palcami po plecach dziecka. Wyczuła dwie lekkie wypukłości, gładkie w dotyku

i wilgotne, jakby dwa fragmenty skóry nałożyły się na siebie. Spojrzała na signorę Sabatino, która stanęła między nią a położną.
– Tak – szepnęła staruszka. – On je ma. Ma anielskie skrzydła.

Ubrała go w złocisty kaftanik, uszyty przez signorę Sabatino, czuła bowiem, że jego ojciec wkrótce się zjawi i syn musi być stosownie przyodziany. Dziecko, które spokojnie spało przez pierwsze trzy dni życia i budziło się jedynie w porach karmienia, leżało teraz w swoim łóżeczku, mając obok siebie dwie kobiety – jedna spoczywała w łóżku, druga siedziała na krześle i szyła.
Przybył wieczorem. Niespodziewanie za oknem zajaśniało światło i rozległ się szum wiatru. Signora Sabatino wstała bez słowa, otworzyła drzwi i wpuściła go do pokoju. On także miał na sobie złotą szatę, przewiązaną jasnobłękitnym paskiem. Emma uśmiechnęła się do niego, on zaś podszedł i dotknął jej policzka. Potem w milczeniu zbliżył się do łóżeczka i wziął dziecko na ręce. Signora Sabatino uklękła i dotknęła skraju jego szaty, gdy przechodził.
Weszły dwa inne anioły, dwie kobiety w srebrzystych sukniach. Oddał dziecko jednej z nich i odwrócił się do jego matki.
– Pewnego dnia znowu go zobaczysz – powiedział. – Nie odejdzie daleko.
Kiwnęła głową.
– Wiem.
– Nie czujesz się nieszczęśliwa?
– Nie.
Skinął na dwie istoty w srebrzystych szatach i ruszył ku drzwiom. Przystanął na chwilę, jak gdyby chciał powiedzieć coś więcej, ale po krótkim wahaniu wyszedł z pokoju. Światło, jaśniejące wewnątrz i na zewnątrz, gasło powoli, aż w końcu powróciła noc.

SPIS TREŚCI